U0620316

迦陵各体诗文吟诵全集（下）

叶嘉莹 编著

国家社会科学基金重大委托项目「“中华诗教”与优秀传统文化的传承」阶段性研究成果

广西师范大学出版社
·桂林·

目录

五言绝句

七言绝句

词

曲

古文

扫码听吟诵

五言絕句

五言绝句

迟日江山丽，
春风花草香。
泥融飞燕子，
沙暖睡鸳鸯。

[明]仇英《莲溪渔隐图》

登鹳雀楼

【唐】王之涣

白日依山尽，黄河入海流。
欲穷千里目，更上一层楼。

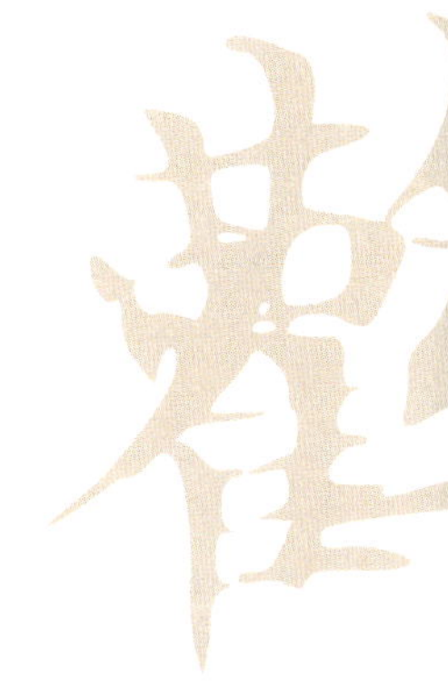

注释：

◎鹳雀楼：古代楼名，旧址在山西省永济市境内。
◎白日：太阳。
◎依：依傍。
◎尽：消失。

宿建德江

【唐】孟浩然

移舟泊烟渚，日暮客愁新。
野旷天低树，江清月近人。

注释：

◎烟渚：指江中雾气笼罩的小沙洲。
◎天低树：天幕低垂，好像和树木相连。
◎月近人：倒映在水中的月亮好像向人靠近。

鸟鸣涧

【唐】王维

人闲桂花落，夜静春山空。
月出惊山鸟，时鸣春涧中。

注释：

◎鸟鸣涧：鸟儿在山涧中鸣叫。
◎人闲：指没有杂事干扰。
◎月出：月亮升起。

山中送别

【唐】王维

山中相送罢，日暮掩柴扉。
春草明年绿，王孙归不归？

注释：

◎掩：关闭。
◎王孙：贵族的子孙，这里指送别的友人。

独坐敬亭山

【唐】李白

众鸟高飞尽，孤云独去闲。
相看两不厌，只有敬亭山。

注释：

◎敬亭山：在今安徽省宣城市。
◎看：依据近体诗格律，这里应读平声 kān。
◎两不厌：这里指诗人和敬亭山相互注视，彼此都看不够。

[明] 石涛设色山水图

夜下征虏亭

【唐】李白

船下广陵去，月明征虏亭。
山花如绣颊，江火似流萤。

注释：

◎征虏亭：在今江苏省南京市，为东晋征虏将军谢石所建。

◎江火：江上的渔火。

夜宿山寺

【唐】李白

危楼高百尺，手可摘星辰。
不敢高声语，恐惊天上人。

注释：

◎宿：住，过夜。
◎危楼：高楼，这里指山顶的寺庙。
◎百尺：虚数，不是实数，这里形容楼很高。

逢雪宿芙蓉山主人

【唐】刘长卿

日暮苍山远，天寒白屋贫。
柴门闻犬吠，风雪夜归人。

注释：

◎宿：这里指投宿、借宿。
◎苍山远：青山在暮色中显得很远。

送灵澈上人

【唐】刘长卿

苍苍竹林寺，杳杳钟声晚。
荷笠带斜阳，青山独归远。

注释：

◎灵澈上人：唐代著名高僧。上人是对僧人的敬称。

◎杳杳：深远的样子。

◎荷笠：荷叶制成的斗笠。

绝句

【唐】杜甫

迟日江山丽，春风花草香。
泥融飞燕子，沙暖睡鸳鸯。

注释：

◎ 迟日：春日。
◎ 泥融：指天气变暖，冰冻的泥土融化变软。

[宋] 佚名《 梨花鹦鹉图 》

华子岗

【唐】裴迪

日落松风起，还家草露晞。
云光侵履迹，山翠拂人衣。

注释：

◎华子岗：王维隐居地辋川别墅中的风景点。裴迪是王维的好友，二人多有交往。
◎晞：晒干。
◎履迹：人的足迹。

登乐游原

【唐】李商隐

向晚意不适，驱车登古原。
夕阳无限好，只是近黄昏。

注释：

◎向晚：傍晚。
◎不适：不悦。
◎古原：指乐游原。

春怨

【唐】金昌绪

打起黄莺儿，莫教枝上啼。
啼时惊妾梦，不得到辽西。

注释：

◎辽西：古郡名，在今辽宁省辽河以西的地方。

江行无题（其九十八）

【唐】钱珝

万木已清霜，江边村事忙。
故溪黄稻熟，一夜梦中香。

注释：

◎钱珝：唐代诗人，《江行无题》这一组诗作于诗人被贬途中。

◎清霜：白霜。

夏日绝句

【宋】李清照

生当作人杰，死亦为鬼雄。
至今思项羽，不肯过江东。

注释：

◎ 人杰：人中豪杰。
◎ 鬼雄：鬼中英雄。
◎ 项羽：秦末起义军领袖，自称西楚霸王。

二月十一日夜梦作东都早春绝句

【宋】杨万里

道是春来早，如何未见春。
小桃三四点，偏报有情人。

注释：

◎ 如何：怎么。
◎ 小桃：初春即开花的一种桃树。

[明]仇英《赵孟頫写经换茶图》局部

七言绝句

七言绝句

日照香炉生紫烟，
遥看瀑布挂前川。
飞流直下三千尺，
疑是银河落九天。

［明］仇英《捉柳花图》局部

咏柳

【唐】贺知章

碧玉妆成一树高，万条垂下绿丝绦。
不知细叶谁裁出，二月春风似剪刀。

注释：

◎碧玉：碧绿的玉石。这里用来比喻嫩绿的柳叶。
◎妆：装饰，打扮。
◎绦：用丝线编成的带子。

回乡偶书

【唐】贺知章

少小离家老大回，乡音无改鬓毛衰。
儿童相见不相识，笑问客从何处来。

注释：

◎偶书：偶然创作的诗歌。
◎少小：年少的时候。
◎老大：年纪大的时候。
◎回：今普通话念“huí”，这里叶韵读作“huái”。依据“平水韵”，“回”“来”同属上平声“十灰”韵。

山中留客

【唐】张旭

山光物态弄春晖，莫为轻阴便拟归。
纵使晴明无雨色，入云深处亦沾衣。

注释：

◎春晖：春光。
◎轻阴：微阴的灰色。
◎云：指雾气。

桃花溪

【唐】张旭

隐隐飞桥隔野烟，石矶西畔问渔船。
桃花尽日随流水，洞在清溪何处边。

注释：

◎桃花溪：水名，在今湖南省桃源县桃源山下。
◎石矶：水边突出的岩石。
◎尽日：整日。

凉州词（其一）

【唐】王之涣

黄河远上白云间，一片孤城万仞山。
羌笛何须怨杨柳，春风不度玉门关。

注释：

◎凉州：地名，在今甘肃省武威市凉州区。
◎羌笛：古时羌族的一种乐器。
◎杨柳：这里指《折杨柳》，古代曲名。

壬子歲七月五日雲林生寫
屋角春風多杏花小齋容膝度年華金梭躍水池魚戲彩鳳栖林澗竹斜疊疊清談霏玉屑蕭蕭白髮岸烏紗而今不二韓康價市上懸壺未足誇甲寅三月四日檗軒翁復携此圖來索謬詩贈寄仁仲醫師且錫山予之故鄉也容膝齋則仁仲燕居之所他日將歸故鄉登斯齋持卮酒展斯圖為仁仲壽當遂吾志也雲林子識

[元]倪瓒《容膝斋图》

出塞

【唐】王昌龄

秦时明月汉时关，万里长征人未还。
但使龙城飞将在，不教胡马度阴山。

注释：

◎但使：只要。
◎龙城：即卢龙城，在今河北卢龙县，是汉代抗击匈奴的重镇。
◎飞将：指汉代名将李广。
◎不教：不让。教，使、命，依据近体诗格律，这里应读平声 jiāo。
◎胡马：指代匈奴的军队。

从军行（其四）

【唐】王昌龄

青海长云暗雪山，孤城遥望玉门关。
黄沙百战穿金甲，不破楼兰终不还。

注释：

◎青海：指青海湖，唐代大将哥舒翰筑城于此。
◎楼兰：汉代西域国名。

从军行（其五）

【唐】王昌龄

大漠风尘日色昏，红旗半卷出辕门。
前军夜战洮河北，已报生擒吐谷浑。

注释：

◎前军：指唐军的先头部队。
◎洮河：河名。
◎吐谷浑：中国古代少数民族名称。

芙蓉楼送辛渐

【唐】王昌龄

寒雨连江夜入吴，平明送客楚山孤。
洛阳亲友如相问，一片冰心在玉壶。

注释：

◎芙蓉楼：原名西北楼，在今江苏省镇江市西北方向。

◎辛渐：诗人的朋友。

◎吴：周朝诸侯国名，在今江苏省南部、浙江省北部一带。

◎楚：周朝诸侯国名，其东南边境曾与吴国交界，古称“吴头楚尾”。

采莲曲（其二）

【唐】王昌龄

荷叶罗裙一色裁，芙蓉向脸两边开。
乱入池中看不见，闻歌始觉有人来。

注释：

◎采莲曲：以此为题的诗，内容多描绘江南女子采莲的情景。
◎罗裙：丝织品做的裙子。
◎乱入：混入，混进。

［明］陈洪绶《荷花图》

九月九日忆山东兄弟

【唐】王维

独在异乡为异客，每逢佳节倍思亲。
遥知兄弟登高处，遍插茱萸少一人。

注释：

◎九月九日：即重阳节。九是最大的阳数，所以称九月九日为“重阳”。

◎山东：古代称函谷关与华山以东为“山东”，这里指王维的故乡蒲县（今山西省永济市）。

◎登高：古代重阳节有登高望远的习俗。

送元二使安西

【唐】王维

渭城朝雨浥轻尘，客舍青青柳色新。
劝君更尽一杯酒，西出阳关无故人。

注释：

◎元二：诗人的友人元常，因在兄弟中排行第二，故称“元二”。
◎渭城：即秦代古都咸阳，因位于渭水北岸，故称。
◎浥：湿润。
◎阳关：在今甘肃省敦煌市西南，是古代通往西域的要塞。

春夜洛城闻笛

【唐】李白

谁家玉笛暗飞声，散入春风满洛城。
此夜曲中闻折柳，何人不起故园情。

注释：

◎折柳：这里指《折杨柳》。内容多叙离别之情。
◎故园：故乡。

黄鹤楼送孟浩然之广陵

【唐】李白

故人西辞黄鹤楼，烟花三月下扬州。
孤帆远影碧空尽，唯见长江天际流。

注释：

◎黄鹤楼：故址在今湖北武汉市武昌蛇山的黄鹄矶。
◎之：往，到。
◎故人：老朋友，这里指孟浩然。

望庐山瀑布

【唐】李白

日照香炉生紫烟，遥看瀑布挂前川。
飞流直下三千尺，疑是银河落九天。

注释：

◎香炉：即庐山香炉峰。因形状像香炉，且峰顶水汽如烟雾缭绕而得名。

◎遥看：从远处看。看，依据近体诗格律，这里应读平声 kān。

◎川：河流，这里形容瀑布。

◎三千尺：形容山高。这里是夸张的说法，非实指。

［明］仇英《高山流水》局部

闻王昌龄左迁龙标遥有此寄

【唐】李白

杨花落尽子规啼，闻道龙标过五溪。
我寄愁心与明月，随风直到夜郎西。

注释：

◎左迁：贬谪，降职。

◎龙标：诗题中指古地名，在今湖南省洪阳市；诗中指王昌龄，古代常以官职或任职之地的州县名来称呼一个人。

◎随风：一作“随君”。

早发白帝城

【唐】李白

朝辞白帝彩云间，千里江陵一日还。
两岸猿声啼不住，轻舟已过万重山。

注释：

◎白帝城：古城名，在今重庆市奉节东白帝山上。
◎辞：告别。
◎江陵：今湖北省荆州市。
◎万重山：层层叠叠的山。形容山多，连绵不绝。

赠汪伦

【唐】李白

李白乘舟将欲行，忽闻岸上踏歌声。
桃花潭水深千尺，不及汪伦送我情。

注释：

◎ 汪伦：李白的朋友。
◎ 踏歌：唐代民间流行的一种手拉手、两足踏地为节拍的歌舞形式，可以边走边唱。
◎ 桃花潭：在今安徽省泾县西南。
◎ 千尺：诗人用水深千尺比喻汪伦与他的友情，运用了夸张的手法。

江畔独步寻花（其六）

【唐】杜甫

黄四娘家花满蹊，千朵万朵压枝低。
留连戏蝶时时舞，自在娇莺恰恰啼。

注释：

◎黄四娘：杜甫居住在成都草堂时的邻居。
◎蹊：小路。
◎留连：留恋不舍。

绝句漫兴九首（其七）

【唐】杜甫

糁径杨花铺白毡，点溪荷叶叠青钱。
笋根雉子无人见，沙上凫雏傍母眠。

注释：

◎杨花：柳絮。
◎凫雏：小野鸭。

[宋]佚名《荷蟹图》

绝句四首（其三）

【唐】杜甫

两个黄鹂鸣翠柳，一行白鹭上青天。
窗含西岭千秋雪，门泊东吴万里船。

注释：

◎西岭：指岷山，在今四川省成都市西北。
◎千秋雪：指岷山山顶积年不化的冰雪。千秋形容时间久远。
◎泊：停泊。
◎东吴：三国时期吴国的领地，在今江苏、浙江一带。

早梅

【唐】张谓

一树寒梅白玉条，迥临村路傍溪桥。
不知近水花先发，疑是经冬雪未销。

注释：

◎迥：远。
◎发：开放。

山房春事二首（其二）

【唐】岑参

梁园日暮乱飞鸦，极目萧条三两家。
庭树不知人去尽，春来还发旧时花。

注释：

◎梁园：在今河南省商丘市，西汉梁孝王刘武所建。

月夜

【唐】刘方平

更深月色半人家，北斗阑干南斗斜。
今夜偏知春气暖，虫声新透绿窗纱。

注释：

◎ 更深：夜深。
◎ 北斗：指北斗星。

枫桥夜泊

【唐】张继

月落乌啼霜满天，江枫渔火对愁眠。
姑苏城外寒山寺，夜半钟声到客船。

注释：

◎枫桥：桥名，在今江苏省苏州阊门外，寒山寺附近。
◎江枫：江边的枫树。江，指吴淞江。
◎姑苏城：指苏州城。
◎寒山寺：在今江苏省苏州市西枫桥镇。

〔明〕仇英《渔笛图》

移家别湖上亭

【唐】戎昱

好是春风湖上亭，柳条藤蔓系离情。
黄莺久住浑相识，欲别频啼四五声。

注释：

◎移家：搬家。
◎频啼：连续鸣叫。

嫦娥

【唐】李商隐

云母屏风烛影深，长河渐落晓星沉。
嫦娥应悔偷灵药，碧海青天夜夜心。

注释：

◎嫦娥：神话中由人间飞到月亮上去的仙女。
◎云母屏风：镶嵌着云母的屏风。
◎长河：指银河。

丹丘

【唐】李商隐

青女丁宁结夜霜，羲和辛苦送朝阳。
丹丘万里无消息，几对梧桐忆凤凰。

注释：

◎青女：传说中掌管霜雪的女神。
◎羲和：古代神话传说中的人物，为太阳之母及驾驭日车的女神。

东下三旬苦于风土马上戏作

【唐】李商隐

路绕函关东复东，身骑征马逐惊蓬。
天池辽阔谁相待，日日虚乘九万风。

注释：

◎征马：远行的马。
◎惊蓬：疾飞的断蓬。指行踪飘泊不定。

端居

【唐】李商隐

远书归梦两悠悠，只有空床敌素秋。
阶下青苔与红树，雨中寥落月中愁。

注释：

◎端居：闲居。
◎素秋：指秋天。

[宋]佚名《桃花山鸟图》

赋得鸡

【唐】李商隐

稻粱犹足活诸雏，妒敌专场好自娱。
可要五更惊晓梦，不辞风雪为阳乌。

注释：

◎赋得：借古人诗句或成语命题作诗。诗题前一般都冠以“赋得”二字。
◎鸡：指斗鸡，借指唐代藩镇割据势力相争。

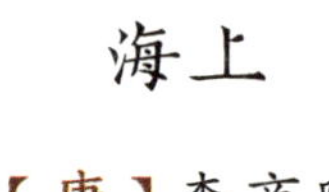

海上

【唐】李商隐

石桥东望海连天，徐福空来不得仙。
直遣麻姑与搔背，可能留命待桑田。

注释：

◎徐福：即徐市，据传秦始皇曾派他前往海外求仙。

◎麻姑：神话中的仙女。

◎留命：延年，长寿。

寄远

【唐】李商隐

姮娥捣药无时已，玉女投壶未肯休。
何日桑田俱变了，不教伊水向东流。

注释：

◎姮娥：即嫦娥。
◎伊水：河流名，伊河。

柳

【唐】李商隐

曾逐东风拂舞筵，乐游春苑断肠天。
如何肯到清秋日，已带斜阳又带蝉。

注释：

◎东风：春风。
◎乐游：指乐游原。

暮秋独游曲江

【唐】李商隐

荷叶生时春恨生，荷叶枯时秋恨成。
深知身在情长在，怅望江头江水声。

注释：

◎曲江：指曲江池，在今陕西省西安市东南。
◎春恨：春愁，春怨。
◎深知：十分了解。

〔明〕陈洪绶《荷花鸳鸯图》

青陵台

【唐】李商隐

青陵台畔日光斜，万古贞魂倚暮霞。
莫讶韩凭为蛱蝶，等闲飞上别枝花。

注释：

◎韩凭：战国时期宋国商丘人。
◎蛱蝶：蝴蝶。

任弘农尉献州刺史乞假还京

【唐】李商隐

黄昏封印点刑徒，愧负荆山入座隅。
却羡卞和双刖足，一生无复没阶趋。

注释：

◎封印：封存官印。封印与清点囚徒是府县主管治安的官员每天散衙前的例行公事。
◎刑徒：囚徒。
◎刖（yuè）足：断足，是古代的一种酷刑。

送臻师（其二）

【唐】李商隐

苦海迷途去未因，东方过此几微尘。
何当百亿莲花上，一一莲花见佛身。

注释：

◎去未因：过去未来之因。
◎百亿：极言数目之多。
◎莲花：荷花。

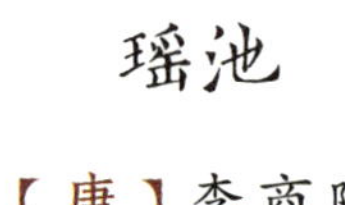

瑶池

【唐】李商隐

瑶池阿母绮窗开，黄竹歌声动地哀。
八骏日行三万里，穆王何事不重来。

注释：

◎瑶池阿母：指西王母。
◎绮窗：雕饰精美的窗户。

夜雨寄北

【唐】李商隐

君问归期未有期，巴山夜雨涨秋池。
何当共剪西窗烛，却话巴山夜雨时。

注释：

◎巴山：泛指川东一带的山。川东一带古属巴国。
◎何当：何时。
◎却话：回头说。

［明］仇英《贵妃晓妆》局部

谒山

【唐】李商隐

从来系日乏长绳，水去云回恨不胜。
欲就麻姑买沧海，一杯春露冷如冰。

注释：

◎谒：拜谒。

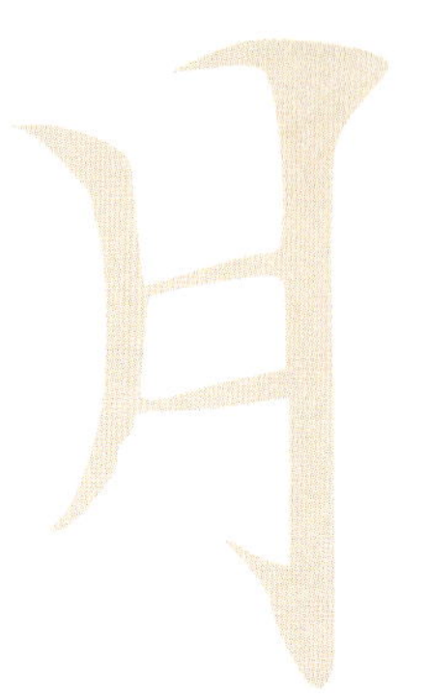

月

【唐】李商隐

过水穿楼触处明，藏人带树远含清。
初生欲缺虚惆怅，未必圆时即有情。

注释：

◎触处：到处。
◎惆怅：因失意而伤感。

昨夜

【唐】李商隐

不辞鶗鴂妒年芳，但惜流尘暗烛房。
昨夜西池凉露满，桂花吹断月中香。

注释：

◎鶗鴂：杜鹃鸟。
◎烛房：蜡烛火焰中心的地方。

雨晴

【唐】王驾

雨前初见花间蕊，雨后全无叶底花。
蜂蝶纷纷过墙去，却疑春色在邻家。

注释：

◎纷纷：多而杂乱貌。
◎疑：怀疑。

淮上与友人别

【唐】郑谷

扬子江头杨柳春，杨花愁杀渡江人。
数声风笛离亭晚，君向潇湘我向秦。

注释：

◎淮上：扬州。
◎扬子江：长江在江苏省镇江、扬州一带的干流，古称扬子江。
◎离亭：驿亭。亭是古代路旁供人休息的地方。
◎秦：指当时的都城长安。

［明］仇英《松林六逸》局部

台城

【唐】韦庄

江雨霏霏江草齐，六朝如梦鸟空啼。
无情最是台城柳，依旧烟笼十里堤。

注释：

◎台城：旧址在今江苏省南京市鸡鸣山南。
◎霏霏：雨雪盛貌。

画眉鸟

【宋】欧阳修

百啭千声随意移，山花红紫树高低。
始知锁向金笼听，不及林间自在啼。

注释：

◎啭：鸟婉转地鸣叫。
◎树高低：树林中的高处和低处。
◎不及：比不上。

北山

【宋】王安石

北山输绿涨横陂，直堑回塘滟滟时。
细数落花因坐久，缓寻芳草得归迟。

注释：

◎北山：指今江苏省南京市东郊的钟山。
◎陂：池塘。
◎堑：沟渠。

泊船瓜洲

【宋】王安石

京口瓜洲一水间，钟山只隔数重山。
春风又绿江南岸，明月何时照我还。

注释：

◎泊船：停船。
◎瓜洲：地名，在长江北岸，今江苏省扬州市南郊。
◎京口：古城名，故址在今天的江苏省镇江市，位于长江南岸。
◎钟山：即紫金山，在今江苏省南京市东北方向。

封舒国公三首（其二）

【宋】王安石

桐乡山远复川长，紫翠连城碧满隍。
今日桐乡谁爱我，当时我自爱桐乡。

注释：

◎桐乡：古地名。在今安徽省桐城市北。
◎隍：没有水的护城壕。

[唐] 张萱《虢国夫人游园春图》局部，此为宋摹本

南荡

【宋】王安石

南荡东陂水渐多，陌头车马断经过。
钟山未放朝云散，奈此黄梅细雨何。

注释：

◎陌头：路上；路旁。
◎黄梅：指梅雨季节。

书湖阴先生壁

【宋】王安石

茅檐长扫净无苔，花木成畦手自栽。
一水护田将绿绕，两山排闼送青来。

注释：

◎书：书写。
◎茅檐：茅屋的屋檐。这里指有茅屋的庭院。
◎畦：田园中分成的小区。
◎排闼：推门。排，这里作“推”讲；闼，小门。

惠崇春江晚景（其一）

【宋】苏轼

竹外桃花三两枝，春江水暖鸭先知。
蒌蒿满地芦芽短，正是河豚欲上时。

注释：

◎惠崇：北宋僧人，能诗擅画，《春江晚景》是他的画作之一。

◎蒌蒿：植物名，多生长在水边。

◎河豚：一种鱼，肉味鲜美，卵巢和肝脏有剧毒。

题西林壁

【宋】苏轼

横看成岭侧成峰，远近高低各不同。
不识庐山真面目，只缘身在此山中。

注释：

◎题：书写。
◎西林：指江西庐山上的西林寺。
◎缘：因为，由于。

望海楼晚景（其二）

【宋】苏轼

横风吹雨入楼斜，壮观应须好句夸。
雨过湖平江海碧，电光时掣紫金蛇。

注释：

◎好句：佳句。
◎碧：碧澄。

[明] 仇英《桃源图卷》局部

饮湖上初晴后雨

【宋】苏轼

水光潋滟晴方好，山色空蒙雨亦奇。
欲把西湖比西子，淡妆浓抹总相宜。

注释：

◎饮湖上：在西湖上饮酒。
◎潋滟：水波荡漾的样子。
◎空蒙：烟雨蒙蒙的样子。
◎西子：指西施，中国古代四大美女之一。

秋思三首（其一）

【宋】陆游

乌柏微丹菊渐开，天高风送雁声哀。
诗情也似并刀快，剪得秋光入卷来。

注释：

◎乌桕：一种落叶树。
◎并刀：亦称“并州刀”，即并州剪。

示儿

【宋】陆游

死去元知万事空，但悲不见九州同。
王师北定中原日，家祭无忘告乃翁。

注释：

◎示儿：给儿子们看。
◎元知：原本知道。元，通“原”。
◎王师：这里指南宋军队。
◎中原：指被金国占领的北方土地。

四时田园杂兴（夏日其七）

【宋】范成大

昼出耘田夜绩麻，村庄儿女各当家。
童孙未解供耕织，也傍桑阴学种瓜。

注释：

◎杂兴：指有感而发，没有固定题材的诗作。兴，兴致，兴趣。
◎耘田：泛指耕地、除草等农耕之事。
◎傍：靠近，挨着。
◎桑阴：桑树下阴凉的地方。

春暖郡圃散策三首（其三）

【宋】杨万里

春禽处处讲新声，细草欣欣贺嫩晴。
曲折遍穿花底路，莫令一步作虚行。

注释：

◎春禽：春鸟。
◎欣欣：草木茂盛的样子。
◎嫩晴：初晴。

[明] 仇英《浔阳琵琶》局部

二月一日晓渡太和江（其一）

【宋】杨万里

绿杨接叶杏交花，嫩水新生尚露沙。
过了春江偶回首，隔江一片好人家。

注释：

◎嫩水：春水。
◎回首：回头看。

入常山界二首（其二）

【宋】杨万里

昨日愁霖今喜晴，好山夹路玉亭亭。
一峰忽被云偷去，留得峥嵘半截青。

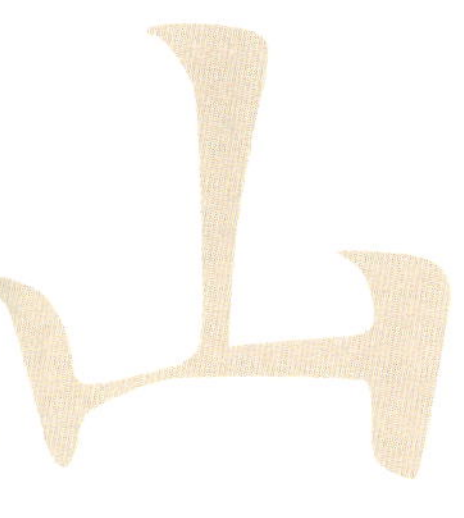

注释：

◎愁霖：久雨。
◎夹路：分列在道路两旁。

万安道中书事（其二）

【宋】杨万里

携家满路踏春华，儿女欣欣不忆家。
骑吏也忘行役苦，一人人插一枝花。

注释：

◎欣欣：欢喜的样子。
◎骑吏：出行时随侍左右的骑马的吏员。

闲居初夏午睡起（其一）

【宋】杨万里

梅子留酸软齿牙，芭蕉分绿与窗纱。
日长睡起无情思，闲看儿童捉柳花。

注释：

◎无情思：没有情绪，指不知做什么好。
◎柳花：指柳絮。

小雨

【宋】杨万里

雨来细细复疏疏，纵不能多不肯无。
似妒诗人山入眼，千峰故隔一帘珠。

注释：

◎疏疏：稀疏的样子。
◎入眼：看见。

[明]仇英《游船图》

舟过安仁（其三）

【宋】杨万里

一叶渔船两小童，收篙停棹坐船中。
怪生无雨都张伞，不是遮头是使风。

注释：

◎安仁：县名。
◎篙：撑船用的竹竿。
◎棹：船桨。
◎怪生：怪不得。

春日

【宋】朱熹

胜日寻芳泗水滨，无边光景一时新。
等闲识得东风面，万紫千红总是春。

注释：

◎胜日：晴日，美好的日子。

◎泗水：河名，在今山东省境内，流经孔子的家乡曲阜。孔子曾经在泗水边讲学。

◎等闲：轻易，随意。

观书有感（其一）

【宋】朱熹

半亩方塘一鉴开，天光云影共徘徊。
问渠那得清如许，为有源头活水来。

注释：

◎鉴：镜子。
◎天光：天空的光景。
◎为：因为。

读义山诗

叶嘉莹

信有姮娥偏耐冷，休从宋玉觅微辞。
千年沧海遗珠泪，未许人笺锦瑟诗。

海棠四首（其一）

叶嘉莹

春风又到海棠时，西府名花别样姿。
记得东坡诗句好，朱唇翠袖总相思。

地濕沙青雨後天墻頭
春杏正鮮妍水邊新燕啣
泥蚤花下蜻蜓戲蘂先
買醉江南好亭榭放歌曲
裏快蹁躚一枝我意簪冠
去且與狂夫是爲聯
苦瓜老人雨花深雪

[清] 石涛花卉图

海棠四首（其二）

叶嘉莹

青衿往事忆从前，黉舍曾夸府第连。
当日花开战尘满，今来真喜太平年。

海棠四首（其三）

叶嘉莹

花前小立意如何，回首春风感慨多。
师友已伤零落尽，我来今亦鬓全皤。

海棠四首（其四）

叶嘉莹

一世飘零感不禁，重来花底自沉吟。
纵教精力逐年减，未减归来老骥心。

梦中得句（其一）

叶嘉莹

换朱成碧余芳尽，变海为田夙愿休。
总把春山扫眉黛，雨中寥落月中愁。

梦中得句（其二）

叶嘉莹

波远难通望海潮，硃红空护守宫娇。
伶伦吹裂孤生竹，埋骨成灰恨未销。

绝句二首（其一）

叶嘉莹

一任流年似水东，莲华凋处孕莲蓬。
天池若有人相待，何惧扶摇九万风。

[清] 石涛《风竹图》

词

词

莫听穿林打叶声。
何妨吟啸且徐行。
竹杖芒鞋轻胜马。
谁怕。
一蓑烟雨任平生。

[明] 仇英《汉宫春晓图》局部

南歌子

【唐】温庭筠

手里金鹦鹉，胸前绣凤凰。偷眼暗形相。不如从嫁与，作鸳鸯。

注释：

◎南歌子：唐教坊曲名，后用作词牌名。
◎金鹦鹉：金色鹦鹉，此指女子绣件上的花样。
◎偷眼：偷看。
◎形相：观察。

南歌子

【唐】温庭筠

倭堕低梳髻，连娟细扫眉。终日两相思。为君憔悴尽，百花时。

注释：

◎倭堕：即倭堕髻，本是汉代洛阳一带妇女的时髦发式。

◎连娟：微曲的样子，形容女子眉毛弯曲细长，秀丽俊俏。

鹊踏枝

【南唐】冯延巳

花外寒鸡天欲曙。香印成灰，起坐浑无绪。檐际高桐凝宿雾，卷帘双鹊惊飞去。　屏上罗衣闲绣缕，一晌关情，忆遍江南路。夜夜梦魂休谩语，已知前事无寻处。

注释：

◎鹊踏枝：即《蝶恋花》，原唐教坊曲名，商调曲。
◎宿雾：夜雾。
◎罗衣：柔软丝织品做成的衣服。

鹊踏枝

【南唐】冯延巳

梅落繁枝千万片，犹自多情，学雪随风转。昨夜笙歌容易散，酒醒添得愁无限。　楼上春寒山四面，过尽征鸿，暮景烟深浅。一晌凭栏人不见，鲛绡掩泪思量遍。

注释：

◎笙歌：吹笙唱歌。
◎鲛绡：指精美的手帕。

鹊踏枝

【南唐】冯延巳

秋入蛮蕉风半裂，狼藉池塘，雨打疏荷折。绕砌蛩声芳草歇，愁肠学尽丁香结。　　回首西南看晚月，孤雁来时，塞管声呜咽。历历前欢无处说，关山何日休离别。

注释：

◎蛮蕉：芭蕉。
◎塞管：塞外胡乐器。

[明] 陈洪绶《梅花小鸟》

鹊踏枝

【南唐】冯延巳

谁道闲情抛掷久？每到春来，惆怅还依旧。日日花前常病酒，不辞镜里朱颜瘦。　　河畔青芜堤上柳，为问新愁，何事年年有？独立小桥风满袖，平林新月人归后。

注释：

◎病酒：饮酒过度引起身体不适。

◎平林：平原上的树林。

浪淘沙

【南唐】李煜

帘外雨潺潺。春意阑珊。罗衾不耐五更寒。梦里不知身是客，一晌贪欢。　独自莫凭栏。无限江山。别时容易见时难。流水落花春去也，天上人间。

注释：

◎潺潺：形容雨声。
◎不耐：受不了。
◎凭栏：依靠栏杆。
◎江山：指南唐河山。

浪淘沙

【南唐】李煜

往事只堪哀。对景难排。秋风庭院藓侵阶。一任珠帘闲不卷，终日谁来。

金锁已沉埋。壮气蒿莱。晚凉天净月华开。想得玉楼瑶殿影，空照秦淮。

注释：

◎藓侵阶：台阶上生藓，表明少有人来。

◎一任：任凭。

◎秦淮：指秦淮河，流经江苏省南京市。据说是秦始皇为疏通淮水而开凿的，故名秦淮。

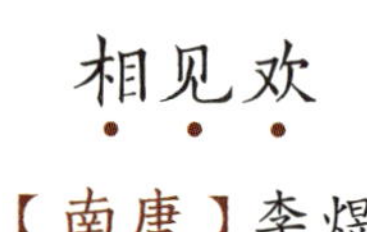

相见欢

【南唐】李煜

林花谢了春红。太匆匆。无奈朝来寒雨晚来风。

胭脂泪。相留醉。几时重。自是人生长恨，水长东。

注释：

◎相见欢：原为唐教坊曲名，后用为词牌名。又名《乌夜啼》。

◎谢：凋谢。

◎几时重：何时再次相见。

相见欢

【南唐】李煜

无言独上西楼。月如钩。寂寞梧桐深院，锁清秋。　　剪不断。理还乱。是离愁。别是一般滋味，在心头。

注释：

◎离愁：指去国之愁。

◎别是一般：另有一种意味。

[明] 仇英《明妃出塞》局部

破阵子

【南唐】李煜

四十年来家国，三千里地山河。
凤阁龙楼连霄汉，玉树琼枝作烟萝。
几曾识干戈。　　一旦归为臣虏，
沈腰潘鬓消磨。最是仓皇辞庙日，
教坊犹奏别离歌。垂泪对宫娥。

注释：

◎破阵子：词牌名。
◎识干戈：经历战争。
◎沈腰潘鬓：沈指沈约，后用沈腰指代人日渐消瘦；潘指潘岳，后以潘鬓指代中年白发。
◎辞：离开。

清平乐

【南唐】李煜

别来春半。触目柔肠断。砌下落梅如雪乱。拂了一身还满。　　雁来音信无凭。路遥归梦难成。离恨恰如春草，更行更远还生。

注释：

◎砌下：台阶下。
◎归梦难成：指有家难回。

望江南

【南唐】李煜

闲梦远，南国正芳春。船上管弦江面渌，满城飞絮辊轻尘。忙杀看花人。

注释：

◎望江南：又名《望江梅》《忆江南》。
◎闲：指囚禁中百无聊赖的生活和心境。
◎南国：指南唐国土。
◎辊：滚动，转动。

渔父（其一）

【南唐】李煜

浪花有意千重雪，桃李无言一队春。一壶酒，一竿身。世上如侬有几人。

注释：

◎渔父：词调名，又名《渔歌子》。
◎侬：我，江南口语。

渔父（其二）

【南唐】李煜

一棹春风一叶舟。一纶茧缕一轻钩。花满渚，酒盈瓯。万顷波中得自由。

注释：

◎一棹：一桨。
◎瓯：杯子。

朝風冷霜初薄瘦鞠柔枝蚤上堂何以如松
畫好只宜相對許誰傍垂頭痛飲疏狂在抱
新蘇坐臥強蘊藉餘年惟此輩幾多幽意
寒香
清湘石濤大滌草堂
[清]石涛《对菊图》

虞美人

【南唐】李煜

春花秋月何时了。往事知多少。小楼昨夜又东风。故国不堪回首月明中。　　雕栏玉砌应犹在。只是朱颜改。问君能有几多愁。恰似一江春水向东流。

注释：

◎了：了结。

◎朱颜改：容颜衰老。

雪梅香

【宋】柳永

景萧索，危楼独立面晴空。动悲秋情绪，当时宋玉应同。渔市孤烟袅寒碧，水村残叶舞愁红。楚天阔、浪浸斜阳，千里溶溶。　临风。想佳丽，别后愁颜，镇敛眉峰。可惜当年，顿乖雨迹云踪。雅态妍姿正欢洽，落花流水忽西东。无憀恨、相思意，尽分付征鸿。

注释：

◎镇敛眉峰：常双眉紧锁。

◎分付征鸿：指用书信相互问候。

玉楼春

【宋】欧阳修

尊前拟把归期说，欲语春容先惨咽。人生自是有情痴，此恨不关风与月。　离歌且莫翻新阕，一曲能教肠寸结。直须看尽洛城花，始共春风容易别。

注释：

◎春容：青春的容貌。
◎惨咽：悲伤得说不出话来。

定风波

【宋】苏轼

三月七日，沙湖道中遇雨。雨具先去，同行皆狼狈，余独不觉。已而遂晴，故作此词。

莫听穿林打叶声。何妨吟啸且徐行。竹杖芒鞋轻胜马。谁怕。一蓑烟雨任平生。　料峭春风吹酒醒。微冷。山头斜照却相迎。回首向来萧瑟处。归去。也无风雨也无晴。

注释：

◎定风波：词牌名。
◎吟啸：放声吟咏。
◎芒鞋：草鞋。
◎料峭：风力寒冷。
◎萧瑟：指风雨吹打树木的声音。

浣溪沙

【宋】苏轼

簌簌衣巾落枣花。村南村北响缫车。牛衣古柳卖黄瓜。　　酒困路长惟欲睡，日高人渴漫思茶。敲门试问野人家。

注释：

◎缫车：抽茧出丝的工具。
◎漫：随意。
◎野人家：指农家。

[明]仇英《桃源图卷》局部

江城子·乙卯正月二十日夜记梦

【宋】苏轼

十年生死两茫茫。不思量。自难忘。千里孤坟，无处话凄凉。纵使相逢应不识，尘满面，鬓如霜。　夜来幽梦忽还乡。小轩窗。正梳妆。相顾无言，惟有泪千行。料得年年肠断处，明月夜，短松冈。

注释：

◎思量：思念。

◎孤坟：指其妻王弗之墓。

◎顾：看。

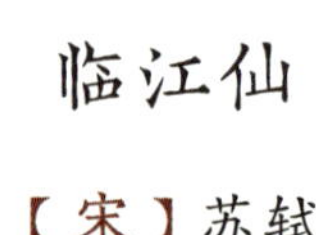

临江仙

【宋】苏轼

夜饮东坡醒复醉，归来仿佛三更。家童鼻息已雷鸣。敲门都不应，倚杖听江声。　长恨此身非我有，何时忘却营营。夜阑风静縠纹平。小舟从此逝，江海寄余生。

注释：

◎东坡：在今湖北省黄冈市东。
◎縠纹：指水波细纹。

南歌子·再用前韵

【宋】苏轼

带酒冲山雨，和衣睡晚晴。不知钟鼓报天明。梦里栩然蝴蝶、一身轻。　　老去才都尽，归来计未成。求田问舍笑豪英。自爱湖边沙路、免泥行。

注释：

◎晚晴：傍晚晴朗的天色。
◎求田问舍：专心经营家产而无远大志向。

南乡子·自述

【宋】苏轼

凉簟碧纱厨。一枕清风昼睡余。睡听晚衙无一事，徐徐。读尽床头几卷书。

搔首赋归欤。自觉功名懒更疏。若问使君才与术，何如。占得人间一味愚。

注释：

◎纱厨：纱帐，用木架撑起轻纱做成的帐子，夏季用以避蚊。

◎晚衙：旧时官署长官一日早晚两次坐衙，受属吏参拜治事。傍晚申时坐衙称晚衙。

水调歌头

【宋】苏轼

丙辰中秋，欢饮达旦，大醉，作此篇，兼怀子由。

明月几时有，把酒问青天。不知天上宫阙，今夕是何年。我欲乘风归去，又恐琼楼玉宇，高处不胜寒。起舞弄清影，何似在人间。　转朱阁，低绮户，照无眠。不应有恨，何事长向别时圆。人有悲欢离合，月有阴晴圆缺，此事古难全。但愿人长久，千里共婵娟。

注释：

◎把酒：手执酒杯。
◎不胜：经受不住。

［明］仇英《梧竹堂图》局部

西江月·中秋寄子由

【宋】苏轼

世事一场大梦，人生几度新凉。夜来风叶已鸣廊。看取眉头鬓上。　　酒贱常愁客少，月明多被云妨。中秋谁与共孤光。把盏凄然北望。

注释：

◎孤光：指月亮。
◎盏：酒杯。

兰陵王·柳

【宋】周邦彦

柳阴直。烟里丝丝弄碧。隋堤上、曾见几番，拂水飘绵送行色。登临望故国。谁识。京华倦客。长亭路，年去岁来，应折柔条过千尺。　闲寻旧踪迹。又酒趁哀弦，灯照离席。梨花榆火催寒食。愁一箭风快，半篙波暖，回头迢递便数驿。望人在天北。　凄恻。恨堆积。渐别浦萦回，津堠岑寂。斜阳冉冉春无极。念月榭携手，露桥闻笛。沉思前事，似梦里，泪暗滴。

注释：

◎烟：薄雾。
◎故国：故乡，亦指旧游之地。
◎津堠：码头上供瞭望歇宿的处所。

凤凰台上忆吹箫

【宋】李清照

香冷金猊，被翻红浪，起来慵自梳头。任宝奁尘满，日上帘钩。生怕离怀别苦，多少事、欲说还休。新来瘦，非干病酒，不是悲秋。　休休。这回去也，千万遍阳关，也则难留。念武陵人远，烟锁秦楼。惟有楼前流水，应念我、终日凝眸。凝眸处，从今又添，一段新愁。

注释：

◎金猊：涂金的狮形香炉。
◎宝奁：贵重的镜匣。
◎武陵：地名。
◎凝眸：注视。

孤雁儿

【宋】李清照

藤床纸帐朝眠起。说不尽、无佳思。沉香烟断玉炉寒，伴我情怀如水。笛声三弄，梅心惊破，多少春情意。　小风疏雨萧萧地。又催下、千行泪。吹箫人去玉楼空，肠断与谁同倚？一枝折得，人间天上，没个人堪寄。

注释：

◎三弄：指“梅花三弄”。
◎肠断：指悲伤到极点。

临江仙

【宋】李清照

庭院深深深几许，云窗雾阁常扃。柳梢梅萼渐分明。春归秣陵树，人老建康城。　　感月吟风多少事，如今老去无成。谁怜憔悴更凋零。试灯无意思，踏雪没心情。

注释：

◎扃：门环、门闩等。这里指门窗关闭。
◎秣陵：地名，今江苏省南京市。
◎建康：地名，今江苏省南京市。

［明］仇英《汉宫春晓图》局部

南歌子

【宋】李清照

天上星河转，人间帘幕垂。凉生枕簟泪痕滋。起解罗衣、聊问、夜何其。　翠贴莲蓬小，金销藕叶稀。旧时天气旧时衣。只有情怀、不似、旧家时。

注释：

◎枕簟：枕头和竹席。
◎情怀：心情。
◎旧家：从前。

声声慢

【宋】李清照

寻寻觅觅，冷冷清清，凄凄惨惨戚戚。乍暖还寒时候，最难将息。三杯两盏淡酒，怎敌他、晚来风急。雁过也，正伤心，却是旧时相识。　　满地黄花堆积。憔悴损，如今有谁堪摘。守着窗儿，独自怎生得黑。梧桐更兼细雨，到黄昏、点点滴滴。这次第，怎一个愁字了得。

注释：

◎声声慢：词牌名。这首词是李清照南渡后晚年的作品。

◎戚戚：悲愁、哀伤的样子。

◎将息：调养，保养。

◎怎生：怎么、怎样。

◎次第：光景、状况。

添字采桑子

【宋】李清照

窗前谁种芭蕉树。阴满中庭。阴满中庭。叶叶心心，舒卷有余情。　　伤心枕上三更雨，点滴霖霪。点滴霖霪。愁损离人，不惯起来听。

注释：

◎霖霪：久雨。
◎愁损：愁杀。

武陵春·春晚

【宋】李清照

风住尘香花已尽，日晚倦梳头。物是人非事事休。欲语泪先流。　　闻说双溪春尚好，也拟泛轻舟。只恐双溪舴艋舟。载不动、许多愁。

注释：

◎武陵春：词牌名，又作《武林春》《花想容》，双调小令。

◎舴艋舟：小舟。

一剪梅

【宋】李清照

红藕香残玉簟秋，轻解罗裳，独上兰舟。云中谁寄锦书来，雁字回时，月满西楼。　花自飘零水自流。一种相思，两处闲愁。此情无计可消除，才下眉头，却上心头。

注释：

◎红藕：红色的荷花。
◎玉簟：精美的竹席。
◎锦书：书信。

［明］陈洪绶《梅花》

醉花阴·重阳

【宋】李清照

薄雾浓云愁永昼。瑞脑销金兽。佳节又重阳，玉枕纱厨，半夜凉初透。　　东篱把酒黄昏后。有暗香盈袖。莫道不销魂，帘卷西风，人比黄花瘦。

注释：

◎醉花阴：词牌名。这首词是李清照早年的作品。
◎永昼：漫长的白天。
◎瑞脑：一种香料，又称龙脑。
◎金兽：兽形的铜香炉。

丑奴儿·书博山道中壁

【宋】辛弃疾

少年不识愁滋味，爱上层楼。爱上层楼。为赋新词强说愁。　而今识尽愁滋味，欲说还休。欲说还休。却道天凉好个秋。

注释：

◎丑奴儿：词牌名，又称“采桑子”。
◎博山：在今江西省广丰市西南。
◎层楼：高楼。
◎强：极力，竭力。

破阵子·为陈同甫赋壮词以寄之

【宋】辛弃疾

醉里挑灯看剑，梦回吹角连营。
八百里分麾下炙，五十弦翻塞外声。
沙场秋点兵。马作的卢飞快，
弓如霹雳弦惊。了却君王天下事，
赢得生前身后名。可怜白发生。

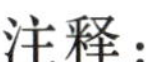

注释：

◎八百里分麾下炙：意思是将酒食分给部下食用。八百里，指牛，这里泛指酒食。
◎翻：演奏。
◎霹雳：响雷，震雷。这里指射箭时弓弦的响声。
◎了却：了结，完成。
◎天下事：指收复北方失地的国家大事。

菩萨蛮·书江西造口壁

【宋】辛弃疾

郁孤台下清江水。中间多少行人泪。西北望长安。可怜无数山。　　青山遮不住。毕竟东流去。江晚正愁余。山深闻鹧鸪。

注释：

◎郁孤台：古台名，在今江西省赣州市，又称望阙台。

◎清江：赣江与袁江合流处旧称清江。

青玉案·元夕

【宋】辛弃疾

东风夜放花千树。更吹落、星如雨。宝马雕车香满路。凤箫声动，玉壶光转，一夜鱼龙舞。　　蛾儿雪柳黄金缕。笑语盈盈暗香去。众里寻他千百度。蓦然回首，那人却在，灯火阑珊处。

注释：

◎元夕：元宵节夜晚。

◎宝马雕车：豪华的马车。

◎千百度：千百遍。

［明］陈洪绶《童子礼佛图》

清平乐·村居

【宋】辛弃疾

茅檐低小，溪上青青草。醉里吴音相媚好。白发谁家翁媪。　大儿锄豆溪东。中儿正织鸡笼。最喜小儿亡赖，溪头卧剥莲蓬。

注释：

◎吴音：吴地的方言。
◎翁媪：老翁、老妇。
◎锄豆：除掉豆田里的杂草。

生查子·独游雨岩

【宋】辛弃疾

溪边照影行，天在清溪底。天上有行云，人在行云里。　　高歌谁和余？空谷清音起。非鬼亦非仙，一曲桃花水。

注释：

◎行云：云彩流动。
◎和：跟着唱。

水龙吟·登建康赏心亭

【宋】辛弃疾

楚天千里清秋，水随天去秋无际。遥岑远目，献愁供恨，玉簪螺髻。落日楼头，断鸿声里，江南游子。把吴钩看了，栏杆拍遍，无人会，登临意。　　休说鲈鱼堪脍，尽西风、季鹰归未。求田问舍，怕应羞见，刘郎才气。可惜流年，忧愁风雨，树犹如此。倩何人唤取，红巾翠袖，揾英雄泪！

注释：

◎遥岑：远山。
◎季鹰：西晋文学家张翰，字季鹰。
◎刘郎：指刘备。

西江月·遣兴

【宋】辛弃疾

醉里且贪欢笑，要愁那得工夫。近来始觉古人书。信著全无是处。　　昨夜松边醉倒，问松我醉何如。只疑松动要来扶。以手推松曰去。

注释：

◎西江月：原唐教坊曲名，后用作词牌名。

◎遣兴：遣发意兴，抒写意兴。

西江月·夜行黄沙道中

【宋】辛弃疾

明月别枝惊鹊，清风半夜鸣蝉。稻花香里说丰年。听取蛙声一片。　　七八个星天外，两三点雨山前。旧时茅店社林边。路转溪桥忽见。

注释：

◎黄沙：黄沙岭，在今江西省上饶市的西面。
◎茅店：茅草盖的乡村旅店。
◎社林：土地庙旁边的树林。

［明］仇英《南华秋水》局部

玉楼春·戏赋云山

【宋】辛弃疾

何人半夜推山去。四面浮云猜是汝。常时相对两三峰，走遍溪头无觅处。　　西风瞥起云横度。忽见东南天一柱。老僧拍手笑相夸，且喜青山依旧住。

注释：

◎常时：平时。
◎瞥起：骤起。

暗香

【宋】姜夔

旧时月色。算几番照我，梅边吹笛。唤起玉人，不管清寒与攀摘。何逊而今渐老，都忘却春风词笔。但怪得、竹外疏花，香冷入瑶席。　江国。正寂寂。叹寄与路遥，夜雪初积。翠尊易泣。红萼无言耿相忆。长记曾携手处，千树压、西湖寒碧。又片片、吹尽也，几时见得。

注释：

◎翠尊：翠绿色酒杯，这里指酒。
◎红萼：指梅花。

好事近·赋茉莉

【宋】姜夔

凉夜摘花钿，苒苒动摇云绿。金络一团香露，正纱厨人独。　　朝来碧缕放长穿，钗头挂层玉。记得如今时候，正荔枝初熟。

注释：

◎花钿：用金翠珠宝制成的花形首饰。
◎苒苒：柔弱的样子。

蓦山溪·咏柳

【宋】姜夔

青青官柳，飞过双双燕。楼上对春寒，卷珠帘、瞥然一见。如今春去，香絮乱因风，沾径草，惹墙花，一一教谁管。　　阳关去也，方表人肠断。几度拂行轩，念衣冠、尊前易散。翠眉织锦，红叶浪题诗，烟渡口，水亭边，长是心先乱。

注释：

◎墙花：种植在墙边或攀缘在墙上的花卉。
◎行轩：古时身份尊贵者所乘的车。

念奴娇

【宋】姜夔

予客武陵，湖北宪治在焉。古城野水，乔木参天。予与二三友日荡舟其间，薄荷花而饮，意象幽闲，不类人境。秋水且涸，荷叶出地寻丈，因列坐其下，上不见日，清风徐来，绿云自动。间于疏处窥见游人画船，亦一乐也。朅来吴兴，数得相羊荷花中。又夜泛西湖，光景奇绝。故以此句写之。

闹红一舸，记来时、尝与鸳鸯为侣。三十六陂人未到，水佩风裳无数。翠叶吹凉，玉容消酒，更洒菰蒲雨。嫣然摇动，冷香飞上诗句。　日暮青盖亭亭，情人不见，争忍凌波去。只恐舞衣寒易落，愁入西风南浦。高柳垂阴，老鱼吹浪，留我花间住。田田多少，几回沙际归路。

注释：

◎三十六陂：地名，在今江苏省扬州市。诗文中常用来指湖泊多。

◎菰蒲：水草。

◎青盖：指荷叶。

◎凌波：行于水波之上。常指乘船。

◎南浦：南面的水边。常用来指送别之地。

［明］仇英《竹院品古》局部

念奴娇·谢人惠竹榻

【宋】姜夔

楚山修竹，自娟娟、不受人间祥暑。我醉欲眠伊伴我，一枕凉生如许。象齿为材，花藤作面，终是无真趣。梅风吹溽，此君直恁清苦。 须信下榻殷勤，翛然成梦，梦与秋相遇。翠袖佳人来共看，漠漠风烟千亩。蕉叶窗纱，荷花池馆，别有留人处。此时归去，为君听尽秋雨。

注释：

◎祥暑：炎暑。
◎翛然：无拘无束、超脱的样子。

齐天乐·蟋蟀

【宋】姜夔

丙辰岁，与张功父会饮张达可之堂。闻屋壁间蟋蟀有声，功父约予同赋，以授歌者。功父先成，辞甚美。予徘徊茉莉花间，仰见秋月，顿起幽思，寻亦得此。蟋蟀，中都呼为促织，善斗。好事者或以三二十万钱致一枚，镂象齿为楼观以贮之。

庾郎先自吟愁赋。凄凄更闻私语。露湿铜铺，苔侵石井，都是曾听伊处。哀音似诉。正思妇无眠，起寻机杼。曲曲屏山，夜凉独自甚情绪。　西窗又吹暗雨。为谁频断续，相和砧杵。候馆迎秋，离宫吊月，别有伤心无数。豳诗漫与。笑篱落呼灯，世间儿女。写入琴丝，一声声更苦。

注释：

◎庾郎：指庾信。
◎屏山：屏风上画有远山。
◎候馆：迎客的馆舍。
◎漫与：率意而为之。

疏影

【宋】姜夔

苔枝缀玉。有翠禽小小，枝上同宿。客里相逢，篱角黄昏，无言自倚修竹。昭君不惯胡沙远，但暗忆、江南江北。想佩环、月夜归来，化作此花幽独。　犹记深宫旧事，那人正睡里，飞近蛾绿。莫似春风，不管盈盈，早与安排金屋。还教一片随波去，又却怨、玉龙哀曲。等恁时、重觅幽香，已入小窗横幅。

注释：

◎疏影：词牌名，姜夔的自度曲。
◎恁时：那时候。

小重山令·赋潭州红梅

【宋】姜夔

人绕湘皋月坠时。斜横花树小，浸愁漪。一春幽事有谁知。东风冷，香远茜裙归。

鸥去昔游非。遥怜花可可，梦依依。九疑云杳断魂啼。相思血，都沁绿筠枝。

注释：

◎潭州：今湖南省长沙市。
◎皋：水边的高地。
◎茜裙：绛红色的裙子。指女子。
◎九疑：山名，亦名苍梧山。在湖南省宁远县南。
◎绿筠：翠绿的竹子。筠：竹子的青皮。

虞美人·赋牡丹

【宋】姜夔

西园曾为梅花醉，叶翦春云细。玉笙凉夜隔帘吹。卧看花梢摇动一枝枝。

娉娉袅袅教谁惜，空压纱巾侧。沈香亭北又青苔。唯有当时蝴蝶、自飞来。

注释：

◎凉夜：秋夜。

◎娉娉袅袅：形容姿态轻柔美好。

木兰花慢

叶嘉莹

花前思乳字，更谁与，话生平。怅卅载天涯，梦中常忆，青盖亭亭。飘零自怀羁恨，总芳根、不向异乡生。却喜归来重见，嫣然旧识娉婷。　月明一片露华凝。珠泪暗中倾。算净植无尘，化身有愿，枉负深情。星星鬓丝欲老，向西风、愁听佩环声。独倚池阑小立，几多心影难凭。

［明］仇英《独乐园图卷》局部

曲

曲

雨湿寒梢。
泪染龙袍。
不肯相饶。
共隔着一树梧桐直滴到晓。

［明］仇英《汉宫春晓图》局部

唐明皇秋夜梧桐雨第四折（节选）

【元】白朴

【正宫·端正好】自从幸西川还京兆。甚的是月夜花朝。这半年来白发添多少。怎打叠愁容貌。

【幺篇】瘦岩岩不避群臣笑。玉叉儿将画轴高挑，荔枝花果香檀桌，目觑了伤怀抱。

【滚绣球】险些把我气冲倒。身谩靠。把太真妃放声高叫。叫不应雨泪嚎咷。这待诏。手段高。画的来没半星儿差错。虽然是快染能描。画不出沉香亭畔回鸾舞。花萼楼前上马娇。一段儿妖娆。

【倘秀才】妃子呵，常记得千秋节华清宫宴乐。七夕会长生殿乞巧。誓愿学连理枝比翼鸟，谁想你乘彩凤返丹霄。命夭。

【呆骨朵】寡人有心待盖一座杨妃庙。争奈无权柄谢位辞朝。则俺这孤辰限难熬。更打着离恨天最高。在生时同衾枕，不能勾死后也同棺椁。谁承望马嵬坡尘土中，可惜把一朵海棠花零落了。

【白鹤子】挪身离殿宇，信步下亭皋。见杨柳袅翠蓝丝，芙蓉拆胭脂萼。

……

【双鸳鸯】斜軃翠鸾翘。浑一似出浴的旧风标。映着云屏一半儿娇。好梦将成还惊觉。半襟情泪湿鲛绡。

【蛮姑儿】懊恼。窨约。惊我来的又不是楼头过雁，砌下寒蛩，檐前玉马，架上金鸡，是兀那窗儿外梧桐上雨潇潇。一声声洒残叶，一点点滴寒梢。会把愁人定虐。

【滚绣球】这雨呵，又不是救旱苗。润枯草。洒开花萼。谁望道秋雨如膏。向青翠条。碧玉梢。碎声儿刬剥。增百十倍，歇和芭蕉。子管里珠连玉散飘千颗，平白地瀽瓮番盆下一宵。惹的人心焦。

【叨叨令】一会价紧呵，似玉盘中万颗珍珠落。一会价响呵，似玳筵前几簇笙歌闹。一会价清呵，似翠岩头一派寒泉瀑。一会价猛呵，似绣旗下数面征鼙操。兀的不恼杀人也么哥！兀的不恼杀人也么哥！则被他诸般儿雨声相聒噪。

【倘秀才】这雨一阵阵打梧桐叶凋。一点点滴人心碎了。枉着金井银床紧围绕。只好把泼枝叶做柴烧。锯倒。

【滚绣球】长生殿那一宵。转回廊，说誓约。不合对梧桐并肩斜靠。尽言词絮絮叨叨。沉香亭那一朝。按霓裳，舞六幺。红牙箸击成腔调。乱宫商闹闹炒炒。是兀那当时欢会栽排下，今日凄凉厮辏着，暗地量度。

【三煞】润蒙蒙杨柳雨，凄凄院宇侵帘幕。细丝丝梅子雨，装点江干满楼阁。杏花雨红湿阑干，梨花雨玉容寂寞。荷花雨翠盖翩翩，豆花雨绿叶萧条。都不似你惊魂破梦，助恨添愁，彻夜连宵。莫不是水仙弄娇。蘸杨柳洒风飘。

【二煞】咏咏似喷泉瑞兽临双沼。刷刷似食叶春蚕散满箔。乱洒琼阶，水传宫漏，飞上雕檐，酒滴新槽。直下的更残漏断，枕冷衾寒，烛灭香消。可知道夏天不觉。把高凤麦来漂。

【黄钟煞】顺西风低把纱窗哨。送寒气频将绣户敲。莫不是天故将人愁闷搅。度铃声响栈道。似花奴羯鼓调。如伯牙水仙操。洗黄花，润篱落。渍苍苔，倒墙角。渲湖山，漱石窍。浸枯荷，溢池沼。沾残蝶粉渐消。洒流萤焰不着。绿窗前促

织叫。声相近雁影高。催邻砧处处捣。助新凉分外早。斟量来这一宵。雨和人紧厮熬。伴铜壶点点敲。雨更多泪不少。雨湿寒梢。泪染龙袍。不肯相饶。共隔着一树梧桐直滴到晓。

拨不断·归隐

【元】马致远

菊花开。正归来。伴虎溪僧鹤林友龙山客。似杜工部陶渊明李太白。有洞庭柑东阳酒西湖蟹。哎，楚三闾休怪。

落梅风·烟寺晚钟

【元】马致远

寒烟细，古寺清。近黄昏礼佛人静。顺西风晚钟三四声。怎生教老僧禅定？

清江引·野兴

【元】马致远

东篱本是风月主。晚节园林趣。一枕葫芦架，几行垂杨树。是搭儿快活闲住处。

［清］石涛《古木垂荫》局部

清江引·野兴

【元】马致远

西村日长人事少。一个新蝉噪。恰待葵花开，又早蜂儿闹。高枕上梦随蝶去了。

四块玉·酒旋沽

【元】马致远

酒旋沽，鱼新买。满眼云山画图开。清风明月还诗债。本是个懒散人，又无甚经济才。归去来。

注释：

◎旋沽：刚买来。
◎经济才：治国安民的才能。

四块玉·马嵬坡

【元】马致远

睡海棠，春将晚。恨不得明皇掌中看。霓裳便是中原患。不因这玉环。引起那禄山。怎知蜀道难。

注释：

◎睡海棠：比喻杨贵妃。
◎霓裳：指《霓裳羽衣曲》。

天净沙·秋思

【元】马致远

枯藤老树昏鸦。小桥流水平沙。古道西风瘦马。夕阳西下。断肠人在天涯。

注释：

◎昏鸦：黄昏时归巢的乌鸦。
◎西风：秋风。

湘妃怨·和卢疏斋西湖

【元】马致远

春风骄马五陵儿。暖日西湖三月时。管弦触水莺花市。不知音不到此。宜歌宜酒宜诗。山过雨颦眉黛，柳拖烟堆鬓丝。可喜杀睡足的西施。

南吕金字经

【元】马致远

夜来西风里，九天雕鹗飞。困煞中原一布衣。悲。故人知未知？登楼意，恨无天上梯！

注释：

◎九天：九重天，指天的高远。
◎布衣：指平民百姓。

［明］徐渭《逆旅图》

古文

不以物喜，不以己悲。居庙堂之高，则忧其民；处江湖之远，则忧其君。

［明］陈洪绶《幽亭听泉图》局部

岳阳楼记

【宋】范仲淹

庆历四年春，滕子京谪守巴陵郡。越明年，政通人和，百废具兴。乃重修岳阳楼，增其旧制，刻唐贤、今人诗赋于其上，属予作文以记之。

予观夫巴陵胜状，在洞庭一湖。衔远山，吞长江，浩浩汤汤，横无际涯；朝晖夕阴，气象万千。此则岳阳楼之大观也，前人之述备矣。然则北通巫峡，南极潇湘，迁客骚人，多会于此，览物之情，得无异乎？

若夫霪雨霏霏，连月不开，阴风怒号，浊浪排空；日星隐曜，山岳潜形；商旅不行，樯倾楫摧；薄暮冥冥，虎啸猿啼。登斯楼也，则有去国怀乡，忧谗畏讥，满目萧然，感极而悲者矣。

至若春和景明，波澜不惊，上下天光，一碧万顷；沙鸥翔集，锦鳞游泳；岸芷汀兰，郁郁青青。而或长烟一空，皓月千里，浮光跃金，静影沉璧，渔歌互答，此乐何极！登斯楼也，则有心旷神怡，宠辱偕忘，把酒临风，其喜洋洋者矣。

嗟夫！予尝求古仁人之心，或异二者之为。何哉？不以物喜，不以己悲。居庙堂之高，则忧其民；处江湖之远，则忧其君。是进亦忧，退亦忧。然则何时而乐耶？其必曰：先天下之忧而忧，后天下之乐而乐欤。噫！微斯人，吾谁与归？

注释：

◎越明年：到了第二年。
◎增其旧制：扩大它原有的规模。制，规模。
◎大观：壮丽的景象。
◎迁客：被降职到外地的官员。迁，贬谪，降职。

秋声赋

【宋】欧阳修

欧阳子方夜读书，闻有声自西南来者，悚然而听之，曰：异哉！初淅沥以萧飒，忽奔腾而砰湃，如波涛夜惊，风雨骤至。其触于物也，鏦鏦铮铮，金铁皆鸣。又如赴敌之兵，衔枚疾走，不闻号令，但闻人马之行声。余谓童子：“此何声也？汝出视之。”童子曰：“星月皎洁，明河在天，四无人声，声在树间。”

余曰：“噫嘻悲哉！此秋声也。胡为乎来哉？盖夫秋之为状也，其色惨淡，烟霏云敛；其容清明，天高日晶；其气慄冽，砭人肌骨；其意萧条，山川寂寥。故其为声也，凄凄切切，呼号愤发。丰草绿缛而争茂，佳木葱茏而可悦，草拂之而色变，木遭之而叶脱。其所以摧败零落者，乃一气之余烈。夫秋，刑官也，于时为阴；又兵象也，于行为金。是谓天地之义气，常以肃杀而为心。天之于物，春生秋实。故其在乐也，商声主西方之音，夷则为七月之律。商，伤也，物既老而悲伤；夷，戮也，物过盛而当杀。

“嗟夫！草木无情，有时飘零。人为动物，

惟物之灵，百忧感其心，万事劳其形，有动乎中，必摇其精。而况思其力之所不及，忧其智之所不能，宜其渥然丹者为槁木，黟然黑者为星星。奈何非金石之质，欲与草木而争荣？念谁为之戕贼，亦何恨乎秋声！”

童子莫对，垂头而睡。但闻四壁虫声唧唧，如助余之叹息。

注释：

◎衔枚：古代秘密行军时，为了保持部队肃静，常令士兵口里横衔一根木棍，以免喧哗。

◎又兵象也，于行为金：古来征战，多在秋季。又，古人把五行分配于四季，秋天属金。

前赤壁赋（节选）

【宋】苏轼

壬戌之秋，七月既望，苏子与客泛舟游于赤壁之下。清风徐来，水波不兴。举酒属客，诵明月之诗，歌窈窕之章。少焉，月出于东山之上，徘徊于斗牛之间。白露横江，水光接天。纵一苇之所如，凌万顷之茫然。浩浩乎如冯虚御风，而不知其所止；飘飘乎如遗世独立，羽化而登仙。

注释：

◎斗牛之间：斗、牛，指天上的斗宿与牛宿。

◎一苇：比喻所乘小舟。

◎冯虚御风：冯，同“凭”，意谓船行如凌空驾风一样。

我们谈到中国的文学，特别是中国的诗歌，我想其实是要从我们的语言、文字本身的特色来谈。

中国的语言文字跟其他各个国家民族的文字是不同的，其实一个最大的特色，就是我们是单音独体。西方的、欧美的国家是拼音文字，就算日文的一个字也不是单音的。比如说花，他说“はな[xana]”，可是我们说“花”，就是一个字。那当然更不用说英文的“flowers”，它这音节就更多了。所以要讲我们中国诗歌的特色，先要从我们语言文字的特色谈起来。

我们这样的单音独体，就是一个字一个音节，而且单独占一个空间。单音独体这样的语言文字，我们要让它有一个音韵，有一个节奏，所以就有最古老的一个诗的体式——而这不是我们人为定下来的规矩，说你作诗要怎么样作，这是我们语言文字的特色，就像我们人的身体官能，是因身体本身的特色形成的。所以我们最早的诗歌《诗经》是以四言为主的，就是说四个字一句。根据晋朝挚虞的《文章流别论》，他说："雅音之韵，四言为正。"就是说中国古代的雅乐是以四个字一句为好的，以其可以"成声为节"，因为四个字在一起，才有个节奏。一个字当然没有节奏，两个字也没有节奏，三个字也很难有节奏。所以是"雅音之韵"，是"四言为正"，是以其可以"成声为节"。在中国的诗歌里面，这个音节，就是说节奏，也就是说你的诗句，你的顿挫，它有的时候是一个句，有的时候只是一个顿。这个顿挫，无论是在诗里面、词里面甚至于曲里面，都是很重要的。

除了这个语言文字的特色以外，中国的诗歌还有一个极大的特色。从《诗经》开始，《毛诗大序》说"情动于中而形于言"，说是这个诗，是志之所之，所以我们最早的诗歌，从《诗经》开始，我们所注重的就是要情动于中，而后形于言。我们在《诗品》，就是钟嵘的《诗品序》里面也说："气之动物，物之感人，故摇荡性情，形诸舞咏。"人之作诗是因为有所感动。不管是外边的景色，外物的感动，还是外界的人情、感情，人世间的种种悲欢离合的感动。总而言之，不管是外在的物象，草木鸟兽的物象，或者是事象，悲欢离合的事象，我们中国的诗歌，是"情动于中"才"形于言"的。

诗是"志之所之"，那么这就跟西方有另外一点不同。

刚才说因为我们语言本身跟其他各个国家民族的都不同，另外我们作诗的缘起，跟其他各个国家民族也不相同。其他的国家民族，像西方的诗歌，他们最早也叫作"Poetry"，但是他们那个范畴跟我们不一样。他们是把早期的那些史诗跟戏剧，都算作广义的诗歌。而不管是史诗“Epics”，还是戏剧，他们主要的、史诗所描述的、戏剧所表现的，都是一个社会中外在的事物，与我们所说的诗，从你内心发出来的感动不同，这是另外一个大的差别。所以语言，既然跟各个国家民族有所不同，诗的缘起也跟西方有绝大的差别。所以他们的文学理论是注重你写作的技巧，你安排语言文字的能力，这点当然我们中国也是重视的，可是我们中国之所以没有那样逻辑非常细密的文学理论，是因为我们所重视的是内心真正情意的感发。各种表现的方式，只是传达你的感发的一种方法而已，真正重要的是你的本质是什么。而他们因为重视表现技巧这一方面，所以他们就在文学理论技巧方面非常重视。

所以西方讲到形象与情意的关系，就是讲外在的形象与你内心要表现的情意有什么样的关系时，他们就有了很多非常繁复的说法。而我们中国呢？对于外物与情意的关系，我们只用了“赋、比、兴”三个简单的方式。可是，西方，就有明喻、隐喻、转喻、象征、拟人、举隅、寓托，最复杂的，就是T.S.Eliot说的“外应物象”——“Objective Correlative”。虽然我们中国，在文学批评上，表面上看起来，没有他们这样的细密的理论上的名称，但这些个说法，这些个term，这些个批评的术语，他们所说的各种的情意之间的关系，我们其实是都有的。

比如他们说明喻，就是“Simile”，明喻就是说这个像那个，比如李太白说“美人如花隔云端”，说美人如花，把这个“如”字指出来，这是一种明白的比喻，我们虽然没有分别什么“明喻、隐喻、转喻”，没有他们这么多理论上的分别，但是明喻我们是有的，“美人如花隔云端”。

那么什么叫作隐喻呢？隐喻就是隐藏在里面，不说这个像那个，那个如同这个，不要这些个“像、如同”，这些是隐藏在里面的。英文有个另外的 term 叫“Metaphor”，我们中国其实都没有，我们都归在赋、比、兴里面去了。隐喻像什么样子呢？比如说，杜牧之有一首诗，说是“娉娉袅袅十三余，豆蔻梢头二月初”，他说“娉娉袅袅十三余”，是说一个十三岁左右的女孩子，娉娉袅袅，形容她姿态的美丽，像“豆蔻梢头”。豆蔻是一种植物，据说那个花开起来，是粉红色的，非常的细碎，是很娇美的。说像“豆蔻梢头”，二月初期刚刚开放的花一样的美丽。但是他没有说娉娉袅袅十三余的少女像豆蔻梢头二月初的花朵，没有这个“如”字，没有这个“像”字。那么他们就把这个叫作“隐喻”。

至于说转喻，转喻就是不是用明白的这个比喻那个，是用一个物象，就是与它相关的物象转到一个比喻上。那外国所说的这个转喻叫“Metonymy”，“Metonymy”他们就指的比如说，“the crown”，就是皇冠，这个皇冠就代表一个王位，一个人要是追求，要 take over，要拿走这个 crown，就表示他要篡位，或者他要做王。那么在这种情形之下，中国其实也同样有这种转喻。像陈子昂有一首诗，说这个“黄屋非尧意”，黄色的屋子，说这不是帝尧的本意，就说帝尧不是为了做天子、做君主而追求这个地位的。那我们有这种现象，是用“黄屋”代表一个帝王，代表一个天子，可是我们没有把这个明喻、隐喻、转喻用不同的名字来说，我们都说是比喻，或者都说是象喻。

那么象征，是“Symbol”。什么叫作象征？我们说美人如花，这并不是象征，按照西方说，这只是一个 Simile。什么才是象征呢？象征是已经约定俗成的，大家都共同承认，这个形象就是代表什么东西。比如十字架，代表耶稣的救赎；枫叶，代表加拿大这个国家。那么像这样的，大家所公认的，这样才叫象征。那像中国，比如说，松树代表的坚贞之类的，竹子代表的正直之类的，是约定俗成的，就是大家共同承认的，这个形象有这样的意思，这就是一个 Symbol。

至于后面说到拟人，就是“Personification”，把一个没有生命的东西，比作一个有生命感情的人，这 Personification 就是拟人。我们没有分这么多的名字，但是，我们有这种诗歌的写法。我们说“蜡烛有心还惜别，替人垂泪到天明”，是把那没有生命感情的蜡烛，看作有生命感情的人了，这个就叫作拟人。

还有就是举隅。“举隅”，其实这是我们的翻译。他们本来叫“Synecdoche”。Synecdoche 是英文，我们怎么翻译成举隅了呢？孔子《论语》上，说学生，“举一隅不以三隅反，则不复也”。如果我告诉你这张纸的这个角是九十度，你就应该自己推想，那些个角也是九十度，如果我告诉你这个角是九十度，你不能够联想到其他相似的东西，孔子说这样的学生，我不教他。“举一隅不以三隅反”的学生，我就不教了。就是举一个角落，你就联想到其他的，一部分就代表了全体了。那么使用这个形象的方法，中国的诗歌里面也有。比如像温庭筠的一首词，说“梳洗罢，独倚望江楼。过尽千帆皆不是，斜晖脉脉水悠悠。肠断白蘋洲”。“过尽千帆皆不是”，帆是船上的一部分，可是它代表的，是一个船的整体，所以那就是举隅。

还有寓托。寓托的英文的名字是"Allegory"。什么才叫作寓托？就是你里边一定有哲学的、道德的、宗教的等等的意味，而你用这个东西来代表，就叫作寓托。比如说屈原的美人香草，是代表君子的，这是所谓寓托。

那么刚才我还说 T.S.Eliot 提出一个很新的名词，叫作"外应物象""Objective Correlative"。所谓"外应物象"就是要有一组、一系列、接连不断的种种形象，而暗示了某一种情意。其实像李商隐的《燕台四首》，"风光冉冉东西陌，几日娇魂寻不得。蜜房羽客类芳心，冶叶倡条遍相识"。他完全都是用各种的形象，一组一组的，一系列一系列的，一排一排的这种形象，来表现他内心的某一种情意。这个就是外应物象。

所以西方的诗论，我们听起来名字很繁复，有明喻、隐喻、转喻、象征、拟人、举隅、寓托、外应物象，在文学批评的理论上，他们有八种不同的名字。可是刚才我已经举了我们中国的诗歌做例证，我们中国是这八种东西都有，我们虽然没有理论上的分别，但是，原则上，原理上，我们都是有的。可是其实，有一个中国的东西，反而是外国从来也没有的。因为我在国外生活过，所以我不管是欧美的，甚至于日本的，我都去问他们，怎么说，我们中国的这个字你们怎么说，他们说没有。他们外国的这些个不同的说法，我们中国都有，我们都可以举出例证来，而且我们也可以用中文，给他们翻译出来，有这八种不同的现象。我们都可以用我们的语言文字说明，我们也可以用我们的诗歌来举例。可是我们的一个字，他们既没有相应的翻译，他们翻译不出来，而且，他们也没有相应的例证，那就是我们中国的“兴”。

“兴”这一个字，本来有不同的读音，你可以念“Xīng”，“兴起”的时候就念“Xīng”，就是说动词的时候念“Xīng”，名词的时候就念“Xìng”，所以我念“赋比兴 Xìng”。因为“赋比兴”的时候它是名词，它是代表一种诗歌的写作的方式，它不是兴起的意思，你说“兴 Xīng 于诗”，那个是动词，它是 Xīng，但是“赋比兴”，一定是 Xìng，它是一个名词。中国的“兴”的作用是非常微妙的。当然了，你说，这个《诗经》的“赋比兴”就是三种写诗的方式，关系于诗人本身的内在情意与外在的物象或者事象的关系，我们没有西方那么复杂，我们只是简单地归纳为“赋比兴”这三种方式。

所谓“兴”，我们说“见物起兴”，你看到一个东西，我说中国的诗总说“兴发感动”，这是跟外国的诗一个绝大的差别，是“情动于中而形于言”，所以中国所重视的，是你的情，你的心是怎么样动起来的，是什么使你动的。你如果是因为外物使你动的，由物及心，由外物而感动你的内心，那么这种写作的方法，还不止是方法，是引起你的诗产生的那个情意的过程，那就是“兴”，由物及心的就是“兴”。

我们说“关关雎鸠，在河之洲。窈窕淑女，君子好逑”。因为你看见外在的雎鸠鸟的和乐美好，听到它们的“关关”的叫声，所以你想，雎鸠鸟雌雄的鸟有这样快乐的生活，我们人类岂不也应该有这样美好的配偶吗？所以，从“关关雎鸠，在河之洲”到“窈窕淑女，君子好逑”，是由外物引起了内心的感动的，这是由物及心，我们叫作“兴”。

“兴”这种现象在中国诗歌里面的作用，有的是可以说明的，比如说“关关雎鸠，在河之洲”，那我们说，因为雎鸠鸟有配偶和乐美好，从而想到“君子”也应有好的配偶，这个是对称的。但是有的不是这样。《诗经》还有一首《山有枢》，“山有枢，隰有榆。子有衣裳，弗曳弗娄……宛其死矣，他人是愉”。说山上有枢木，山高的地方有枢木。隰，低湿的地方，有榆木。山上有枢，隰地有榆，说你有衣服，你不肯穿，你舍不得穿，等到有一天你死了，死去了，结果你的那么多衣服就被别人享用了。那“山上有枢，地下有榆”与“你有美丽的衣服不穿”有什么关系呢？这种关系，不是像“关关雎鸠”那样可以明白说明的，所以有人就认为，我们上古的真正诗歌，所谓兴，就是引起你的一个感发的开端，不必然一定要有理性上的、相应的、对称的联想。他们说像民间的很多民谣，也是如此的。说“小板凳，朝前挪，爹喝酒，娘陪着”，这“小板凳，朝前挪”与“爹喝酒，娘陪着”没有必然的关系，即是说用一个声音引发你的感动，所以，声音是非常微妙又非常重要的，就是如何用声音引起你的感发。

所以吟诵，也同样是非常重要的。古人常常写诗，都是伴随着吟诵。我几次也跟同学们说，你要作诗，不是把诗韵啊，字典啊，类书啊都摆在这里才作一首诗。诗是你偶然，你内心之中有一种感动，所以吟诗是重要的。如果你会吟诵，你的诗句，就是你内心的感动，就会伴随着你所熟悉的那个吟诵的声音跑出来。

我也曾经在我那篇讲情意与吟诵关系的文章里面，举了一个例证，其实也是西方的例证，就是说，西方，我在国外看到，他们在教中学生，或者是大学一年级诗歌课程的时候，他们有一个通用的课本，就像我们大学国文，有通用的课本，他们大学的诗歌也有通用的课本。这个通用的课本，它的作者的名字是X.J.Kennedy，他的书的名字叫*An Introduction to Poetry*，“An Introduction”是一个介绍，“to Poetry”就是一个诗歌的介绍。在这篇文章里面他说“meaningful sound as well as musical sound”，他说meaningful，有意义的，sound是声音，就是你作诗，那个声音，是带着意义的声音，同时是musical sound，也是带着音乐性的声音，所以你的意义是伴随着那个声音一起跑出来的。好的诗歌，不是勉强拼凑的诗歌，都是你内心的感情，你的那个meaningful sound，是跟那个musical sound，跟那音乐的声音，同时出来的。所以我们中国的诗歌，对于吟诵一直是非常重视的。

讲到我们吟诵的历史，中国古代的教学，小孩子一入学，是先学吟诵的。现在大家常常说，昨天也有朋友来访问，访谈时就问为什么现在大家对诗都隔膜了，都不理解了。其实我们中国诗现在之所以不被年轻人所理解，与我们这个吟诵的传统断绝了，有非常密切的关系。特别是中国的诗歌，中国诗歌的生命，一直是伴随着吟诵，伴随着这个声音，这个meaningful跟那个musical，意义的声音跟音乐的声音，一直是伴随在一起的，所以你把这个吟诵的musical sound丢掉了，你对于那个meaningful sound也不理解了，所以就失去了，还不只是说理解不理解。你所失去的，是真正呼唤起你内心情欲的感动，呼唤起你的感动的那种力量，是声音把你的感动呼唤起来了，你没有了声音，你就缺少了那一份感动的生命了。

中国旧日的传统非常重视诗歌的吟诵，就是小孩子一入学，就先要学吟诵。现在不用说小孩子不学，念了博士也不学的，所以真正的诗歌的微妙的地方，大家就很难体会了。在中国《周礼》的《春官》里面就有记载。(《周礼》是记载周代的礼法官制的书，王国维先生赞美它，他写了《殷周制度论》，从殷商，到周，这是一次大的革命，王国维先生也生在满清到民国的革命时代之中，他说好的革命，不是说不可以革命，马上得天下容易，马上治天下是不可能的。所以，一个新兴的国家革命以后，如何制定一个法律、制定礼乐、制定一个制度，那才是重要的。而《周礼》，是周公所定的，教育、教学，是非常重要的。）所以他在《春官》里面开始就提教育的问题，他说国家有大司乐的官。这个大司乐的官，他的职责就是“以乐语教国子”。就是把刚才我用英文说的那个 meaningful sound 跟那个 musical sound 结合起来，要把你的意义跟声音结合起来教小孩子。他管它叫作“乐语”，带着音乐性的语言。你要把带有音乐性的语言教给国子，国子在周朝指的是那些卿士大夫的小孩子，要教给他们。教的时候怎么教？他说教的时候你要注意的有几点，是“兴、道、讽、诵、言、语”。什么是“兴、道、讽、诵、言、语”呢？中国的经书虽然说古老不容易看懂，可是中国的经书都有注有疏，有很多详细的注解。所以兴，就是刚才我们说的，从外物感动你的内心就是“兴”。

刚才我们说有“赋比兴”。我还没有讲完呢，“兴”是由物及心，由外物感动了你的内心，这个就是“兴”。有的是有意义的可以解释的，“关关雎鸠，在河之洲”，所以“窈窕淑女，君子好逑”。有的是不能解释的，像“山有枢，隰有榆”你就不能解释，它跟“子有衣服，弗曳弗娄”有什么关系？不必然有关系，它是一个声音引起的你的联想。

那么“比”是什么呢？如果“兴”是由外物到内心，“比”是由内心到外物。就是你内心先有了一种情意，然后你，假借一个物象来表达。像大家所熟悉的“硕鼠硕鼠，无食我黍。三岁贯汝，莫我肯顾。逝将去女，适彼乐土。乐土乐土，爰得我所”。它说的是大老鼠，可是它下面说的是我侍奉你三年，你完全都不顾念我。所以这首诗，其实是那些被剥削的人讽刺那些个剥削者。他是先有被剥削的感觉，然后把那个人比作大老鼠的。所以这是先有内心的情意，然后用外物来比的。

然后我们也说到“赋”，什么叫作“赋”呢？“赋”是说你不假借外物的形象，你没有关雎，也没有硕鼠，你不用植物，也不用动物，你不需要，就是你有什么情事，开头你的诗就直接写你的情事。像《诗经》里面的《将仲子》，它说“将仲子兮，无逾我墙，无折我树桑。岂敢爱之？畏我诸兄。仲可怀也，诸兄之言亦可畏也”，它说“将仲子兮！无逾我里！无折我树杞！岂敢爱之，畏我父母。仲可怀也，父母之言亦可畏也”。它开头没有动物，没有植物，没有一个物象。它开头就是“将仲子兮”，“将”就是一个发音，仲子就是对一个人的呼唤，是一个女子在恋爱之中，她对她所爱的那个男子的呼唤，这个男子可能是排行老二，所以管他叫做仲子。就是你不用外物的任何的形象，不是由物及心，也不用由心及物，你直接就叙述了，这个就叫“赋”。

可是，这“赋比兴”真正的作用是什么？我们中国所说的“赋比兴”，不是他们外在的加上去的那些个明喻、隐喻、转喻，那种理性的分析。我们中国所说的“赋比兴”，所重视的是什么？是说你的诗歌的内心的情意的感动，是从什么引起来的？是说你怎么样感发的，是你的感发的力量从哪里来的？不管是兴还是比还是赋。所以中国诗重视的就是你内心这种感发的力量，所以教小孩子，这个“乐语”，就是带着音乐的言语，也就是能够吟诵或者歌唱的诗歌。其实他们那时候教学就用《诗经》了，就是“兴”，先让你直接懂得这个诗歌是带着感发的力量的。然后就是“道 dǎo”，就是道路的“道”，我们念它 dǎo，就是引导。然后就指导小孩子，告诉他这种感发的作用是怎么样。然后，告诉你，说“讽 Fèng”。什么叫作“讽”呢？《周礼》的注疏上有注解，说背文曰讽，背文就是背下来。给你讲解，知道了这个感动，你就要背下来，这就是讽。兴、道、讽，然后，就是诵。什么叫做诵呢？《周礼》注疏上说，以音、以声节之曰诵，就是有声音、有节拍，这个叫诵。讽，是只背，“关关雎鸠，在河之洲。窈窕淑女，君子好逑”，你就背。可是诵呢？就是有一个音节，那现在我们就把中国最古老的《诗经》的四个字一句的诗，这种体裁，我们就把它诵了，就是“以声节之”。我们说这是一个美读，就是有个声音，有个节奏。那我们现在就把这个四言诗《关雎》读一下。

我们先读一遍，然后再所谓美读吧，其实也说不上“吟”。

关关雎鸠，在河之洲。窈窕淑女，君子好逑。

我一定要提醒大家注意，大家常常说苗条淑女。这是现代人的生活给你的误导。因为现在的模特儿都要瘦，就以为苗条就是美。其实不是。“窈窕”不是“苗条”，“窈窕”两个字的字头都是洞穴的“穴”字，是深藏的意思。所以“窈窕”，是说真正有内在的品德资质、美好的淑女，也不能说“君子好 hào 逑”，就是君子就爱好就追求。不是你们现在所理解的，说是苗条的瘦的女孩子，君子就爱好，君子就追求，不是这个意思。是窈窕的淑女，是真正有内在的美好的品质，这样的女子，是君子的好配偶。所以不能念“好 hào 逑”，是“好 hǎo 逑”。“关关雎鸠，在河之洲。窈窕淑女，君子好 hǎo 逑”。

第二章，诗经分成几句，就是一个段落，说“参差荇菜，左右流之。窈窕淑女，寤寐求之”。就如同在水边，你看那个荇菜，那种水草，随波这样摇荡。我要把这个水草捞起来，就好像对一个那样资质美好的女子，我怎么样才能够追求到她。“寤寐求之”，就是不管我是醒的时候，还是睡的时候，我都在思念她。那么下面就说“求之不得，寤寐思服。悠哉悠哉，辗转反侧”，说我虽然追求她，但是我没有能够真正地得到她。就是无论是我醒，还是我睡，我都对她有所思念。“悠哉悠哉”，我的这种思念，这样的绵长，这样的不断绝，所以我睡觉的时候辗转反侧，是我思念的缘故。

再下边一节，“参差荇菜，左右采之。窈窕淑女，琴瑟友之”。刚才那个荇菜还在水里面流动，我还没把它捞起来，现在这“参差荇菜”，我“左右采之”，我把它抓住了，捞起来了。所以“窈窕淑女，琴瑟友之”，如果我真的求到了这个女孩子，那我就可以跟她弹琴鼓瑟，我们就可以过一种和乐美好的生活了。

“参差荇菜，左右芼之。窈窕淑女，钟鼓乐之”。“乐”这个字，不念 lè，也不念 yuè。念 yào，是形容词，是快乐。一个快乐的人，你是快乐的。念 yuè 是名词，这是一种音乐。现在是动词，是我爱好她，我以她为乐 lè，所以不念 lè，也不念 yuè，念 yào。

好，我们现在既然读过了，我就把它吟诵一下吧。

我们刚才说四个字一句，这是与我们中国语言文字的特色可以相配合的最简短、而且能够有音节的一种句法。音位一个字两个字三个字，都很难让它有什么节奏。所以四个字是中国的语言最简短的而能够有节奏的一种形式，可是它是相当单调的。说“雅音之韵，四言为正”，因为它可以成声为节，但是它成声的那个节，是二二，是非常短的。四个字、四个字总是二二、二二的节拍，所以吟诵当然也就是如此的。就是比较死板的。好，现在我们来吟诵一下。

关关雎鸠，在河之洲。窈窕淑女，君子好逑。
参差荇菜，左右流之。窈窕淑女，（我）寤寐求之。
求之不得，寤寐思服。悠哉悠哉，辗转反侧。
参差荇菜，（我）左右采之。窈窕淑女，琴瑟友之（啊）。
参差荇菜，（我）左右芼之。窈窕淑女，钟鼓乐之。

这个节奏是比较单调的。我有的时候加一些虚字，这是因为有的时候口气生硬，转折比较生硬，所以比如我说“参差荇菜，（我）左右采之”，我加个“我”字。那这个，可以不用加，但是，我觉得，两个两个字太死板了，而且加一个当下的表述，就可以使这种情景好像距离得更真切一点，更活泼一点。所以有的时候我在吟诗的时候加个“我”啊、“你”啊、“啊”啊，再加一个虚字，就是让它更活泼一点，不要太死板。当然这是我们中国最古老的一种诗歌的体式。

那么下边，我们中国的诗，两大源流，一个是《诗经》，一个就是“骚”。“诗骚”，所以《诗经》下面，就应该是《离骚》，就是楚辞。

楚辞是来自楚地的，而《诗经》是中原的。我们中国的这个地区这么大，南方跟北方，我们说话的声音、语言、风俗、习惯，都有不同。北方黄土高原的土地，就是比较现实的，可是南方，山川草木，都很茂盛，都很浓密，所以就使得人有了更丰富的想象。而且，在周朝的时候，楚国的语言，跟中原的语言，说话的声音、语音，也是不相同的，所以楚地就发展出一种新的诗歌体式，那就是《离骚》所代表的“骚体”。《离骚》呢，就是屈原的这篇《离骚》，是非常长的一篇，自我叙述的一篇长诗。这么长的诗，而且句法也是相当长的。这么长的句法，所以后来的诗人，写诗的人，就没有用这种《离骚》的体式来写诗。而《离骚》的体式呢，后来被赋所继承，所以有了“骚赋”，就是借鉴于离骚的体式。可是赋呢，赋可以铺陈，可以叙述，可以发扬，可以写得很长。而诗是一种感情、一种感动，写得比较短。所以“骚”后来就演变为赋，而且“骚”的本身，我说的是《离骚》，屈原《离骚》本身也是一种自叙的、传记的形式，所以是长篇的，带有叙述性，不像诗歌，只是短篇的抒情。

我们没有时间来把《离骚》通篇地都读了。所以我只能读《离骚》里面的第一段，我先把它读一下，然后再吟诵，就是《离骚》的第一段。

帝高阳之苗裔兮，朕皇考曰伯庸。摄提贞于孟陬兮，惟庚寅吾以降。

这个降 hóng 字跟那“伯庸”的“庸”字押韵，“惟庚寅吾以降”。

皇览揆余初度兮，肇锡余以嘉名。名余曰正则兮，字余曰灵均。

这个“锡”字相当于“赐”，所以也有人念“肇锡 cì 余以嘉名”。“名余曰正则兮，字余曰灵均”。

本来《诗经》跟这个屈原的《离骚》，都是周朝的，虽然屈原到了春秋后的战国时代，但都是距离我们很遥远的，何况楚地的语言，跟中原的语言也不相同，那么究竟我们应该怎么样读它？古代的声音，周朝时候的声音，说话肯定跟我现在说话是不一样的。所以中国有研究声韵学的，有《屈宋古音义》，说屈原宋玉，他们的作品该怎么样读，还有《毛诗古音考》，说毛诗的古音是怎么样读。但已经距离那么长久的时代，几千年了，我们实在很难确定，他们当年真的怎么样说，怎么样读，当时也没有录音。所以后人所写的这些什么“古音义”之类的，也是后人按照他们研究所得的一些个理论来推求的。那么有些人，说我们要按照古音读。那古音读当然跟现在不一样，可是他那个古音是不是就真的代表当时屈原的古音呢？这也很难确定，所以既然我是用普通话读，我就尽量还用普通话的声音来读，不过“惟庚寅吾以降”的这个“降 hóng”字也读这个“降 jiàng”字，念 hóng 是比较普遍的，所以我刚才是这样念的。我们现在重新开始一遍。我们还是先念一遍，然后再吟诵。

帝高阳之苗裔兮，朕皇考曰伯庸。
摄提贞于孟陬兮，惟庚寅吾以降。
皇览揆余初度兮，肇锡余以嘉名。
名余曰正则兮，字余曰灵均。
纷吾既有此内美兮，又重之以修能。
扈江离与辟芷兮，纫秋兰以为佩。
汩余若将不及兮，恐年岁之不吾与。
朝搴阰之木兰兮，夕揽洲之宿莽。

这个“莽”字也有人把它念成“宿莽 mǔ”，但是，我们就按照普通话的声音来念了。

日月忽其不淹兮，春与秋其代序。
惟草木之零落兮，恐美人之迟暮。
不抚壮而弃秽兮，何不改乎此度。
乘骐骥以驰骋兮，来吾道夫先路。

其实《离骚》的一个基本体式，主要是用一个“兮”字的语尾助词，而且在这语尾助词的前面有六个字，后面有六个字，这是《离骚》的基本的形式。一个长的句法，一共十三个字，中间有一个“兮”

字的一个语词，就是只有声音没有意义的语词，前面六个字，后面六个字。我现在来把它吟诵一遍：

帝高阳之苗裔兮，朕皇考曰伯庸。
摄提贞于孟陬兮，惟庚寅吾以降。
皇览揆余初度兮，肇锡余以嘉名。
名余曰正则兮，字余曰灵均。
纷吾既有此内美兮，又重之以修能。
扈江离与辟芷兮，纫秋兰以为佩。
汩余若将不及兮，恐年岁之不吾与。
朝搴阰之木兰兮，夕揽洲之宿莽。
日月忽其不淹兮，春与秋其代序。
惟草木之零落兮，恐美人之迟暮。
不抚壮而弃秽兮，何不改乎此度（呀）。
乘骐骥以驰骋兮，来吾道夫先路（啊）。

在楚地，屈原的《离骚》是最重要的一篇长诗，是中国古代个人的作品中的最长的一首诗。而《离骚》对中国诗歌，对中国整个文学有很大的影响，因为这篇诗不管是内容还是音调，真的是非常美，给人很大的感动。这篇长诗里面，有几点特色。一个就是太史公司马迁赞美屈原，说“其志洁，故其称物芳”，因为他本身的心志是高洁的，所以他所称述的都是美好的事物，所以美人香草，在中国是一个非常重要的传统，而且高洁好修，就是他的崇高，他爱好的这种品质人格上的这种高洁，所以他说“制芰荷以为衣兮，集芙蓉以为裳”“佩缤纷其繁饰兮，芳菲菲其弥章”。这种对于美好的芬芳的追求，不是说一个道德的教训，说你应该追求一些个高洁的美好的，而是他用诗歌的美，他的语言的美，他的声音的美，直接带给你这样的感动。所以屈原的《离骚》在这方面，对后世有很大的影响。

而除去高洁好修的品质以外，《离骚》还表现了一个特色，就是伤美人之迟暮、悲秋的感慨“日月忽其不淹兮，春与秋其代序”“惟草木之零落兮，恐美人之迟暮”，就是对一个人，警告你，说你的生命其实是短暂的，你有什么美好的才华，你有什么美好的理想，你有什么美好的追求，有什么美好的志意，你应该把它完成，不要等到有一天，当日月忽其不淹，春与秋其代序，到了草木零落、美人迟暮的时候，那你的追求都落空了。所以这种美人迟暮的警惕，是屈原的《离骚》里面所表现的使人感动的另一方面。

屈原的《离骚》还有一方面使人感动，就是他在这篇长诗里边，对于美的反复申述，不管是美人也好，贤人君子也好，还是高洁美好的品德也好，都是一种无休止的不停的追求。他说“吾令羲和弭节兮，望崦嵫而勿迫”“路漫漫其修远兮，吾将上下而求索”。他说我要叫羲和的太阳，让你那车子走得慢一点，“吾令羲和弭节兮”。“望崦嵫而勿迫”，“崦嵫”是太阳下山的地方，你不要那么快就跑下山去。“吾令羲和弭节兮，望崦嵫而勿迫”。“路漫漫其修远兮”，我要追寻的路，还是这样的遥远和漫长，“路漫漫其修远兮”。“吾将上下而求索”，我对于我所追求的，是不辞辛苦的，无论是上下，无论是多么遥远，“升天入地求之遍”，这是《长恨歌》说的。总而言之，这是种对于美好之追寻的不停止的精神。

屈原的《离骚》还有一点特色使后人感动，就是为了我所追求的，我殉身无悔。我宁愿为它牺牲，也不会后悔。屈原说的“亦余心之所善兮，虽九死其犹未悔”，只要我内心以为是好的，我就心甘情愿为它奉献一生，无论受到多么大的困难还是困苦，“九死”我也不后悔的。

这都是屈原《离骚》里面所表现的精神，也是当你真的能够吟诵这一首长诗把它熟背的时候，它的语言的美好，它的声音的美好，自然就会把它这种美好的品格、美好的愿望，直接地传给你，使你受到感动。

就在前两天，有人问我，说诗歌，读诗，有什么意思，有什么意义。我说，西方的接受美学家说了，读诗可以提高你的品格，这是必然如此的，尤其是中国的诗歌。不是知识，不是说我讲解你知道了，你要真的背诵，要美读、吟唱，要它透过声音，把那生命给你，跟你的生命结合为一。这是中国诗歌，所以要吟诵。

那么最早的中国诗歌，当然是《诗经》跟楚辞。楚辞里面最重要的一篇诗，那就是《离骚》。但是，楚辞里面所收录的，不只是《离骚》的这一首长诗。楚辞里面收录的作品还很多。像这一本《楚辞读本》，是我台湾的一个学生写的，他寄给我的。这本书里面一共收了十七种作品，而且每一种里面包含了很多篇。

第一种当然就是《离骚》，第二种是《九歌》，《九歌》应该本是楚地祭祀鬼神的、就是祭祀时唱的一种歌词。有人说，九歌也是屈原作的。有人说九歌就是祭祀鬼神的歌，或者折中，就是说，那是祭祀鬼神的歌，可是经过了屈原的重新整理和写定，就是这第二种《九歌》。

《九歌》，按说九是个数目，可是你看一看《九歌》，包括有：《东皇太一》《云中君》《湘君》《湘夫人》《大司命》《少司命》《东君》《河伯》《山鬼》《国殇》《礼魂》，共十一篇。十一篇为什么叫《九歌》？这各人有各种不同的说法。有人说九，就是中国的习惯举成数啊。像屈原我们刚才背的，说“亦余心之所善兮，虽九死其犹未悔”，你能够死九次吗？不可能的。所以我们说九死一生，你九死了吗？没有嘛。说九泉之下，什么是九泉，地下有几层。所以说这个九，是一个抽象的数目，所以它不一定是九篇嘛。它是十一篇，但是是一组，总其名，就管它叫《九歌》了。这是一种说法，说十一篇为什么叫《九歌》，九就是一个成数。所以清朝有一个学者叫汪中，他写了一篇文章就叫《释三九》，他就解释“三”这个数目，跟“九”这个数目，在中国的文学里面是个虚数。

可是也有人说了，说不是这样的意思。另外还有几种不同的说法，说这里面的《湘君》《湘夫人》，可以合成一组，《大司命》《少司命》也是可以合成一组的，那么十一篇有两两都合成一组了，当然就是“九歌”。还有人说，说那第一篇《东皇太一》，是一个礼神的开始，最后一篇的《礼魂》是一个祭祀的结尾，所以开头跟结尾的不算，那就是九篇。不管怎么样，名字叫《九歌》，是有十一篇。

这个《九歌》，我为什么也要谈它一谈呢？因为《离骚》不但篇幅长，句法也长，所以它影响到后代的，不是那短篇的诗歌，而是长篇的骚赋。真正地影响了诗歌，在中国的诗歌的体式演进发展上，占重要地位的其实是《九歌》。《九歌》有各种不同的体式，基本的《九歌》，就是对后世影响最多的一种体式。那么楚歌，常常有一个“兮”字的语尾，《离骚》是“兮”字前面六个字后面六个字。《九歌》，影响后世的诗歌比较多的是前面三个字后面三个字。“入不言兮出不辞，乘回风兮载云旗，悲莫悲兮生别离，乐莫乐兮新相知”，“兮”字前面三个字，“兮”字后面三个字。但是这不是绝对的，这个《九歌》，是祭祀的歌，本来就应该是当地的一种民间歌谣，所以它不像《离骚》，比较整齐，《九歌》不是那么整齐。所以《九歌》的句法，就有很多种不同的句法。像《湘君》这一篇，它只是一篇祭祀的歌，但是它里边的这些句法的变化，就有很多种。我简单地说一说它的变化就是了。

《湘君》，“君不行兮夷犹”，“兮”字前面是三个字，但是“兮”字后面只有两个字。我说，它影响后代最多的是前面三个字后面三个字，“入不言兮出不辞，乘回风兮载云旗，悲莫悲兮生别离，乐莫乐兮新相知”，这种体式，就是七个字一句，中间有个兮字，前面三个字后面三个字，对后世诗歌的体式影响是比较大的。但是刚才我说楚歌有很多种体式，像《湘君》“君不行兮夷犹”前面三个后面两个，不只是如此而已。比如它说“驾飞龙兮北征，邅吾道兮洞庭”，“驾飞龙兮北征”前面三个字后面两个字，“邅吾道兮洞庭”前面三个字后面两个字，这都是三个字两个字的。可是它后边还有“心不同兮媒劳，恩不甚兮轻绝，石濑兮浅浅，飞龙兮翩翩，交不忠兮怨长，期不信兮告余以不闲”。“期不信”前面三个字，“期不信兮告余以不闲”，后面几个字？五个字了。所以它有时候前面三个字后面两个字，有时候前面三个字后面五个字，所以它变化比较多了。

可是我前面说，它影响后世比较多的，是中间一个兮字，前面三个字后面三个字。在楚汉之争的时候，楚歌这个体式是比较流行的。你像《项羽》的《垓下歌》，“时不利兮骓不逝”“力拔山兮气盖世”，都是中间一个兮字，前面三个字后面三个字。当然这后面也有变化，“骓不逝兮可奈何！虞兮虞兮奈若何”。“虞兮虞兮”，它是前面用了两个兮字，“奈若何”，不过加起来呢，还是七个字。我们说楚汉之间是楚歌的形式比较流行。那不但是项羽的《垓下歌》是楚歌的体式，汉高祖的《大风歌》也是。“大风起兮云飞扬，威加海内兮归故乡，安得猛士兮守四方”。“大风起兮云飞扬”，它也是前面三个字后面三个字，中间一个兮字。不过它后面也有变化，“安得猛士兮”，它“兮”字前面四个字，不过基本上它还是楚歌的形式。

而楚歌的这种形式呢，它本来是有“兮”字的，后来在中国诗的发展之中，就是说像七言，就是七个字一句的诗，七言诗的形成中消失了。刚才我们说了楚歌“兮”字前面三个后面三个，基本上就是七个字一句了，不过它的七个字一句中间有个“兮”字的语词，后来就变成七个字一句了，那就是曹丕的《燕歌行》。我们看一看曹丕的《燕歌行》。

我们刚才看这个楚歌。“入不言兮出不辞”，“辞”字是押韵的，“乘回风兮载云旗”，“旗”字是押韵的，“悲莫悲兮生别离”，“离”字是押韵的，“乐莫乐兮新相知”，“知”字是押韵的。我们现在读起来，好像不押韵，但是，这个“旗”跟这个“知”，是押韵的，古人这是押韵的。那么我现在所要说明的就是，曹丕的《燕歌行》就是七个字一句，每一句都押韵，这是楚歌的形式。可是它的变化就在，楚歌里面原来第四个字是“兮”字，它把“兮”字免去，变成一个实字了，不是一个虚字了。

我们先把曹丕的《燕歌行》念一遍。

“秋风萧瑟天气凉”，你说“秋风萧兮天气凉，草木落兮露为霜”，这就是楚歌的体式，中间有个“兮”字。但它现在没有“兮”字，它变成都是实在的字了。

读：

秋风萧瑟天气凉，草木摇落露为霜。群燕辞归雁南翔，念君客游思断肠。慊慊思归恋故乡，何为淹留寄他方？贱妾茕茕守空房，忧来思君不敢忘，

这个“忘”字押平声念 wáng。

不觉泪下沾衣裳。援琴鸣弦发清商，短歌微吟不能长。明月皎皎照我床，星汉西流夜未央。牵牛织女遥相望，尔独何辜限河梁。

所以这就是最早的七言诗，每一句都押韵，我以为，它就是把楚歌中间的“兮”这个虚字拿走了，变成实在的字了。我们也把它吟诵一遍。

因为它每一句都押韵，所以它的音节比较迫促。

吟：

秋风萧瑟天气凉，草木摇落露为霜。群燕辞归雁南翔，念君客游思断肠。慊慊思归恋故乡，何为淹留寄他方？贱妾茕茕守空房，忧来思君不敢忘，不觉泪下沾衣裳。援琴鸣弦发清商，短歌微吟不能长。明月皎皎照我床，星汉西流夜未央。牵牛织女遥相望，尔独何辜限河梁。

因为它都是押韵，所以这音节就比较短促，那这些是我们中国早期的，《诗经》的体式，《离骚》的体式，《九歌》的体式。但我们最好不说它《九歌》的体式，我们应该说它楚歌的体式。那么楚歌的体式，后来就变成了最原始的七言诗。在这样变化以后，中国的诗歌的体式，还有什么变化呢？那后边的体式，就是非常重要的一个变化，那就是影响我们中国诗歌最久远的五言诗。

我们昨天讲了《诗经》、楚辞里面的《离骚》跟《九歌》的几种体式。我说，最早的中国的诗歌能够成声为节的是《诗经》的四言体，不过《诗经》这本书里边，也不是全部都是四个字一句的。像你们所熟悉的《伐檀》这一首诗，“坎坎伐檀兮，寘之河之干兮”，在“兮”字下面，“寘之河之干”是五个字，后面还说“不狩不猎，胡瞻尔庭有县貆兮”，那“胡瞻尔庭有县貆”甚至于有七个字之多。所以我所讲的体式只是就一般习惯、普遍性的来说。

我们最早形成的这个诗歌的体式是四言体，而四言体里面有些个句子字数不一，有的时候是三个字的句子，当然四个字的句子最多，五个字、六个字、七个字的都有。正因为这个格律的规矩，不是外面声韵格律规定的，那是语言自然形成的，不是一个死板的格律，而是自然形成的语言，以四个字为一句，二二的音节最普遍，这是自然的形式。

至于我们后来讲到的《离骚》,《离骚》因为“兮”字前面六个字，后面六个字，句法比较长，而且《离骚》的全篇，是一个长篇的诗歌，是屈原的自叙，所以呢，这种体式呢，就有点近于赋。“赋”就是铺陈的意思，是长篇的写作，所以后来这种体式，就被赋所沿袭了。而诗里面，反而很少像《离骚》这样体式的诗歌。至于被赋体所沿袭的，像王粲的《登楼赋》之类的是最好的例证，他说“登兹楼以四望兮，聊暇日以销忧”，就是“兮”字前面六个字后面六个字。

至于这个《九歌》的体式，我们上次，也曾经提到过，像《湘君》什么的，它有的时候不一定都是“兮”字前面三个字后面三个字。只是，我也是举其普遍、多数的，被后代所沿用的是前面三个字后面三个字。“入不言兮出不辞，乘回风兮载云旗”，而且呢，我也曾经讲过，后来曹丕的《燕歌行》，是七个字一句，把“兮”字取消了，就是全篇七言的一首完整七言诗了。如果问七个字一句，没有“兮”字，很整齐的七言诗是哪首，那么曹丕的《燕歌行》，可以做代表。

楚汉之际的时候，本来就是楚歌体的流行期。项羽的《垓下歌》，刘邦的《大风歌》，甚至于在《汉书》里边所记载的李陵别苏武的歌，还有东汉时候的张衡的《四愁诗》，都是从楚歌体演化而来的。

后来我们讲到，曹丕的《燕歌行》已经是一首完整的七言诗了。不过它不是后来的那种七言诗，它与我们中国后来形成的七言诗的最大的差别就是，不管是律诗，绝句，甚至于长篇的歌行，像白居易的什么《琵琶行》《长恨歌》，都是双数的句子押韵，可是《燕歌行》，是每句押韵。所以它虽然没有“兮”字，但是它每句押韵，这仍然是受楚歌的影响。

虽然它每句押韵，与后来的格式，就是说双数句字押韵的形式不完全一样，但它毕竟是完整的七言诗。

至于后来五言诗的出现，则是一种必然，但也有偶然性。因为四言一句，太短了，而《离骚》呢，又太长了，所以在曹丕的《燕歌行》这种七言诗还没有出现以前，我们就已经有一些个五言诗出现了。

五言诗的出现，其实与乐府诗有非常密切的关系。所谓乐府诗，这个乐府的名字最早见于《汉书》。《汉书》说，武帝的时候，乃立乐府，乐府本来是个官署的名字，是掌管音乐的一个官署。说汉武帝时候立了乐府，就设立了一个乐官，叫李延年，李延年就做了这个“协律都尉”，因为李延年是懂得音乐的，也会歌唱，所以叫李延年做协律都尉。而且汉武帝立了乐府以后，他就令人采集赵、代、秦、楚等各地方的歌谣，采诗夜诵，晚上的时候就歌诵，而且叫像李延年这样的协律都尉给它配上音乐。因为本来采集的是歌谣，后来才给它配上了音乐，所以乐府是先有歌词，而后配的音乐。与词之先有音乐，后配上歌词这一点是不相同的。

当时汉朝流行的乐府诗，其实有几种不同的体裁。

一种，是沿袭《诗经》，四个字一句。沿袭《诗经》的四个字一句的，大半是用在宗庙、朝堂之中的比较庄严的音乐。像唐山夫人的《房中乐》之类的，是四个字一句的。那是比较整齐的，大半用于庙堂的祭祀，所以一般人觉得它不那么活泼，不是很有情趣，很少人读它。总之，有一部分汉代的乐府诗，是庄严的，是四个字一句的。

那么另外的呢，其实汉代的乐府，还有一种形式，就是杂言体，就是它的句数是不整齐的。因为是民间的歌谣，有很多句数，并不整齐的，“出东门，不顾归。来入门，怅欲悲。盎中无斗储，还视架上无悬衣”之类的。像这个《妇病行》啦，《孤儿行》啦，都是参差错落的杂言体式。

除了继承传统古典的四言，还有带着很浓厚的民间风味的杂言。它所成立的另外一种体式，值得注意的，就是五言。所以乐府诗里面，也有很多的作品就是五言诗歌。《汉书》上有一个传记叫《佞幸传》。幸，是得到皇帝的宠幸，佞 nìng 是佞人，就是善于在皇帝面前逢迎讨好的人。《汉书》的《佞幸传》里面记了一个人的传记，就是我们刚才说的，乐府里面的一个官吏，叫作协律都尉，他的职责，就是给采集的各地风谣配音乐，他的名字叫李延年。《汉书》上记载说，李延年能为新变声，说李延年这个乐师，他创造了一种新的跟过去不同的音乐，所以他能够作新变声。而历史上传下来的李延年的最有名的一首诗，其实就是他的《佳人歌》。“北方有佳人，绝世而独立。一顾倾人城，再顾倾人国。宁不知倾城与倾国？佳人难再得！”“北方有佳人”，五个字，“绝世而独立”，五个字，“一笑倾人城”，五个字，“再笑倾人国”，还是五个字。后边，是“宁不知倾城与倾国”，就变成八个字了，可是这八个字里面，有一点与这个轻重的语气不同。你可以说，“倾城与倾国”还是五个字，“宁不知”，是加上去的三个字，就是代表一种口气——你难道不知道吗？所以“宁不知倾城与倾国”，最后“佳人难再得”，还是五个字。所以这首诗，等于说整体都是五个字一句，只不过，中间有一句，多了三个字，而我们中国后来的词曲常常有所谓的“增字”和“衬字”。那就是说懂得音乐的人，他知道在这个歌曲的固定乐律之间，可以在它那个拍板的空的地方，加上一些个句子，这就是所谓“衬字”和“增字”。“宁不知”有点这样的性质，所以可以说那就是五言诗了，很原始的五言诗，还不是那么固定的形式，这种五言诗的早期的形式，就是乐府诗的五言诗。

乐府诗还有一点让我们注意的，就是乐府诗里面开始有叙写，有故事性的诗篇。比如说“上山采蘼芜，下山逢故夫”之类的，还有这个《陌上桑》，说是“日出东南隅，照我秦氏楼。秦氏有好女，自名为罗敷。罗敷善蚕桑，采桑东南隅”，就是五言有叙事的诗。这些都是很值得注意的，但是这种诗呢，我们还说它是乐府的诗。

在《昭明文选》里面，它所选的，是它认为正式的，是完整的脱离了乐府的性质的五言诗，它所选的一组古诗，名字就叫作古诗，所以不再是乐府诗了，那就是“古诗十九首”。

我们现在主要是吟诵，我们吟诵了四言诗，吟诵了骚体的诗，吟诵了楚歌体的诗。那么乐府诗，因为长短句不同，其中最难吟的一首诗，是乐府里面的《上邪》。

我记得去年，有一位导演，要拍一个片子，他说他片子里面要用《上邪》这一首诗，要请人吟。本来，南开有一位校友，在南开中学教学的，叫程滨，他吟诗吟得很好，很会吟诗。所以当那个导演跟我说要找一个吟诗的人的时候，我就介绍了程滨。那天晚上，那个导演也在这里，程滨也坐在这边，那个导演就对他说，请你吟一下这个《上邪》，因为我们这个片子里面啊，要有一个人吟诵《上邪》这一首诗。程滨就说，这个我不会吟，这个很难吟。因为吟的时候呢，五言七言，它都有一个顿挫，有一个节奏，就是上次我们讲《诗经》的时候，引挚虞的《文章流别论》时候说的，说“雅音之韵，四言为正”，以其可以“成声为节”。“关关雎鸠，在河之洲”，你可以说“上邪”，你“上邪”只两个字，“上邪”，没了，你“上邪”怎么吟呢？所以程滨就说，这首诗我不会吟。

其实我以为，也是我个人看法，当然也许是不正确的，就是诗歌里面遇到两个字、三个字，如果非常短，没有一个节奏，那它的声音出来就完了。“上邪”，没有了，你怎么样使它有一个吟诵的节奏呢？这样的诗就很难吟，我自己有一个体会，当然也不见得多正确。这个，在戏曲里边，比如说有声、有腔。“声”就是这个字原来的声音，“shàng”“yé”这就是它的“声”。但是你在吟唱的时候，吟的时候，或者唱的时候，你这“声”就可以把它拖长，就可以有一种“腔”。这都因为两个字、三个字，这样短的句子，它没有一个节奏。就是说，你出声的时候，是很短的，可是你吟的时候可以把这个腔拖长。所以我就把《上邪》吟一下。因为这是一般人不大吟的，大家都有一个疑问，说这样的诗句我们怎么吟。上邪！没了，我们怎么吟？所以我现在就姑且用我自己个人的办法，吟一下。

我们先把它读一下，其实我这里没有写这首诗，反正是很短的，说“上邪！我欲与君相知，长命无绝衰。山无陵，江水为竭，冬雷震震，夏雨雪，天地合，乃敢与君绝”。这是爱情诗里边，表现得非常非常坚决、非常投入的一首诗。那么，这首诗怎样吟呢？而且“上邪”是什么意思呢？我以为上邪者，这个“邪”本来是一个发声之词，我以为“上邪”两个字就是人在发咒赌誓的时候，说“天哪！”就是这种意思。那么现在我把它，用我自己想象的腔调读一下，因为很少人吟这样的诗。

吟：

上邪！我欲与君相知，长命无绝衰。山无陵，江水为竭，冬雷震震，夏雨雪，天地合，（我）乃敢与君绝！天地合，乃敢与君绝！

这重复也是我加上去的，因为有些个诗，它就是过于简短直接，好像在结尾的时候收不住，所以我常常重复一句。其实，这个也是在音乐的乐曲之中常用的办法，要不然怎么会有渭城三叠呢？就是把一些个句子重叠一下。那么现在我们是把这个很奇怪的这种乐府的体裁读了，那后边，我就要正式地读一读，就是《昭明文选》所说的《古诗十九首》。

《古诗十九首》的时代跟作者，有很多不同的说法，从远到西汉的枚乘，晚到建安的曹、王，各种说法都有。我在从前我出版的《汉魏六朝诗讲录》那本书里边，曾经写过两篇文章，论《古诗十九首》的时代的问题，也在我讲《古诗十九首》时候，提到过这个问题，因为这是考证的事情，它到底是西汉还是东汉还是什么时代。那我们主要以吟诵为主，所以我就不讲考证，关于考证可以看我的那册书。一个是我写的论文《论〈古诗十九首〉的时代》，一个是我的《汉魏六朝诗》的讲录。那现在，我们就念一念这个《古诗十九首》。

现在，当然主要是以吟诵为主，但是诗，你要真的能够欣赏它，体会它，你当然是通过声音，有一种感动。可是有的人，他对于这种感觉不那么细致，不那么敏锐，就是对它真正的特质不能够一时掌握得到。那像我，我们昨天读这个《离骚》，我们只是吟诵，那只是《离骚》的一个声音。但是我讲到，其实《离骚》之所以使人感动，是因为它里边所写的，这种高洁好修，这种芳洁、这种美好的心志，有感叹于摇落无成的这个秋士的悲慨，有它所写的这种追求，还有九死无悔的精神，这个才是真正你欣赏《离骚》时的兴发感动，是你要透过声音来欣赏的。

我上次也说了，有代表字义的字音，有代表音乐性的声腔。你是透过了声音，结合它的字义，而其实你真正要追求的，还不只是那个声音而已。你吟诵就只是声音，是透过它的声音跟文字的意思，音义结合起来。你要体会的，是它里面真正的感情和精神，这样才是对的。我们昨天已经简单地讲到了《离骚》的这几种特色，所以《离骚》对后世的诗人影响很深远，就因为《离骚》透过那种优美的文字、优美的声调和优美的形象，带给后代的诗人很多兴发感动，所以影响了很多人。

那么《诗经》，其实我没有讲，我只是说《诗经》是四个字一句，只讲了它的音乐性，没有讲《诗经》真正的特色是什么。其实我觉得，关于《诗经》的特质，正如中国《毛诗大序》所说的，古人有的时候你觉得他太死板了，太教条了，但是他有他的一个道理。我们说，《诗经》是“乐而不淫，哀而不伤”，这是我们中国感情的、品德的、修养的一种特色。而这种特色呢，其实，我们透过诗歌也可以体会到。就像《关雎》，说君子要有一个好的配偶。可是它说的，并不是很浅薄的，只是情欲。它说的是“窈窕淑女，钟鼓乐之”“窈窕淑女，琴瑟友之”，这是所谓“乐而不淫”。

至于“哀而不伤”呢，我这里其实也有《诗经》的一些个例证。

《诗经》里面有两首诗，都是写弃妇之辞，一个是《氓》这一首诗，“氓之蚩蚩，抱布贸丝”。还有一首应该是《柏舟》。

《氓》这首诗其实是写一个女孩子跟一个男孩子恋爱了，然后就嫁给他了，所以开头是“氓之蚩蚩，抱布贸丝。匪来贸丝，来即我谋。送子涉淇，至于顿丘。匪我愆期，子无良媒”，就是嫁给他了。后来，这成了很长的一首诗，嫁过去以后是“三岁为妇，靡室劳矣。夙兴夜寐，靡有朝矣。言既遂矣，至于暴矣。兄弟不知，咥其笑矣。静言思之，躬自悼矣”。结婚以前，这男孩子一直追求她。可是结婚以后，过了几年，这男孩子对她很不好了。所以，她说的是什么呢？她只是说“静言思之，躬自悼矣”，我只是自己很悲哀就是了。它后面最后一段，说“及尔偕老，老使我怨。淇则有岸，隰则有泮。总角之宴，言笑晏晏。信誓旦旦，不思其反”，后边说“反是不思，亦已焉哉”，你既然不顾念从前的感情，那也就算了，没有话可说了。这是《诗经》，所以它的一个特色，是“乐而不淫、哀而不伤”，不是空谈的一句话，是中国诗歌的感情真的有一种温柔敦厚的特色，跟现在有些个人，强求，或者强求而不得，甚至于杀人放火，是绝然不同的。这是中国的感情上的，一种修养，一种品格。

我现在又要讲到《古诗十九首》了。《古诗十九首》，我们就不能只是讲它的声音。我们说不管《诗经》也好,《离骚》也好，现在到五言诗的《古诗十九首》，它都是有一种真实感情的境界。感情有不同的境界，有高低深浅的各种不同的境界。清朝一个评《古诗十九首》的人叫陈祚明，他的《采菽堂古诗选》里边，说了这么一段话。

其实《古诗十九首》，本来在钟嵘的《诗品》里，刘勰的《文心雕龙》里面，都有很多的赞美。钟嵘《诗品序》就说,《古诗十九首》"文温以丽，意悲而远，惊心动魄，可谓几乎一字千金"，他是说《古诗十九首》所表现的感情，所以我们不只是说诗的声音，我们还说那种声音跟文字的结合，所表现出来的我们诗歌传统的几种感情的姿态、感情的境界。钟嵘《诗品序》上说，陆机所拟的有十四首。陆机拟古诗，他拟了很多首。而陆机拟古诗里面的十四首诗，就拟的是《古诗十九首》。那么钟嵘在《诗品序》里就说，这《古诗十九首》，是"文温以丽"，说得真是好，就是我们刚才所说的中国的诗歌"温柔敦厚，诗之教也"。它写得这样温厚，这样美丽。"意悲而远"，它的情意有悲慨，可是那个悲慨写得如此之绵长。所以真是"惊心动魄"，它虽然用的这样的温婉的语言，但是可以打动你，可以让你惊心动魄。所以，钟嵘赞美说，像《古诗十九首》这样的诗真是一字千金，每一个字都那么美好。

其实，每个字都是美好的。我们中国后来常常讲，字有字眼，说一个句子里面有一个眼睛，意思是这个句子里面只有这个词才好。说“春风又过江南岸”不好，“春风又满江南岸”不好，说“春风又绿江南岸”就这个“绿”字才好。其实，诗要讲究一个句的好，不要只讲究一个字的好，讲究“诗眼”那已经是第二等的诗。真正的好诗，是没有字句可以摘的，你不能摘出说这一句好，还是这个字好，是它整体的好，它没有一个字配合得不是恰到好处。其实《古诗十九首》所谓一字千金，并不是像后来的所谓字眼句眼的那样的一个字，是它整体的，每一个字都是这样美好的。这是说它的文字。

至于说到《古诗十九首》的境界，我刚才提到了陈祚明。陈祚明说了这样几句话。他说“十九首所以为千古至文者”，是中国千百年来的文学里面，真正了不起的。其实，我一直在教诗，就一直有一个疑问，从很多年前，从我小时候读《古诗十九首》，到我到了台湾，在台湾大学教《古诗十九首》，一直困惑我的一个问题，到现在也没有得到解答。就是这《古诗十九首》，是什么人作的，什么人写的。我常常会想到，李商隐写了《燕台四首》诗，他《燕台四首》诗前面，还不是《燕台四首》诗，是由《燕台四首》诗而引起来的，还不是读到的这《燕台四首》诗，是听到人吟诵这《燕台四首》诗，而引来一个女孩子的动心。所以诗歌能不能打动人心，诗歌本身的语言文字感情是一个问题，那么当这个诗歌被人吟诵的时候，这个情意，结合了音声之打动人，那才是微妙的。有人吟诵李商隐的《燕台四首》，被一个叫柳枝的女子听到了，说：“谁能有此？谁能为是？”谁能有此者，谁能有此情啊。诗里面所写的这一份情意，什么人能够有？谁能有此？谁能为是？不但有这种感情，而且能够把这种感情表现得这样好，什么人能够，“为”是做出来，“是”，是这样，什么人能够作出这样的诗？我读《古诗十九首》，常常在想：“谁能有此？谁能为是？”这《古诗十九首》是什么人写的，就连一个作者的名字都没有，真是“谁能有此？谁能为是？”我只是说我读《古诗十九首》的一点感觉。

陈祚明也写了他的感觉，他说《古诗十九首》是“千古至文”，是千古以来，最好的文字。为什么是最好的呢？“以能言人同有之情也”，因为《古诗十九首》所写的，是我们人类共同的感情。前些日子，我到清华大学去讲演，讲晚唐五代词的欣赏，讲李后主的词。李后主词之所以了不起，王国维说了，说李后主“有释迦基督担荷人类罪恶之意”。李后主又不是一个宗教的教主，他自己就是罪人，他怎么能够担荷我们人类什么罪恶。王国维的意思是说李后主所写出来的，是我们所有的、千古的、人类的共同的悲哀，他是透过他自己一个人的破国亡家经历，写出来千古人的悲哀。“春花秋月何时了，往事知多少，小楼昨夜又东风，故国不堪回首月明中”。头两句，就是“春花秋月何时了”，说“往事知多少”，两句，把我们世界上所有的人都打进去了。我们每个人都是如此。“春花秋月”，年年春花开，年年秋月圆，我们的岁月都流逝了，流逝之中带走了我们多少往事。所以陈祚明就说，《古诗十九首》所写的，是我们千古人类同有的感情。李后主所写的，是今昔的对比，说多变的人世，跟不变的这个永恒的大自然世界的对比，那是共同的。那么十九首所写的是什么共同的呢？他说“人情莫不思得志，而得志者有几”，每个人都希望得志如愿，可是世界上真正满足的人有几个？每个人其实都是不满足的。俗话说的“人心不足蛇吞象”，总是不满足的。所以他写的这种，人生的一种追求，一种不得的，一种感慨。还有就是说“志不可得而年命如流，谁不感慨”，那么你觉得人生有很多缺憾一直没有满足，可是“岁月逝矣，年不我与”，这种悲哀，也是人类共同的感情。再有他说，我们“人情于所爱，莫不欲终身相守”，你对于所爱的人就愿意长久终身都在一起。“然谁不有别离”，可是谁没有别离呢？不管是生离，还是死别，每一个人都同样经历过。所以十九首所写的，这种追求而不得的悲哀，这种岁月消逝的悲哀，这种离别的悲哀，都是人类共同的感情。人人有这种感情，但不是人人都能写出这样的诗来。他说可是《古诗十九首》，写出来了。而且《古诗十九首》写出来了，它还不是一泻无余。说我真是悲哀，一百二十分的悲哀。它所写的，是反复低回、含蓄不尽的，所以才好。我是只讲他的大意，这是陈祚明说《古诗十九首》的好处。

好，那，我们现在就开始吟吧。

其实《古诗十九首》中我想吟的，有两首，第一首《行行重行行》，是《古诗十九首》里面的第一首。这是大家都很熟悉的，我们还是先读诵再吟。

读：

行行重行行，与君生别离。相去万余里，各在天一涯。

“涯”这个字，有三种不同的读音，有的时候押麻韵，念 yá，有的时候是九佳十灰的韵，念 ái，现在它押的是四支的韵，所以念 yí。各在天一涯 yí。

道路阻且长，会面安可知。胡马依北风，越鸟巢南枝。

它的叙述是一直一直向前叙述的，忽然间有两个形象，中间有一个徘徊，这是很妙的地方。

相去日已远，衣带日已缓。浮云蔽白日，游子不顾返。

思君令人老，岁月忽已晚。弃捐勿复道，努力加餐饭。

这我还要说，这是我们东方的温柔敦厚，哀而不伤，就算你不回来了，就算你把我抛弃了，这件事情放下不说了，努力加餐饭，也可以说，我是希望你在外地努力加餐饭，我，也要努力加餐饭，这样我们将来才有一个再见的日子。这正是中国诗歌的“乐而不淫、哀而不伤”。现在我们把它吟诵一遍：

吟：

行行重行行，（我）与君生别离（啊）。相去万余里，各在天一涯。

道路阻且长，会面安可知（啊）。胡马依北风，越鸟巢南枝。

相去日已远，衣带日已缓。浮云蔽白日，（你）游子不顾返。

思君令人老，岁月忽已晚。弃捐勿复道，努力加餐饭。

这首比较平铺直叙的，下边一首是很妙的一首诗《东城高且长》。

读：

东城高且长，逶迤自相属。

“属”这个字念 zhù，shǔ 是归属，zhù 是连接，逶迤自相属 zhù。

回风动地起，秋草萋已绿。四时更变化，岁暮一何速！晨风怀苦心，蟋蟀伤局促。荡涤放情志，何为自结束！

后来有人以为这首诗从开头到最后都押的是一个韵，但是有人以为，后面这段忽然间说：

燕赵多佳人，美者颜如玉。被服罗裳衣，当户理清曲。音响一何悲！弦急知柱促。驰情整巾带，沉吟聊踯躅。思为双飞燕，衔泥巢君屋。

他以为后边跟前边不相衔接，怎么会出来个“燕赵多佳人”呢？所以有人有这种说法。可是我以为，这首诗，从“东城高且长，逶迤自相属”的这个“属”一直到“衔泥巢君屋”的“屋”，都押的是一个韵，是入声的“u”韵，中间这个转折，正是它妙的地方。它本来是说，人生苦短，我是被隔绝的，我是孤独的，而且“晨风怀苦心，蟋蟀伤局促”，从表面上，可以有一个表面的字义，说当早晨啊，晨风这么寒冷，所以我自己很悲哀。但是“晨风”，同时是《诗经·秦风》里边的一篇的篇名，表示一个做妻子的对丈夫的怀念，一种离别之中的思念。“蟋蟀伤局促”，你也可以从表面理解，说他写的是秋天呐，“秋草萋已绿”，蟋蟀的生命很短促，所以“蟋蟀伤局促”。可是蟋蟀其实也很妙，它也是《诗经》里边的一篇的篇名，是《诗经》的“唐风”。《诗经》有十五国风嘛，有“秦风”、有“唐风”，是《唐风》里边的一篇。所以呢，其实蟋蟀跟这个晨风，你可以讲表面的意思。你也可以联想到，“晨风”跟“蟋蟀”，都是《诗经》里边的篇名，是写人生别离的悲哀，人生短促的悲哀。所以才有双重可能性。那么它后面说，那么既然我与所爱的人离别了不能在一起，而且人生又这样短促，那我们的人生为什么不得乐且乐，寻一些快乐呢？“荡涤放情志，何为自结束！”这是接着上边来的，我们所追求的不能得到，相爱的人不能在一起，而生命这么短促，那就算了，我就放开我自己，何必这么约束呢？所以他就说了，那我就去追求享乐吧。“燕赵多佳人，美者颜如玉”。我就追求一个美女吧。而且，他说这个美女非常美，衣服很美，“被服罗裳衣”，而且这个女孩的技艺也很好，“当户理清曲”，可以弹琴鼓瑟。她不但音乐的弹奏技术好，而且她音乐里边所表现出来的情意很动人，“音响一何悲！弦急知柱促”。那么这个女孩子，容貌是美的，衣服是美的，她的音乐技能是美的，她表现的情思是美的，所以就使我动心了嘛。“驰情整巾带”，我的痴情，我的感情，我的心，就跑到她那里去了。可是我，本来不但驰情，而且整巾带，我把我这衣服啊、腰带啊、头巾啊，都整理整理，要去追求这个女孩子。虽然我整理了头巾、腰带，但我忽然间“沉吟聊踯躅”，就迟疑了。我想，我是去呢，还是不去呢？他后面没有写他去，他只是说我愿意、我希望变成双飞的燕子。那这里，他又说得很矛盾，你既然是双飞的燕子，就是你跟你爱的人，是两个人，是一对，这才是双飞燕嘛。可是他又从这个假象的人变成燕子又回到人来，我变成燕子我就做个巢，在你的家里边。那么有人就觉得不通，“思为双飞燕”，我们“思为双鸿鹄”，我们就“奋翅起高飞”就好了，我干嘛还要“衔泥”？所以这是人当时的一种本能，这种很快的联想。先是我要跟你在一起是双飞燕，后来又说我要在你的家里，就“衔泥巢君屋”了，这是很妙的一点，说的不是很通顺，但是诗的妙处正在于如此。现在我们还是把它吟诵一遍：

东城高且长，逶迤自相属。回风动地起，秋草萋已绿。
四时更变化，岁暮一何速（啊）！晨风怀苦心，蟋蟀伤局促。
荡涤放情志，何为自结束！燕赵多佳人，美者颜如玉。
被服罗裳衣，当户理清曲。音响一何悲！弦急知柱促。
驰情整巾带，沉吟聊踯躅。思为双飞燕，（我）衔泥巢君屋。

现在我们的诗体已经开始有七言了，像《燕歌行》，五言的古诗也这么完整了，所以后面其实我们就要讲到律诗出现的问题了。我们语言的特色是单音独体。那么单音独体，我们的每一个字，都有不同的声调，现在我们普通话还有一声、二声、三声、四声的分别。那么古代，有平上去入的四声。我们现在的一声、二声、三声、四声，并不是古代的平上去入。我们一声二声都是平声，一声是阴平，二声是阳平，本来上去入也有阴阳之分，像广东人，他们语音里边有八个音甚至于九个音，但我们普通话里，就没有那么多的声音。但是我们中国的语言，这个单音独体，是有不同的声调的。这是经过慢慢反省而知道的。而这种反省，使人有更明白的认知的过程，那与我们中国对佛经的翻译有很密切的关系。因为我们要翻译佛经，那么有很多梵文，我们要把它的声音翻出来，尤其是念诵佛经的时候，这个字，用梵文是怎么样念？

我曾经到一个庙里面去讲过课，这个庙里边每天早晨四点钟，就在大堂里边唱诵，他们唱诵的是最大部头的《华严经》。这个《华严经》，你要打开看，它的第一卷第一页开头，不是这个佛经的本文，都是拼音，告诉你这个字怎么念那个字怎么念。所以，有人就以为，说当然是了，我们中国的这个语言文字有音调的不同，我们自己也知道，可是没有清楚明白的反省，是佛教翻译、译经的缘故，要把它翻译得更正确，所以才发现要有声母有韵母。你要念一个字，怎么样念？你用声母跟韵母拼起来，你就知道怎么样念。比如说“东”字，中国的反切，反切就是拼音了，说“东”就是“德红”切，切就是拼起来，是取第一个字的声母，第二个字的韵母。“德”，它的声母是“d”，“红”它是“ong”，所以它是 dong，德红切。这样的话，就对中国的声韵，有一个清楚明白的认识、认知，然后你才知道，这个是双声，那个是叠韵。像杜甫的《秋兴八首》，“云移雉尾开宫扇，日绕龙鳞识圣颜”，“龙鳞”是双声；“云移雉尾”，“雉尾”是叠韵。所以中国传统对诗歌有了声韵的这种反省。因为有声韵的反省，所以我们中国，就开始注意到平仄的关系。

到南北朝时候，沈约、周颙他们这些个人，有“四声八病”之说。说第一句的第几个字跟第二句第几个字，你不能用双声，或者你不能用叠韵，说这样听起来才好听。所以他们举例证，说如果你写一句诗，说“溪西鸡齐啼”，溪水的西边鸡都叫了，这溪水的西边鸡可以叫，但“溪西鸡齐啼”你念起来，人家说这是什么，听不懂嘛。说“后牖有朽柳”，说后边的窗户旁边，有一棵枯朽的柳树，这念起来就不好听。所以你作诗的时候要避免，他们提出来八种毛病，就是所谓四声，平上去入的四声，分阴阳，有声有韵。那么“八病”，就是平头、上尾，什么蜂腰、鹤膝的，当然我们今天来不及讲这四声八病。所以后面才有了律诗，有了绝句。

中国语言单体独音，就是单独的声音，单独的形体，“单”字是一定会注意到的一个特色。所以，司马相如答这个盛览问作赋，就说一宫一商，一阴一阳。就是要宫商阴阳的声调相匹配。所以陆机的《文赋》也曾经说过，“暨音声之迭代，若五色之相宣”，你声音的平仄变化，就好像五种颜色相互配合得恰到好处，这样才好。所以我们后来注意到格律，形成了律诗跟绝句。

在这一演化之中，当我们近体诗的格律还没有完成的时候，中间有一个阶段，就是六朝的时候。先是注意了对偶，就是对对子，这个字可以把它对起来。这个中国的字可以对对子，这是自古就有的，可是没有很清楚地反省，说云从龙，风从虎。水流湿，火就燥。它天生就容易对偶，这是中国语言的特色，容易形成对偶，再把对偶结合上平仄。所以才有近体的，像律诗的，这个对句。像李笠翁的《对韵》，什么“天对地，雨对风，大陆对长空”。就是平仄要相反，字义要相似，才有了这种反省，所以才有了律诗跟绝句。

其实我在讲吟诵的传统的那篇文章里面，我把我的基本的格律画了一些个符号，如果平声都用横线来代表，仄声都用竖直线来代表，你可以画起图画来，我这个书里面有这个图画，你可以很清楚地看到平仄的格律。平平平仄仄，第二个字是平，第四个字一定是仄。然后仄仄仄平平，所以这个，第一句第二字是平，下面一句的第二字就是仄，下面这个第二字是平，上面这个第二字就是仄。所以它有相承的地方，有相反的地方，就是这样子相似与相反的配合，也就是一宫一商，一阴一阳，就是这样配合起来，才有声调的美好。这是我们中国的语言的特色，是自然而然形成的。所以我们就有了近体诗。后面，我们就念诵几首近体诗。

我们先说五言绝句。四句的诗叫做绝句。五言的绝句有三种不同的情况，表面看起来都是五个字一句，四句的绝句，可是事实上，有三种不同。

第一种是乐府的绝句，就是这个绝句，它不属于近体诗，它没有格律，它是乐府的体裁。比如，像李白的《玉阶怨》之类的。《玉阶怨》是乐府的诗体。还有像这个唐朝崔颢的《长干曲》之类的，这是乐府，这是乐府的诗体，所以这是乐府的绝句。

还有一种呢，是古体的绝句。它不属于乐府诗，但是它也没有平仄的格律。那是古体的绝句。像柳宗元的《江雪》，“千山鸟飞绝”之类的。

然后，随着这个格律诗的完成，到了唐朝，这个格律，就非常完善，很完美了。六朝，南北朝，是一个从古到律的演变过程。在这个演变之间的诗，其实没有一个名字，我们有时叫它“格诗”。就是有一个格局，但是还没有严整的音律。到了唐朝这个律才完成。

我就让大家看一首所谓的“格诗”。本来，在南北朝的时候，徐陵、庾信都是对于格律的诗有很大的贡献的。他们有时候写的一些个诗，就是所谓像格诗一类的诗。我给大家找一首徐陵的诗看一下。徐陵有一首诗，叫《山斋》，就是写他在山里边的一个住所，几个学道的人住在山里边。他是这样写的：

> 桃源惊往客，鹤峤断来宾。复有风云处，萧条无俗人。山寒微有雪，石路本无尘。竹径蒙笼巧，茅斋结构新。烧香披道记，悬镜厌山神。砌水何年溜，檐桐几度春。云霞一已绝，宁辨汉将秦。

我们现在就不仔细地谈他的诗了，就说他的属于格律化的、中间的情况。他“桃源惊往客，鹤峤断来宾”，那么桃源，是个地方，“鹤峤”，是有仙鹤的一个山峤上。相对的，“往客”，指过去的人，“来宾”，指现在来的人。他在词性上，也就是词的性质上，比如名词动词等什么词性，有了一个对称，于是整首诗开始有了对称。他没有很严格的格律，但是他有相当多的对称。可是他也不是每个句子都是对得很工整的。他后面两句“复有风云处，萧条无俗人”，就对得不是很严格。可是他后来又来了两句，说“山寒微有雪”，说山上很冷，路上还有雪，“石路本无尘”，可是山石的路上没有尘土，是“有雪”，跟“无尘”，又有对的意思。“砌水何年溜，檐桐几度春”，那阶砌下的水是从什么，哪一年开始向下溜的？那屋檐外边的梧桐树，已经经过几个春天了？什么何年溜，几度春，也是对称的。阶砌上的流水，屋檐外的梧桐也是对称的。他开始有一种对偶的感觉。可是不是很严格，那么这种诗，是格律化中间的一些个作品。所以我们就管它叫格诗。至于谢灵运的诗他还是五言古诗，不过他中间非常注重对偶，对的地方很多。那我们就不再多讲了，反正你可以从他们的诗里面看到这种演化。

到唐朝，这个格律就形成了。形成以后，这个绝句，五言的有几种不同的情况，第一种是乐府的绝句。那现在，我们念一首，是崔颢的《长干曲》。长干曲就是长江边上，这些男女在长江的船上相遇时候的问答。“君家何处住，妾住在横塘。停船暂借问，或恐是同乡。”我们把它简单地吟一下，因为这种诗都是格律还没有完成的，所以念起来跟古诗差不多。

吟：

君家何处住，妾住在横塘。停船暂借问，或恐是同乡。

至于已经格律化的诗，像大家都熟悉的一首诗，王之涣的《登鹳雀楼》，还是先读一遍：“白日依山尽，黄河入海流。欲穷千里目，更上一层楼。”这首诗有格律，所以我们就按照格律的诗来读：

吟：

白日依山尽，黄河入海流。欲穷千里目，更上一层楼。

至于说古体的绝句，像柳宗元的《江雪》："千山鸟飞绝，万径人踪灭，孤舟蓑笠翁，独钓寒江雪。"

吟：

千山鸟飞绝，万径人踪灭，孤舟蓑笠翁，独钓寒江雪。

有了五言绝句，跟随着来的，当然就有七言绝句。杜甫的七言绝句有些是七言绝句里面的"拗体"，是别体，是另外一种体式。像杜甫的一首诗，说"前年渝州杀刺史，今年开州杀刺史。群盗相随剧虎狼，杀人更肯留妻子"。平仄根本都不对，说"前年渝州杀刺史，今年开州杀刺史"，这句法和平仄都一样嘛，根本就不能称为近体的绝句，这是杜甫的特色。杜甫常常在这种不合格律之中，一种拗涩之中，表现他的力量。当时时代的战乱、叛乱如此之多，死伤的人如此之多，所以今年这里杀刺史，明年那里杀刺史，是故意把它重复的。他们这些个盗匪，一批接着一批，他们杀害人，比虎狼更甚，所以"剧虎狼"，就是甚于虎狼。他们不但吃人，他们连你的妻子儿女都不留下来的。所以杜甫呢，又是特别的。

其实唐人的绝句，律体绝句写得最好的，如王昌龄、李太白、杜牧之、李商隐，这四个人的七言绝句真是写得好。而这四个人的七言绝句的风格，又各有不同。

李白，真是飞扬的，飞在天上的，高扬的。李太白这个人，就是写悲哀，都写得飞扬。李太白有一首诗，他说"大鹏一日同风起"，就像一只大鹏鸟，如果有一天有风我就乘着风飞起来了。"扶摇直上九万里”，我驾着扶摇的风，我可以飞到九万里的天上。“假令风歇时下来”，就算中间那个风没了，我掉下来了，“犹能簸却沧溟水”，我掉下来，都能把你们地面的海掀起来滔天巨浪。这是李太白。

杜牧之呢？“千里莺啼绿映红，水村山郭酒旗风。南朝四百八十寺，多少楼台烟雨中。”在写景之中，表现一种历史的悲慨。这是杜牧之。“商女不知亡国恨，隔江犹唱后庭花”，用很美丽的文字，表现一些历史今昔的悲慨。这是杜牧之。

其实其中最有特色的，是李商隐。李商隐，他真的是一种幽深、婉转的，深入到里边去的。有一本书叫《千首唐人绝句》，就是把这些唐人的绝句选了一千首。《千首唐人绝句》里边就提到“义山绝句”，它说李义山的绝句啊，是有一种特色的。它说“义山佳处不可思议”，他说李义山的这个诗的好处，特别是他七言绝句的好处，就是你想象不到的，不可思议。它说“实为唐人之冠”，它说唐人的绝句诗最好的，应该是李商隐。它说是喟叹之余，余音袅袅，他一唱三叹。他的诗啊，缠绵，婉转，一唱三叹，而且余音袅袅，留下来的情味，那种韵致啊，让你追思不尽。它说，李义山李商隐的诗“绝句之神境也”，是七言绝句里面，进入神境，化境的一种境界。还是这个《千首唐人绝句》，又说“义山七言绝句”，它说他的诗“意必极工”，情意非常的工致深窈，“调必极响”，念起来也很响，“语必极艳”，他的语言也非常的艳丽。“味必极永”，他的滋味，一定是非常悠长的。“有美皆臻，无微不备”，凡是好处，它说他都有，无论是多么精微、幽深的地方，他没有不表现出来的。它说“真晚唐之独出”，是晚唐的七言绝句写得最好的一个人。它说“即一代亦无多矣”，不用说晚唐，就是从整个唐朝来说，也是不多见的。

那我现在呢，就先读一首李白的，再读两首李商隐的。李白的我们读一首《闻王昌龄左迁龙标遥有此寄》，这是他的朋友王昌龄被贬谪了写的诗。被贬谪本来是一件悲哀的事情，但是你看李太白怎么写呢？他说“杨花落尽子规啼，闻道龙标过五溪。我寄愁心与明月，随风直到夜郎西”，他把那种悲哀写得那么飞扬，飞到天上去了，这是李太白。我们也把它吟诵一下：

吟：

杨花落尽子规啼，（我）闻道龙标过五溪。我寄愁心与明月，随风直到夜郎西。我寄愁心与明月，随风直到夜郎西。直到夜郎西。

有的时候，为什么渭城，阳关三叠呢？我刚才念别的诗，有的时候，是要把那个余味，重复一下的。那么李商隐，我们也念他一首七言绝句。李商隐有一首诗是《昨夜》，“不辞鶗鴂妒年芳，但惜流尘暗烛房。昨夜西池凉露满，桂花吹断月中香”，这是李商隐。你看李太白写怀念，写这个同情，写人家被贬，他都写得那么飞扬。可李商隐就是无可奈何。他总是向内心深处去追求，他说我不辞，他真是自己站在一个应该是说最自苦的地位。“鶗鴂妒年芳”，其实是《离骚》里边的，说“恐鶗鴂之先鸣兮，使夫百草为之不芳”，鶗鴂是一种鸟，相传就是杜鹃，说鶗鴂鸟一叫，那所有的花都零落了，这本来是一件可悲哀的事情。可是李商隐要把这悲哀说深一层。他说这种鶗鴂叫，把所有的花都催落了，我对这个不可避免，我不逃避，我宁愿零落，宁愿随着春天而消逝，我不辞，因为我的悲哀，比这个更悲哀。我“不辞鶗鴂妒年芳”，我所悲哀的是什么？“但惜”，我所惋惜的是“流尘暗烛房”，我像一个蜡烛，蜡烛中心的那一点点的光明，被尘土给遮暗了。如果你认识了我的光明，我就是死了、消逝了，花零落了，我也不爱惜。我的这一点光明你没看到，我的花的美好你也没看到，所以我就落了啊。所以“不辞鶗鴂妒年芳”，我是“但惜流尘暗烛房”。“昨夜西池凉露满”，“池”当然是水池啦，中国喜欢说西池，喜欢说西园，说西窗，这个西字呢就好像有一种幽微婉转的感觉。那么西池上，已经是秋天了，露水下来了，满池塘啊，都是露水，“昨夜西池凉露满”。秋天是桂花开的时候，而且开的是天上的桂花树，因为月亮里面，相传有一棵桂花树，桂花的香气，他说我没有闻到。桂花吹断月中香，其实是，吹断了月中桂花的香气。他没有闻到这个香气。连香气也没有闻到，他就是把什么都丢掉了，什么都没有了。他自己站到一个最克己的地位，可是，还是把一切都丢了。“不辞鶗鴂妒年芳，但惜流尘暗烛房。昨夜西池凉露满，桂花吹断月中香。”

吟：

不辞鶗鴂妒年芳，（我）但惜流尘暗烛房。昨夜西池凉露满，桂花吹断月中香。昨夜西池凉露满，桂花吹断月中香。桂花吹断（了）月中香。

所以五言绝句和七言绝句后面就应该是五言律诗了。

五言律诗，我们念一首，李太白的《夜泊牛渚怀古》，我们先念一遍："牛渚西江夜，青天无片云。登舟望秋月，空忆谢将军。余亦能高咏，斯人不可闻。明朝挂帆去，枫叶落纷纷。"这个"牛渚"有一个典故。相传当年，有一个人叫作袁宏，作诗作得很好，然后他在这里吟诗，被这个谢尚将军听到了，于是就受到了赏识。因此李白说："今天我这个船，也来到了牛渚，我吟诗说不定比袁宏吟得还好呢，就是可惜怎么没有谢将军听见我的吟诗呢？"所以他说"牛渚西江夜"，就在西江，在牛渚这里，天上一片云都没有，月亮这么亮，所以，后边值得你注意的就是李白律诗的特色，他不是那么死板的，说天对地，雨对风，大陆就对长空。不是。"余亦能高咏，斯人不可闻"，他不是完全对的。我也能够高咏，斯人不可闻。"余"是我，是一个名词，可是"斯人""人"是一个名词，"斯"是形容这个人的，这两句不对啊。他名词对名词，动词对动词，他不完全对啊。前面的也是，"登舟望秋月，空忆谢将军"，"登舟"，一个动词一个名词，我上了船了；"空忆"，我白白地怀念，一个副词一个动词；"望秋月"的"望"一个动词，"秋"一个形容词，"月"一个名词；"谢将军"，整个是一个名词嘛。这就是李太白。李太白，这个人真是一个天才，人家说他的天才如同白云在空，好像天上一朵云，风一吹他就千变万化地出来了，你抓不住他，这就是他的特色……可是为什么说他这还是律诗呢？他不对怎么还是律诗？李太白所掌握的，不是表面的文字的对偶，是本质上的分量的对偶。什么叫分量的对偶？登舟可以望秋月，我看天上的秋月，我怀念的是谢将军，一个是我在望月，一个是我在怀念谢将军。一个是说我，我能够咏，但是你，那个人，他听不见。这就是分量上的相对，而不是文字上的相对偶。好，我们现在也把这首诗读一下。

吟：

牛渚西江夜，青天无片云。登舟望秋月，（我）空忆谢将军。
余亦能高咏，斯人不可闻。明朝挂帆去，枫叶落纷纷。

我没有遇到谢将军，这里是古代的袁宏碰见知赏他的人的唯一的地点，我在这里停留的这个夜晚，遇不到这样的人。明天我就离开这里，走了，我的前途，充满了萧萧的落叶，我再也没有一个机会，碰到一个相知相赏的人了，再没有欣赏我李太白才华的人了。这是李太白。

那么我们再念一首杜甫的诗吧。念了半天，这诗圣的诗还没念呢。杜甫有一首诗《登岳阳楼》。“昔闻洞庭水，今上岳阳楼。吴楚东南坼，乾坤日夜浮。亲朋无一字，老病有孤舟。戎马关山北，凭轩涕泗流。”这是杜甫。他老年漂泊江南，在洞庭湖上，登上了岳阳楼，他的平生本来是想“致君尧舜上”的，现在一切都落空了。“昔闻洞庭水，今上岳阳楼。吴楚东南坼，乾坤日夜浮”，他漂泊在东南之地，这个东南，是吴楚。我在这个岳阳楼上，底下都是湖水的起伏，所以“吴楚东南坼，乾坤日夜浮”。“亲朋无一字，老病有孤舟”啊，他一个人漂泊东南天地间，连书信都没有，他衰老多病，自己曾经写诗，是“左臂偏枯半耳聋”，是“衰年卧病惟高枕”，这是老病，就只能生活在漂浮的船上。可是他尽管这样的困苦，他登上岳阳楼，所想的还不只是他自己，“戎马关山北”，是我的国家，我的朝廷。我在岳阳楼上，北望关山，还是充满了战乱的“戎马关山北”，所以“凭轩涕泗流”，我站在窗前，不觉流下泪来了。这是杜甫。所以杜甫他这种家国的情怀，一直是很深重的。好，我们把杜甫的诗也吟一遍。

吟：

昔闻洞庭水，今上岳阳楼。吴楚东南坼，乾坤日夜浮。

亲朋无一字，（我）老病有孤舟（啊）。戎马关山北，凭轩涕泗流。

这首是五言律诗。中国的诗体还有一种叫排律。因为律诗只是八句，排律，是比较长的，你可以作得很长很长的，杜甫有时候写那五言排律，写得非常长。但是那太长了，我现在只想读一首李商隐的五言排律。它的题目叫《西溪》，我先把这首诗读一遍。

怅望西溪水，潺湲奈尔何。

这是李商隐晚年，在四川的时候所写的。西溪，就是那里的一条“水”，“怅望西溪水，潺湲奈尔何”。他说这个流水，“潺湲”是水声，总是哗哗哗这样流下去，对它无可奈何，它为什么这么缠绵，它为什么这么不断绝？所以“怅望西溪水，潺湲奈尔何”。

不惊春物少，只觉夕阳多。

现在，让我惊心的，还不是说，春天的花都零落了，“春物少”，花是稀少了，但让我更觉得悲慨的，是夕阳多。“夕阳无限好，只是近黄昏”。所以我们就从刚才讲李商隐那首诗，“不辞鶗鴂妒年芳”，我有比这个更深的悲哀。他现在说的也是如此。我“不惊春物少”，可是“只觉夕阳多”。他说在西溪的水边，

色染妖韶柳。

春天的柳树那么柔弱，随风摇摆，又那么娇柔袅娜的姿态，都被春天染绿了。所以“色染妖韶柳”。

光含窈窕萝。

那个藤萝，爬蔓的藤萝，上面也有日光的闪烁，“光含窈窕萝”，这是写西溪的景色。我“不惊春物少，只觉夕阳多”。而且，西溪的旁边，有这么美丽的柳树，有这么美丽的藤萝，“色染妖韶柳，光含窈窕萝”，这光影、色彩的闪动，他后面忽然接的是什么呢？他说，

人间从到海，天上莫为河。

我知道人间有很多事情是不可挽回的，这是“人生长恨水长东”

啊，那我不能挽回，我只有任凭它到海。从，是任凭它。人间的遗憾我不能挽回。但是为什么天上还有银河呢？天上就不要再有银河的阻隔了嘛。难道人间受到痛苦，天上还要受痛苦吗？所以“人间从到海”，那天上就“莫为河”。

凤女弹瑶瑟，龙孙撼玉珂。

他遥想有一个美好的地方，有凤女。我们说，龙凤，一个代表男性，一个代表女性，所以他说凤女，这美丽的女子会弹瑶瑟，会弹美丽的琴瑟。“龙孙撼玉珂”，那美丽的王孙，那美丽的男子，身上佩着这个佩玉的玉珂。当年我所追求的，曾经有过这么一段美好的梦想。那是“京华他夜梦”。

京华他夜梦。

他现在已经远在四川了。他说我当年在首都长安的时候，那些往事，就像昨天晚上的一场梦。我现在还在怀念京华，我希望把我的感情，都随着天上的白云，随着地面的流水，传送到那边去。所以“京华他夜梦”。

好好寄云波。

那么现在把它吟诵一遍：

> 怅望西溪水，潺湲奈尔何。不惊春物少，（我）只觉夕阳多。
> 色染妖韶柳，光含窈窕萝。人间从到海，天上莫为河。
> 凤女弹瑶瑟，龙孙撼玉珂。京华他夜梦，好好寄云波。

那么这个完了以后，我们应该念一首七言律诗。就念杜甫《秋兴八首》里边的一首吧。念《秋兴八首》里边的第七首："昆明池水汉时功，武帝旌旗在眼中。织女机丝虚夜月，石鲸鳞甲动秋风。波漂菰米沉云黑，露冷莲房坠粉红。关塞极天唯鸟道，江湖满地一渔翁。"

好，我现在把它吟诵一下：

> 昆明池水汉时功，武帝旌旗在眼中（啊）。织女机丝虚夜月，石鲸鳞甲动秋风。波漂菰米沉云黑，露冷莲房坠粉红（啊）。关塞极天唯鸟道，江湖满地一渔翁。

所以我说我不能够念杜甫的诗，人家杜甫，这么沉雄悲壮的，我这女人一念，把这味道都念没有了。所以这个不适合我念，应该等一下，我叫汪梦川老师把他带来的别人的吟诵录音播放一下。我觉得我的老师戴君仁先生吟诵这《秋兴八首》吟诵得很好。等一下等我吟诵完了，听我的老师的吟诵。

下面我还是再念一首李商隐的七言律诗。那跟杜甫是迥然不同了，所以我觉得我念李商隐还比较好，我念杜甫是一定不像了。我念李商隐的一首诗《春雨》。

读：

帐卧新春白袷衣，白门寥落意多违。
红楼隔雨相望冷，珠箔飘灯独自归。
远路应悲春晼晚，残宵犹得梦依稀。
玉珰缄札何由达？万里云罗一雁飞。

吟：

帐卧新春白袷衣（呀），白门寥落（我）意多违。
红楼隔雨相望冷，珠箔飘灯独自归。
远路应悲春晼晚，残宵（也）犹得梦依稀。
玉珰缄札何由达？万里云罗一雁飞。

诗体中还有两种体裁，一个是五言古诗，另一个是七言的歌行。五言古诗我吟了《古诗十九首》。乐府诗我吟了，但是，七言的歌行我没有吟。

七言的歌行有两种不同的歌行，不同的体式，一个是像白居易的《琵琶行》《长恨歌》的那种歌行。那种歌行，是适合于叙事的，有一个故事来叙写，而且它里边不避免律句。它的平仄跟对偶，有很多是跟律体的诗很接近的。比如说《长恨歌》里边，“行宫见月伤心色，夜雨闻铃肠断声”。他的词性也是相对的，平仄也是合乎近体诗的平仄的。“春风桃李花开日，秋雨梧桐叶落时”，春风秋雨，也是对的，桃李梧桐，也是对的，花开日，叶落时，都是对的。平仄也是合乎格律的。春风这个风是平声，秋雨这个雨是仄声。桃李这个李是仄声，梧桐的桐是平声。所以，有一种歌行，就是像《长恨歌》《琵琶行》这一类的。但是《长恨歌》太长了，所以我们没有办法通篇来念。

与这种七言的歌行相对的，还有一种避免律句，就是说一定不能够用律诗的句子，像岑参的写边塞的那种歌行。说三个平声不能连用，他故意要用三个平声。还有就是像李太白的那种，真是变化万千的那种七言歌行，句子也不整齐的，平仄也没有一定格律的，这两种不同的七言歌行。那我们现在就举两个例证来，也把它读一遍，把这些体式至少念一个例证，就比较完整。

我的吟诗，我自己说先天就有缺陷。一个我是北方人，念起诗来没有味道，普通话没有味道，这四声太简单，要有点方音才有味道。还有就是我是妇女，这个妇女的声音啊，不够洪亮，不够宏伟。所以，有先天的缺陷。但是，我们既然说吟诵，就要把各种体裁都吟一遍，我虽然不完美，我还是把它吟一遍。

我们先吟一首，李太白的《将进酒》吧。还是先读一遍。

读：

君不见黄河之水天上来，奔流到海不复回。
君不见高堂明镜悲白发，朝如青丝暮成雪。
人生得意须尽欢，莫使金樽空对月。
天生我材必有用，千金散尽还复来。

烹羊宰牛且为乐，会须一饮三百杯。

岑夫子，丹丘生，将进酒，杯莫停。

与君歌一曲，请君为我倾耳听。

钟鼓馔玉不足贵，但愿长醉不愿醒。

古来圣贤皆寂寞，惟有饮者留其名。

陈王昔时宴平乐，斗酒十千恣（zì）欢谑。

主人何为言少钱，径须沽取对君酌。

五花马，千金裘，呼儿将出换美酒，

与尔同销万古愁。

吟：

君不见黄河之水天上来，奔流到海不复回。

君不见高堂明镜悲白发，朝如青丝暮成雪。

人生得意须尽欢，莫使金樽空对月。

天生我材必有用，千金散尽还复来。

烹羊宰牛且为乐，会须一饮三百杯。

岑夫子，丹丘生，将进酒，杯莫停。

与君歌一曲，请君为我倾耳听。

钟鼓馔玉不足贵，但愿长醉不愿醒。

古来圣贤皆寂寞，惟有饮者留其名。

陈王昔时宴平乐，斗酒十千恣（zì）欢谑。

主人何为言少钱，径须沽取对君酌。

五花马，千金裘，呼儿将出换美酒，
与尔同销万古愁。（我）与尔同销万古愁。

后面的《长恨歌》我想大家都很熟，我不要念了。这念起来也太耗时间了，我只读中间几段就是了，从“汉皇重色思倾国”开始吧。这是完全不同的调子了。

吟：

汉皇重色思倾国，御宇多年求不得。
杨家有女初长成，养在深闺人未识。
天生丽质难自弃，一朝（就）选在（了）君王侧。
回眸一笑百媚生，六宫粉黛无颜色。
春寒赐浴华清池，温泉（的）水滑洗凝脂。
侍儿扶起娇无力，始是新承恩泽时。
云鬓花颜金步摇，（那）芙蓉（的）帐暖度春宵。
春宵苦短日高起，从此君王不早朝。
承欢侍宴无闲暇，春从春游夜专夜。
后宫佳丽三千人，三千宠爱在一身。
金屋妆成娇侍夜，（那）玉楼宴罢醉和春。
姊妹弟兄皆列土，可怜（那）光彩生门户。
遂令天下父母心，不重生男重生女。
骊宫高处入青云，仙乐（那）风飘处处闻。
缓歌慢舞凝丝竹，尽日君王看不足。

渔阳鼙鼓动地来，惊破（了）霓裳羽衣曲。

后面念念两个结尾就完了啊。

吟：

回头下望人寰处，（我）不见（那）长安见尘雾。
唯将旧物表深情，钿合金钗寄将去。
钗留一股合一扇，钗擘黄金合分钿。
但教心似金钿坚，天上人间会相见。
临别殷勤重寄词，词中有誓两心知。
七月七日（的）长生殿，夜半无人私语时。
在天愿作比翼鸟，在地（就）愿为连理枝。
天长地久有时尽，此恨绵绵无绝期。

好，就念到这里了，不过我已经是强弩之末，快说不出话来了，呵呵。

叶嘉莹先生论吟诵之二

现在先谈词与诗之分别。诗呢，是古代曾经合乐的，所以《诗经》在当年也是可以合乐而歌的。五言诗里的乐府诗当年也是合乐而歌的，至于近体诗里唐代的像王维的《渭城曲》之类，他在写作的时候是没有按照曲子去填词的，但是他写作以后，他们可以选取一些唐朝的绝句配合音乐歌唱，这种形式的作品，是诗，可以配合音乐来唱的。任二北先生管这种形式的诗歌叫唐声诗，就是指唐朝的可以配合音乐的有声之诗。至于词呢，早期的词，本来是配合当时的一种流行的音乐歌唱的歌辞，这种流行的音乐在当时叫作燕乐（也作“宴乐”），是隋唐以来，结合中国的传统音乐的产物。中国传统音乐本来分为两种，一种是比较古老的、形式变化不多的雅乐，即典雅之乐；还有一种是六朝以来配合清商曲歌唱的所谓的清乐。雅乐，一般用在庙堂之上，比如典礼、祭祀的时候，会演奏雅乐。而六朝以来，在民间比较流行的是清乐，那么所谓配合词调来歌唱的燕乐（宴乐），是结合了中国六朝以来原有的清乐，和当时把少数民族的、非汉族的音乐（胡乐）。还有中国自南北朝到隋唐之间，宗教也很盛行，有道教，也有佛教，道教佛教这种宗教的音乐，因为要藉之以感动人心，有很大的力量，那么这种配合宗教的仪式演唱的音乐，叫做法曲。而隋唐之间新兴的这一种音乐，是结合了中国原来的清乐，还有佛教的、道教的音乐也就是法曲，再掺杂上外族传进来的胡乐，是一种综合性的音乐。所以在当时，（虽然我们在当时没有录音，可是我们中国是文字最发达的国家，历史最发达的国家），根据历史上的记载，这种音乐，歌唱起来音声之美妙，可以使人如醉如痴，这是文字上的记载。而词，就是配合这种燕乐来歌唱的歌词。传统的士大夫以为这是民间的俗曲，而那些配合这些燕乐所唱的歌词，也是不够文雅的。所以一般士大夫对它们不大重视，而且那个时候的印刷，也不是很发达，这种曲子不能印刷，不能流行，我们所见到的当时的这些配合燕乐的俗曲，是一直经历了千百年以后，直到晚清的时候，有一个王道士，在敦煌一个石窟里面，发现了很多唐人写本的卷子，是那些卷子上，记了当时流行的这些个燕乐的俗曲，所以现在我们把它叫作敦煌曲子。因为那是在敦煌发现的，过去没有印刷，没有流行，很多人在敦煌曲子发现之前，没有看见过这一类曲子。过去文人雅士所看到的，是晚唐五代的时候，后蜀赵崇祚所编的《花间集》。《花间集》的前面，有一个人叫欧阳炯，他给《花间集》写了一篇序文。序文里就说了，他编写《花间集》的目的。为什么要编写《花间集》呢？我们只是简单地引他几句，他说“庶使”，庶是庶几，大概，我编的这个集子可以使得西园的这些文士英哲“用资羽盖之欢”。西园是当年建安时代曹家的兄弟跟建安七子常常聚会、饮宴的地方，所以他说“庶使西园英哲”，就是使这些杰出的、英俊的、有才能的才子、诗人，“用资羽盖之欢”，就用我所编的这些歌曲，来资助，来提供，提供“羽盖”的欢乐。羽盖，是当年曹丕、曹植与建安七子他们宴饮以后在西园坐着车，车上有车盖，车盖是车上的棚子，上面有装饰的翠羽，其实就是他们游园的意思。我就编了这个集子，“庶几”可以提供给西园的文人诗客，当他们坐着车游园的时候，能够歌唱这个曲子增加他们的欢乐。那么谁歌唱呢？就是美丽的歌女，所以他后面说“南国婵娟，休唱《莲舟》之引”。使那些南方的婵娟，美丽的女子，她们就可以不再歌唱那江南采莲的俗曲了，而由这些文人诗客的曲子，可见原来流行的曲子词是庸俗的。他说我所编选的是这些文人诗客的曲子词，是提供给文人诗客宴饮时的欢乐，所以它叫《花间集》。就是在花丛之中，美丽的场合，有美丽的歌女唱歌。所以呢，毫无疑问地，《花间集》里面的词，都是在当年，能够配合音乐来歌唱的。可是，我们中国很遗憾的就是文字的记载虽然很多很详细，但是音乐的详细记录比较少，所以究竟它们应该怎么唱，我们现在是不能确定的。总而言之，词最早本来是配合音乐来唱的，而不是用来吟的，所以我们只说吟诗，吟诗，从来没有人说过吟词，词不是用来吟的，词是用来歌唱的。

为什么呢？这个与它们的形式有关系。为什么形成了中国近体的诗歌？五个字或七个字一句，而且平平平仄仄，仄仄仄平平或平平仄仄平平仄，仄仄平平仄仄平这种近体诗的形成，就是为了吟诵的方便。吟诵有一个固定的形式，一个顿挫、一个节奏、一个韵律，所以中国的诗一直是重在吟诵的。而这种诗的形式的形成，也与吟诵有密切关系。而词呢，是长短句，词的押韵有很多的变格，不像诗，押一个韵，比如一东二冬。你押什么韵，通篇押一个韵，吟起来、听起来好听。那么词，像《菩萨蛮》，两句换一个韵，两句换一个韵，中间有很多入声的韵，这个是根本不适合于吟的。所以，没有人说吟词，不过词虽然不是吟的，是用来歌唱的，可是歌唱也有一种韵律。词虽然不方便我们口吻之间的吟诵，可是它可以歌唱，所以有很多长调，特别是遇上周邦彦了，姜白石（姜夔）了，这些懂得音乐的人。他们常常制作一些新的词的曲子，歌唱时有特别的乐调，像周邦彦的《兰陵王》有这样两句“似梦里，泪暗滴”，六个字都是仄声，吟诵起来口吻之间不方便，口吻之间所习惯的是平平仄仄，仄仄平平，这样才有一个抑扬起伏，若像《兰陵王》这首词这样全是仄仄仄仄仄仄，就很难吟，但可以唱，所以词是唱的。不过呢，词的调子里面，毕竟也曾受了诗的，尤其是声诗的一些影响，所以词里面有一些调子是跟诗的平仄的格律比较接近的，那么这样的词句就比较便于吟诵。

而且在我们中国清朝，有一个音韵学家叫做江永，曾提出一个问题，他说词曲都可以通押，什么叫通押？就是词曲的四声，平声的韵跟仄声的韵，平上去入的四声可以通押，可以押在一篇作品里面，比如说大家所熟悉的马致远的《天净沙·秋思》：“枯藤老树昏鸦。小桥流水人家。古道西风瘦马。夕阳西下。断肠人在天涯。”它的韵母都是“ɑ”，枯藤老树昏鸦“yā”第一声；小桥流水人家，“jiā”第一声；古道西风瘦马，“mǎ”第三声；夕阳西下，“xià”第四声；断肠人在天涯，“yá”第二声。所以它是一声，二声，三声，四声在一篇作品里都押了。可是诗里从来没有这样的现象。诗要是平声韵，都是平声韵；要是仄声韵，都是仄声韵。我们上次吟诵的像律诗、绝句，都是押一个韵的，像杜甫的《秋兴八首》：“玉露凋伤枫树林，巫山巫峡气萧森。江间波浪兼天涌，塞上风云接地阴。”它总是押一个韵，没有变来变去的。至于长篇的诗，比如歌行，就可以换韵了，因为你都用一个韵，没有那么多韵字了，因此就可以换韵。所以《长恨歌》那是换韵，“汉皇重色思倾国”，入声韵，“御宇多年求不得。杨家有女初长成”，第三句不押韵，“养在深闺人未识”，“识”是押韵的。“天生丽质难自弃，一朝选在君王侧。回眸一笑百媚生，六宫粉黛无颜色”，这开头押的都是同一个韵，都是入声韵，没有换韵。所以它在后面换韵了，它说“春寒赐浴华清池，温泉水滑洗凝脂。侍儿扶起娇无力，始是新承恩泽时”。它换了四支的韵了，所以它是可以换韵，但不是四声通押。四声通押，只有在词或曲里面可以。诗可以换韵，但不是四声通押，为什么如此呢？江永曾提出这个问题，后来有人研究为什么如此，正因为词曲是配合音乐歌唱的，所以它可以通押，可是诗是吟诵的，吟诵要有一个整齐的节奏，所以诗里没有四声通押。这是词曲跟诗的一个绝大的分别。那么现在的词我们是不能歌唱的，但是我们还是可以把它读诵一下。

因为词不能吟，所以我现在只能读，但要是读的话，就应该读出牌调的特色，你只读一首还不能读出它的特色，所以要多读几首

（才能读出它的特色），所以我现在要把冯延巳这几首《鹊踏枝》通篇读下来，体会一下牌调的特色。

词呢，本来不是可以吟的，而且真正歌唱的那个乐曲的曲调又没有传下来，不过无论如何，词是音乐性很强的一个文学体式，所以虽然很正确的唱法我们不知道了，但是，在它那种抑扬顿挫的节奏韵律之间，我们还是能够感受到这种音乐性的。我现在就把冯延巳的这几首《鹊踏枝》读一遍。

《鹊踏枝》，其实我没有准备很多材料。《鹊踏枝》，特别是冯延巳这十几首《鹊踏枝》，那真是“郁伊惝恍”，这是前人王鹏运对他这几首词的评语，他写的真是郁伊惝恍。其实每个人的词的作风本来就不一样，每个词人的性情不一样，每个词调的音乐的特质不一样，《鹊踏枝》这首牌调，我先念它一首，就是在冯延巳集子里的第一首，“梅落繁枝千万片，犹自多情，学雪随风转。昨夜笙歌容易散，酒醒添得愁无限。”这是上半首，因为词是音乐性，它有一个曲调，就像我们现在的歌曲也是如此，它常有一个往复的重复，所以它下半首，音乐的名词叫“下半阕”，所以它写下半阕的这个声律跟上半首是重复的，一样，现在的乐曲有很多也是如此的，“楼上春山寒四面，过尽征鸿，暮景烟深浅。一晌凭栏人不见，鲛绡掩泪思量遍”。这首词的特色，因为它乐调失传了，所以我只能从它文字上的特色来说明。“梅落繁枝千万片”它是平仄平平平仄仄，所以它是合乎诗的一种格律。不过如果是诗的话，比如说杜甫“玉露凋伤枫树林”，它最后押的是平声，像李太白的“峨眉山月半轮秋”最后一个字也押的是平声，可是“梅落繁枝千万片”，它是平仄平平平仄仄，这个在诗里面不是押韵的句子。“玉露凋伤枫树林，巫山巫峡气萧森。江间波浪兼天涌，塞上风云接地阴。丛菊两开他日泪”是相当于这样的，是诗里边不押韵的那一句的平仄。仄仄平平平仄仄，要是诗，就应该是仄仄平平仄仄平了。所以这就是诗跟词的区别，也是吟词的时候一种微妙的作用。就是你如果只从一句的平仄来说，仄仄平平平仄仄，是诗的平仄，但诗的押韵在下一句，是仄仄平平仄仄平，它现在没有那下一句了。而这一首词通首都押的是仄声韵：千万片、学雪随风转、笙歌容易散、添得愁无限、春山寒四面、过尽征鸿、暮景烟深浅、凭栏人不见、掩泪思量遍，通首都押的是仄声韵。所以它如果以平仄来说，跟诗里面的不押韵的仄的句子有相同之处，可是它不是诗，诗是一仄一平，一仄一平，一定要押到平。可是《鹊踏枝》不是的，《鹊踏枝》的单句跟诗的单数句相同，可是它没有双数的诗的押韵，它押的都是仄声，每一句都落下来，它的声调总是落下来的。而且“梅落繁枝千万片”是七个字，“昨夜笙歌容易散”是七个字，“酒醒添得愁无限”也是七个字，可是它中间有一个回环，有一个回旋，有一个徘徊，是“梅落繁枝千万片。犹自多情，学雪随风转”，中间加了一个应该是九个字的长长的句子，四五的停顿。中间有一个回旋的姿态，这是《鹊踏枝》这个牌调整体上的特色。虽然现在，我们没有一个词谱能够配合来唱这个《鹊踏枝》，但是我们读的时候，要把它这个特色读出来。所以我就先多读几首《鹊踏枝》，大家就可以体会这个牌调的特色，第一首：“梅落繁枝千万片，犹自多情，学雪随风转。昨夜笙歌容易散，酒醒添得愁无限。　　楼上春山寒四面，过尽征鸿，暮景烟深浅。一晌凭栏人不见，鲛绡掩泪思量遍。”我现在还要提醒几句，读的时候，有一句我念的是“酒醒（xīng）添得（dè）愁无限”，按照普通话，是“酒醒（xǐng）添得（dé）愁无限”。但是你一定不能把它按照普通话念“酒醒（xǐng）添得（dé）愁无限”，那把这个词原来的音乐的美感完全破坏了。我最近听人家告诉我说，我们国家汉语的标准的考试，最高一个测验是读诗词，可是读诗词，要用我们普通话的声调来读，我认为这是一个绝大的错误！因为诗词不是普通话，你要是考普通话的标准，你让他读小说，读散文，读话剧，都可以，不可以让他用普通话读诗词。因为诗词不是普通话。诗词的美感，它有它本身的平仄。现代人，你说我不知道入声了，我就用普通话的音调写，好嘛，你现在如果是自己的创作，你用普通话写作，你用普通话诵读，可以，因为你是按普通话的平仄写作的。但是你如果读的是古人的诗词，你就要按照古人的平仄来读，不然你就把古人原来的那个韵律声调的美感完全破坏了。如果像这样的读法，不但不能发扬古诗词，反而破坏古诗词。所以我认为，我们如果有普通话的测验，可以读散文，可以读小说，可以读话剧，但是不可以要求参赛的人用普通话读古人诗词。当然，我也不是广东人，也不是福建人，我也不会读出真正的入声字。但是古人的诗词，一个基本的声律，是要有平仄的。古人的这个字是入声，它是按照仄声来使用的，我们至少要把它还原成古人的平仄，虽然我们不能读出正确的古人的入声，但是我们要读出正确的平仄。所以，“酒醒（xīng）添得（dè）愁无限”。

还有大家听我刚才念，我前后两次念的不同，我一次念的是“楼上春山寒四面”，一次是“楼上春寒山四面”，这个“寒”跟“山”那是版本的不同。古代的诗词传到现在有不同的版本，“楼上春山寒四面”还是“楼上春寒山四面”。本来有的时候它版本不同，我们可以选择一个比较好的版本。就是从这个诗词的感受来说，意境来说，怎么样更好，你可以说，“楼上春寒”，高处不胜寒啊，楼上当然是寒冷的，何况你从楼上望出去，四面都是隔绝的高山，就在寒冷之中，更增加一种隔绝的、孤独的、寂寞的感觉；“楼上春山寒四面”，是楼上看到四围都是隔绝的高山，那寒气从四面侵袭进来，也可以。其实呢，我倒是以为“楼上春寒”是一层，“山四面”又是一层，这样可能更好。我这本来是要一口气读几首，才能够读出它的特色，但在有些地方我不得不说明一下，像刚才我说古诗词一定要按古人的平仄读；还有就是它有版本的差别，你要怎样判断跟选择。好，我们下面读下去了，我把原则说了我们就读下去。

谁道闲情抛掷久？每到春来，惆怅还依旧。日日花前常病酒，不辞镜里朱颜瘦。　　河畔青芜堤上柳，为问新愁，何事年年有？独立小桥风满袖，平林新月人归后。

几日行云何处去？忘了归来，不道春将暮。百草千花寒食路，香车系在谁家树？　　泪眼倚楼频独语。双燕飞来，陌上相逢否？撩乱春愁如柳絮，悠悠梦里无寻处。

六曲阑干偎碧树。杨柳风轻，展尽黄金缕。谁把钿筝移玉柱，穿帘海燕双飞去。　　满眼游丝兼落絮，红杏开时，一霎清明雨。浓睡觉来莺乱语，惊残好梦无寻处。

花外寒鸡天欲曙。香印成灰，坐起浑无绪。庭际高梧凝宿雾，卷帘双鹊惊飞去。　　屏上罗衣闲绣楼，一晌关情，忆遍江南路。夜夜梦魂休谩语，已知前事无寻处。

好，我们就先念这几首吧，那么这几首只是想说明词只是可以读诵，把声调的美读出来，它中间有一种抑扬顿挫，像我说的每一句都是仄声，每一句都落下来，中间有一个四五的句子，有一个徘徊在句中，有一个徘徊，这是这首词的特色。那现在这首词，因为基本上，虽然它不完全合乎诗的格律，但是它的平仄，我说了，相当于诗里面仄声那一句的平仄，所以还是可以吟的，现在我把它吟一下。第一首我读过了，就是“梅落繁枝千万片”这一首，我再读一遍，然后再吟。

梅落繁枝千万片，犹自多情，学雪随风转。昨夜笙歌容易散，酒醒添得愁无限。　　楼上春山寒四面，过尽征鸿，暮景烟深浅。一晌凭栏人不见，鲛绡掩泪思量遍。

现在来吟：

梅落繁枝千万片，犹自多情，学雪随风转。昨夜笙歌容易散，酒醒添得愁无限。　　楼上春山寒四面，过尽征鸿，暮景烟深浅。一晌凭栏人不见，鲛绡掩泪思量遍。一晌凭栏人不见，鲛绡掩泪思量遍。鲛绡掩泪思量遍。

我读了这首词，可是，这个词里面的平仄呢，虽然不跟诗完全一样，但是它还是比较相近的，所以我们可以吟。但是有些呢，它跟诗不相近了，你就不能够用吟的调子了。

那我们就读一首，我所说的像周邦彦的很多长调子，就不能吟，刚才我说“似梦里，泪暗滴”，仄仄仄仄仄仄，你怎么能够吟呢？虽然不能够吟，但是你可以读。你可以读的时候，把它那个平仄的韵律特色读出来。我们现在来看一首周邦彦的《兰陵王》，这个只是读，没有吟了。

> 柳阴直。烟里丝丝弄碧。隋堤上、曾见几番，拂水飘绵送行色。登临望故国。谁识。京华倦客。长亭路，年去岁来，应折柔条过千尺。　　闲寻旧踪迹。又酒趁哀弦，灯照离席。梨花榆火催寒食。愁一箭风快，半篙波暖，回头迢递便数驿。望人在天北。　　凄恻。恨堆积。渐别浦萦回，津堠岑寂。斜阳冉冉春无极。念月榭携手，露桥闻笛。沉思前事，似梦里，泪暗滴。

这首词不容易唱，因为它整首都押的是入声韵，而且，句法有很多不合乎诗的平仄，所以不能够吟，这个是周邦彦的特色。可是柳永呢，有时与周邦彦不同，周邦彦是一个很精于乐律的词人，柳永也是很精于乐律的词人。柳永有一首词，他不是押的仄声，他押的是平声韵，所以读起来跟周邦彦这首词完全不一样。周邦彦呢，根据过去关于他的记载，说周邦彦呢，喜欢作三犯四犯的曲子。周邦彦还写过《六丑》，一个牌调的词，那个《六丑》，就是他自己编出来的曲调。人家就问他，说你这个牌调的名字干嘛叫“六丑”呢？他说《六丑》啊，是因为我这个牌调里面，是犯了六个调子，所以他有犯调。比如你这个是C调，C调可以转D调，还可转G调，他们这些音乐家就是玩弄声律。这个犯那个，那个犯那个，他说《六丑》啊，是犯了六个调子，而这六个调子，是我所编进来的曲调中最难唱的曲调，所以叫《六丑》。你看我们刚才所念的这首《兰陵王》，当时宋人就说，这首词除了老乐师或者真的懂得音乐的人，很少有人会唱。周邦彦有周邦彦的特色，那么至于柳永呢，柳永当年常常给这个瓦舍之间的歌妓酒女写曲子，而且凡是乐师，得到一个新的曲调，他们一定要请柳永给这个曲调来填词，可见柳永也是非常精通音律的。可是柳永音律的美，跟周邦彦不同。周邦彦曲子拗折，这是他故意，有心这样拗折。而柳永有一首词，是非常妙的一首词。词的牌调叫《雪梅香》，下雪的雪，梅花的梅，芬芳的香的香。这个也不能吟，我只能读。它有什么特色呢，我先说一说。这首牌调里边，它押的是平声韵。平声韵是流利的，就是能够读起来比较顺畅的，不像那入声，入声每个字你都要闭口，就是把嘴巴闭起来，不能够拖长。而平声韵都是可以拖长的，所以读起来流利，顺畅。可是柳永呢，这首词就很妙，他在这个流利、顺畅的曲子里面弄了两个对偶的句子，就是仄仄平平相对。因为我还没有读，我这样就相当于空口说了，我还是要读一遍才可以。它在流利之中有顿挫，押的是平声韵，平平仄仄平平仄，或是平平平仄仄，或者仄仄仄平平，或者仄仄平平平仄仄。总而言之，不管它三个字一句，还是四个字一句，五个字一句，七个字一句，它基本上是流利的。这是柳永的妙处。虽然不能吟，但是我可以把它的音律的妙处说一说。它中间有两句是对偶的句子，这两句对偶的句子里面它又有一点变化，不是按照诗句的对偶，诗句里面有拗句，他用了一句是诗句里面的拗句。所以这个曲调就变成流利之中有顿挫，在顺畅流利之中，它忽然让你拗折一下，在单行的一句一句的韵律中忽然骈偶一下，它就有它的特色。所以，你读的时候，要把这个特色读出来，虽然不能唱，但是这个特色在读的时候你还是可以体会的。我现在读一下。

《雪梅香》：

景萧索，危楼独立面晴空。动悲秋情绪，当时宋玉应同。渔市孤烟袅寒碧，水村残叶舞愁红。楚天阔、浪浸斜阳，千里溶溶。　　临风。想佳丽，别后愁颜，镇敛眉峰。可惜当年，顿乖雨迹云踪。雅态妍姿正欢洽，落花流水忽西东。无憀恨、相思意，尽分付征鸿。

“景萧索”，仄平仄；“危楼独立面晴空”，平平仄仄仄平平。“动悲秋情绪”，这是词里面一个特色，如果是诗，都是二三的停顿，可是词里面，是一四的停顿，不是“动悲——秋情绪”，而是“动——悲秋情绪”，是一四的停顿。“当时宋玉应同”，平平仄仄平平，这是顺畅的句法。后面他来了一个对偶，“渔市孤烟袅寒碧，水村残叶舞愁红”，这是对偶，“渔市”对“水村”，“孤烟”对“残叶”，“袅寒碧”对“舞愁红”，碧是颜色，红也是颜色。这里在单行的句子之间，有两句骈偶。骈偶的句子也很妙，按照一般的骈偶，“渔市孤烟渺寒碧”

它应该是平仄平平平仄仄，这是一般的诗句，可是“渔市孤烟渺寒碧”是什么？它是平仄平平仄平仄，这是拗句，这是诗里面的拗句。可是它是对偶，对句是“水村残叶舞愁红”，仄平平仄仄平平，这句是合乎诗律的。它在骈散之间，平仄之间，流利之中有顿挫，通畅之中有回旋，有转折。这就是柳永的妙处，我们把它讲了，可以再读一遍。

> 景萧索，危楼独立面晴空。动悲秋情绪，当时宋玉应同。渔市孤烟袅寒碧，水村残叶舞愁红。楚天阔、浪浸斜阳，千里溶溶。

“临风”这个“风”字我还要再提一下。它通首押的是东红的韵，本来“临风想佳丽”是五个字，“佳丽”的“丽”字不押韵，到后边是“别后愁颜，镇敛眉峰”的“峰”字才押韵。可是“临风想佳丽”一句在二三的停顿处，两个字的停顿“临风”是个句中的韵字，在句子的中间押个韵。

> 临风。想佳丽，别后愁颜，镇敛眉峰。可惜当年，顿乖雨迹云踪。雅态妍姿正欢洽，落花流水忽西东。无憀恨、相思意，尽分付征鸿。

说到句中的押韵，我现在没有找到别人好的例证，我念一首我自己的词，句中有押韵的。还有很多朋友问我，说叶先生你的读词跟别人读词不一样，你跟谁学的？没有，我的老师并不这样读词，我家里人也不这样读词，是我自己，我自己也不是故意，我不是要故意造一个调子，我要这样读，不是的，而且词调，小令，长调，平韵仄韵变化这么多，我是尽量每一首词读的时候把它平仄的美感读出来。我看到这首词，觉得就应该这样读平仄就是这样，我就自然觉得它有一种音乐的美感，我自己本能的要把它音乐的美感读出来。词这么多，跟诗还不一样。诗有一个基本的，什么律绝，什么五言、七言，词不是这么简单，词有好几百个调子，我每个都跟谁学？没有，就是说，你只要懂得诗词的这种音乐性，懂得平仄的格律，你知道它基本的骈散顿挫的变化，你读的时候，你的本能，人家好好的这么美丽的声音，你凭什么不把它读出来呢？这是一种本能，自然而然就应该如此。刚才我说有的长调在句子中间要押韵，就是按照句法它是五字句，“临风想佳丽”，“风”字加了一个韵。

我自己写过一首《木兰花慢》，里面就有很多句中的韵，因为我现在马上要翻检一首《木兰花慢》要翻半天，所以我就拿我这个来读一读吧。这是一首慢词，一首长调的慢词。《木兰花慢》我有一个题目，是咏荷花的。我还是要从头来说一遍。因为我有这个题目，你们知道古人有时候词前边还有一个小序。如果你这个词，像早期的《花间集》，是写给歌女去唱的，一般没有题目，我就是给流行歌曲填个词，让歌女去唱。可是自从宋人，像苏东坡以后，像姜白石，会去说明我这个词写作的背景是什么，苏东坡是有个题，姜白石有个小序，我的这首词前面就有一篇序，有一个题目是《咏荷》，就是咏荷花。我说“《尔雅》曰”，《尔雅》是中国最早的字书，说“荷，芙渠”，也叫芙蕖，“其茎茄，其叶蕸，其本蔤”，这是《尔雅》的原句。“其华菡萏，其实莲，其根藕，其中的，的中薏”。《尔雅》说，荷花也叫这个名字，也叫那个名字，它的花叫什么名字，叶子叫什么名字，它的本——还不是根，本是根旁边发的小芽——那叫什么名字。它的花叫什么名字，它的果实叫什么名字，它的根叫什么名字，它果实中那个，中间以莲蓬包着的莲子啊，叫什么名字，莲子中间还有一个莲心，那个叫什么名字。《尔雅》就把这个荷花各部分，所有的名字都写出来了，《尔雅》从来没有把一种花这么多名字写出来。只有荷花有这么多名字，每一小部分它都给它写了，为什么？因为荷花每一个小部分的东西都有用处，或者可以当食物来吃的，或者可以当饮料来饮，或者当医药来用，可以治病，就是因为荷花的用处这么多，每个地方都有用，所以它每一个有用的地方都有一个名字。

不是所有的花都有这么多名字，这是荷花的特色，所以我就说“盖荷之为物，其花既可赏”，欣赏的赏，“根实茎叶皆有可用，百花中殊罕其匹”，在百花中没有能够跟它相比的。“余生于荷月”，我是在荷花那个月出生的，生于荷月，“双亲每呼之曰‘荷’”，所以我的小名叫“荷”，“遂为乳字焉。稍长，读李义山”，我长大以后，读李义山的诗，“每诵其”，每每读到李义山的“荷叶生时春恨生，荷叶枯时秋恨成”。这个荷花代表人生，代表人生那么多的情意，那么多的理想，那么多的失落，这是李商隐说的，“荷叶生时春恨生，荷叶枯时秋恨成”，而且李商隐还有一首诗，说“何当百亿莲花上，一一莲花现佛身”。这个“佛”字是入声，所以我念“fò”。你看，所有的佛教中，那些个佛像，释迦、如来都是坐在莲花座上，而且说释迦牟尼刚刚降世，走路就步步生莲花。莲花是出淤泥而不染的，所以莲花代表清净，代表觉悟，代表一种慈悲的普度的精神，所以李商隐说“何当百亿莲花上”，等到什么时候才能在几百亿的莲花上，“一一莲花”每一个莲花上都出现了一尊佛，什么时候我们大地上，能够得到这样的清净的境界，能够得到这样的拯救盼望？“何当百亿莲花上，一一莲花现佛身”。我从小时候起，读李商隐的这样的诗句，就很受感动，所以“辄为之低回不已，曾赋五言绝句咏荷”的小诗一首。那时我十几岁，很小的时候写的一首诗，是五言绝句，说：“植本出蓬瀛，淤泥不染清。如来原是幻，何以度苍生？”李商隐说等待佛来救赎，我说这个荷花是从清洁的水里长出来的，不沾染一点泥土，所以“出淤泥而不染”。我最近还看到报纸上科学的解释，说为什么荷花荷叶上从来不沾泥土呢？科学家研究说因为它的花跟叶子上都有一层现在叫作纳米的物质，这个纳米是不沾尘土的，甚至于不沾水。所以你看露水、下的雨水到荷叶上，它不散开，它不沾在上面，它在滚动，摇来摇去，这荷叶风一摇，水珠就落下去了，它不沾在上面。现代科学家说是因为纳米，而中国古代就说它不染污秽，出淤泥而不染，花也不染污秽，叶子也不染污秽，连水都不沾的，这是传说。如此，我说“淤泥不染清”。大家都说荷花是象征佛的，是能够救众生脱离苦海的，但是“如来原是幻”，我们怎么知道佛能把我们众生拯救脱离苦海？所以后面“何以度苍生”，众生，我们有这么多悲哀、苦难、不平、灾祸的现象，而且人生有那么多邪恶的行为，什么时候才能够没有那自然的灾祸？什么时候才能够没有这人为的邪恶呢？所以“如来原是幻”，是何以，怎么样，度苍生。我读了李商隐，写了这么一首小绝句，我也不知道我十几岁怎么写了这么一首小绝句，反正就写了这么一首绝句。我后面就说了，“其后”那我小时候写的诗啊，“几经忧患，辗转飘零”，我是经过抗战，经过白色恐怖，经过无家无业的连个床铺都没有的孤苦伶仃的生活，这是经过辗转飘零，所以“遂寄居加拿大之温哥华城”，最后就飘落在加拿大的温哥华了，因为我说是飘落，不是我选择的，我就落在温哥华了，说“此城”温哥华这个城市，“地近太平洋之暖流，气候宜人，百花繁茂”，人家都说温哥华这个城市像个大花园，而且有“四时不谢之花，八节长青之草”，我不是在吹牛，四时都有花，而且草地冬天都不枯黄的，所以温哥华确实是个美丽的城市。可是呢，虽然各种花都好，气候也好，“而独鲜植荷者”可是没有人种荷花，不但家里面没人种荷花，连花园里面都没人种荷花。所以我就说了，这是我当年写的，我这样说“独”单独，很少有人种植荷花，我说“盖”，大概是，“彼邦人士”，加拿大这些个人，“既未解其花之可赏，亦未识其根之可食也”，就是加拿大人不知道这个荷花从根枝茎叶有这么多用处，他们不知道。“年来”，我写的时候是20世纪80年代，说“予以暑假归国讲学”，我从1979年以后，80年代就常常归国讲学来了，“每睹新荷”每次看见荷花，不管是南开这里的荷花，还是北京北海的荷花，“每睹新荷，辄思往事”。我就想起我小时候叫“荷”，我还写过荷花的诗，而“双亲弃养已久”，可是我的父母早已都过世了，“叹年华之不返，感身世之多艰”，当然，我这消逝的年华是永远不会回来的，而我一生经过了很多忧患苦难，“枨触于心”，心里面有所感动，“因赋此阕”，所以我就写了这首词。我特别在下面标明了“篇内”，在这首词以内。这首词我押的是诗韵里面庚青的韵，“eng”的这个韵，除了押韵的韵字以外，句中的“月明”的“明”字，“星星”的“星”字，都是句中的短韵，这是要我说明的，那现在我就把它读一遍。

花前思乳字，更谁与，话生平。怅卅载天涯，梦中常忆，青盖亭亭。飘零自怀羁恨，总芳根、不向异乡生。却喜归来重见，嫣然旧识娉婷。　　月明一片露华凝。珠泪暗中倾。算净植无尘，化身有愿，枉负深情。星星鬓丝欲老，向西风、愁听佩环声。独倚池栏小立，几多心影难凭。

这是我的一首词，因为想中国的这些个什么“月明”啊，什么“星星”啊。这都是句中的押韵，我只说明词里面有这样的格律。你要是读诵的时候，把它忽略了，那就失去了这个词的一部分美感，所以词虽然不能吟，但是你在读的时候，是可以把它声音的美感结合着你的情感，意境的美读出来的。

我们读一首大家常常选的，辛弃疾的《水龙吟》吧。“楚天千里清秋”，先读一遍，再试着用吟的调子吟一吟。

《水龙吟·登建康赏心亭》：

楚天千里清秋，水随天去秋无际。遥岑远目，献愁供恨，玉簪螺髻。落日楼头，断鸿声里，江南游子。把吴钩看了，栏杆拍遍，无人会，登临意。　　休说鲈鱼堪脍，尽西风、季鹰归耒。求田问舍，怕应羞见，刘郎才气。可惜流年，忧愁风雨，树犹如此。倩何人唤取，红巾翠袖，揾英雄泪！

我现在试着把它吟诵一遍吧。

楚天千里清秋，水随天去秋无际。遥岑远目，献愁供恨，玉簪螺髻。落日楼头，断鸿声里，江南游子。把吴钩看了，栏杆拍遍，无人会，登临意。　　休说鲈鱼堪脍，尽西风、季鹰归耒。求田问舍，怕应羞见，刘郎才气。可惜流年，忧愁风雨，树犹如此。倩何人唤取，红巾翠袖，揾英雄泪！

好，我们把词告一段落吧。

那我们现在读几支曲子，刚才我们已经讲过，诗与词的差别，词是长短句，诗是齐言的，所以呢，诗是在吟诵的时候比较方便，而中国之所以形成五言、七言这样平仄间错的形式，其实从根本上说与吟诵有非常大的关系。我昨天曾经提到，就是以前清代的一个声韵学家，叫作江永，他曾经提出来一个问题，而且江永有一本书，叫作《古韵标准》，在《例言》里他说，“如后人诗余”，“诗余”指的就是词。还有歌曲，指的就是后来的这些个曲。他说后人的这些诗余歌曲，正是以杂用四声为节奏。就像今天早晨我们说的马致远的《天净沙》“枯藤老树昏鸦”的那一首，它是平上去，就是我们说的那个一声二声三声四声，都通押的，没有入声，因为马致远是元曲，元曲里面北曲，没有入声。所以江永在他的《古韵标准例言》里面就说，这个曲子里面常常是以杂用四声为节奏，说“诗韵何独不然”。为什么说诗？我今天上午说的，平声就是平声的韵，仄声就是仄声的韵，像《长恨歌》《琵琶行》，可以换韵，但是绝对不能通押。这是江永提出来的。那后来郭绍虞先生写了一篇文章叫《永明声病说》，他在这篇文章里面提到，说四声应用于文词韵脚方面，是有一个特殊的需要，这个特殊的需要基本上就是吟诵的关系，诗之不要四声通押，就正因为诗是吟诵的，这也是刚才我提到的，但是我没有引这些书的名字，所以我要再说一遍。为什么是吟诵的需要呢？他说因为吟诵与歌唱的节奏是显然不同的。自从诗不歌，就是说不再配合音乐来歌唱以后，就逐渐离开了歌的音节，而趋向诵的音节了。我是把他的话用普通话讲了，当然，你们可以查，郭绍虞先生的《永明声病说》，他说歌的韵，就是唱的调子，可以歌唱的，那么它的韵，可以“随曲谐适”，所以它没有一个固定的格式，容易转变。可是吟诵，诗的吟诵，这个韵脚要分析得比较严格，所以“一定难移”，就是说是平声韵一定是平声韵，仄声韵就是仄声韵，你可以换韵，但是不能够四声通押。这是我补充的我们上午所讲的，我举出了江永跟郭绍虞的话，来做一个说明。至于曲子，比词更明显的是四声通押，其实除了少数的几首词是可以四声通押，词里面基本上四声通押的也很少，曲子才能四声通押。其实还有一个问题应该注意，就是词里面这个平上去入的四声，还是分析得很严格的。就是你这首词，是押平声韵的，就是平声韵，但是上去声，在词里边可以通押，上声跟去声的韵可以通押，入声单独是入声的韵，不能通押。诗里边有入声的韵，词里边也有入声的韵，而入声韵跟其他的声调不能通押。可是曲子里边，特别是北曲，元曲里的北曲里面，因为它是流行在中国的北方，那个时候元代的北方大都，就是现在北京附近的地方，就已经没有入声了，所以元曲里面就没有入声的字，曲里面入声的字就分配到其他各声里面去了。就像我们现在，我们说过这个腊月了，这个“月”字就是入声的字，可是我们把它念“yuè”，这个变成第四声，这不是一个入声字。我们说过春节了，节（jié）。就是我们北方没有入声字，入声就分别到其他各声去了，所以我们北方人念元曲，念北曲，反而很方便，因为它就是我们北方话，它就是没有入声字的。可是曲子里面也有另外一个特殊的情况，就是说，它没有入声字，好像跟我们的普通话里的四声一样了，可是曲子里面有些个韵字，它是念俗音的，它不是念这个正确的读音。我这样说是很空洞的，那我要念一套北曲，来说明它这个声调是怎么样分配的，它的读音是怎么样去诵读的。我们现在念一套，白朴的《梧桐雨》，就是《唐明皇秋夜梧桐雨第四折》，是写唐明皇，他本来逃难到四川，后来他回来了，《长恨歌》上说，“春风桃李花开日，秋雨梧桐叶落时”，所以“秋雨梧桐叶落时”写唐明皇回到长安以后，在秋雨梧桐叶落时，怀念杨贵妃的时候所唱的。本来戏曲呢，它除了曲文，押韵的曲文以外，它还有说白，还有动作，我们今天只是读诵，所以凡是这个元曲里边的说白和动作我们都不管它，我们只读它的曲文。这个曲文，它都有一套一套的曲子，就是哪一个曲子可以开头，哪一个曲子是在中间，哪一个曲子是可以结尾，哪个曲子可以跟哪一个曲子衔接，哪一个曲子跟哪一个曲子不可以衔接，它都有一定的规定，所以它成为一套从头到尾，哪一个是开端，哪一个是中间，哪一个是结尾，哪一个接哪一个，它有一定的、固定的一个套式，一个格式。白朴的《唐明皇秋夜梧桐雨》，这个曲子我们今天念的是第四折，第四折他用的这个曲调是“正宫·端正好”。曲子里分很多宫调，词里面也有很多宫调，一般写词牌的时候，有时候，并不注明这个宫调，可是曲子一定是注明这个宫调的。那么第一支曲子，正宫里面的这一套曲子，第一支曲子是端正好，所以我们就开始念这个“正宫·端正好”。

【正宫·端正好】

> 自从幸西川还京兆。甚的是月夜花朝。这半年来（我）白发添多少。怎打叠愁容貌。

【幺篇】，就是说，还是【正宫·端正好】。

> 【幺篇】瘦岩岩不避群臣笑。玉叉儿将画轴高挑。荔枝花果香檀桌。

这就是一个特别的读音了，他是说唐明皇摆上一些个贡品，摆上了荔枝、鲜花、水果，放在一个檀香木的桌子上。这个桌，桌子的桌，本来是个入声字。北曲里面没有入声字，它也不是念我们现在的普通话，就念“zhuō”了，不念桌，它押的是“zhào”，它取自一个特别的读音，“瘦岩岩不避群臣笑。玉叉儿将画轴高挑。荔枝花果香檀桌。目觑了伤怀抱。”下一支曲子【滚绣球】：

险些把我气冲倒。身谩靠。把太真妃放声高叫。叫不应雨泪号咷。这待诏。手段高。画的来没半星儿差错（cǎo）。

是错误的错，也是入声，也不念我们普通话的“cuò”，跟那个“zhào”，念“cǎo”。

画的来没半星儿差错（cǎo）。虽然是快染能描。画不出沉香亭畔回鸾舞，花萼楼前上马娇。一段儿妖娆。

下一支曲子【倘秀才】：

妃子呵，常记得千秋节华清宫宴乐。

这是快乐的乐，入声字，也不念“lè”，念“lào”。说：

常记得千秋节华清宫宴乐。七夕会长生殿乞巧。誓愿学连理枝比翼鸟。谁想你乘彩凤返丹霄。命夭。

【呆骨朵】：

寡人有心待盖一座杨妃庙。争奈无权柄谢位辞朝。

他变成太上皇了。

争奈无权柄谢位辞朝。则俺这孤辰限难熬。更打着离恨天最高。在生时同衾枕，不能勾死后也同棺椁。

这是棺椁的“椁”字，也是入声字，念棺椁（gào）。

死后也同棺椁。谁承望马嵬坡尘土中，可惜把一朵海棠花零落了。

下面是【白鹤子】：“挪身离殿宇，信步下亭皋。见杨柳袅翠蓝丝，”我再念一遍：

挪身离殿宇，信步下亭皋。见杨柳袅翠蓝丝，芙蓉拆胭脂萼。

这是花萼的萼字，也是入声字，念“ào”。

再下面【双鸳鸯】：

斜亸翠鸾翘。浑一似出浴的旧风标。映着云屏一半儿娇。好梦将成还惊觉。半襟情泪湿鲛绡。

【蛮姑儿】：

懊恼。窨约。惊我来的又不是楼头过雁，砌下寒蛩，檐前玉马，架上金鸡，是兀那窗儿外梧桐上雨潇潇。一声声洒残叶，一点点滴寒梢。会把愁人定虐（niào）。

我现在都不再说明了，就是这是入声字，“niào”虐字本来是虐待的虐，但是它不念“nuè”，而念“niào”。我以后就不再说明，我就一直念下去了。反正入声字它都有一个跟我们现在不同的读音。

下面是【滚绣球】：

这雨呵，又不是救旱苗。润枯草。洒开花萼（ào）。谁望道秋雨如膏。向青翠条。碧玉梢。碎声儿㓮剥。增百十倍，歇和芭蕉。子管里珠连玉散飘千颗，平白地瀽瓮番盆下一宵。惹的人心焦。

下面是【叨叨令】：

一会价紧呵，似玉盘中万颗珍珠落。一会价响呵，似玳筵前几簇笙歌闹。一会价清呵，似翠岩头一派寒泉瀑。一会价猛呵，似绣旗下数面征鼙操。兀的不恼杀人也么哥！兀的不恼杀人也么哥！则被他诸般儿雨声相聒噪。

“兀的不恼杀人也么哥”，这是【叨叨令】这个曲子一个特殊的形式，不管你写什么，都要也么哥。

下面是【倘秀才】：

这雨一阵阵打梧桐叶凋。一点点滴人心碎了。枉着金井银床紧围绕。只好把泼枝叶做柴烧。锯倒。

下面是【滚绣球】：

长生殿那一宵。转回廊，说誓约。不合对梧桐并肩斜靠。尽言词絮絮叨叨。沉香亭那一朝。按霓裳，舞六幺。红牙箸击成腔调。乱宫商闹闹炒炒。是兀那当时欢会栽排下，今日凄凉厮辏着，暗地量度（dǎo）。

后面是【三煞】：

润蒙蒙杨柳雨，凄凄院宇侵帘幕。细丝丝梅子雨，装点江干满楼阁（gào）。杏花雨红湿阑干，梨花雨玉容寂寞。荷花雨翠盖翩翻，豆花雨绿叶萧条。都不似你惊魂破梦，助恨添愁，彻夜连宵。莫不是水仙弄娇，蘸杨柳洒风飘。

还是再念一遍吧：

润蒙蒙杨柳雨，凄凄院宇侵帘幕。细丝丝梅子雨，装点江干满楼阁（gào）。杏花雨红湿阑干，梨花雨玉容寂寞。荷花雨翠盖翩翻（piān fān），豆花雨绿叶萧条。都不似你惊魂破梦，助恨添愁，彻夜连宵。莫不是水仙弄娇。蘸杨柳洒风飘。

下面是【二煞】：

咻咻（xiū xiū）似喷泉瑞兽临双沼。刷刷似食叶春蚕散满箔（báo）。乱洒琼阶，水传宫漏，飞上雕檐，酒滴新槽。直下的更残漏断，枕冷衾寒，烛灭香消。可知道夏天不觉。把高凤麦来漂。

对，还差两支曲子。这两支曲子，在这个曲子里面是很有特色的，因为它一直是把这个文字的声音配合着下雨的声音来写的，是一直都押韵的，我把最后一段的曲子念了，最后的就是结尾了。现在我们念【二煞】：

咻咻（xiū xiū）似喷泉瑞兽临双沼。刷刷似食叶春蚕散满箔（báo）。乱洒琼阶，水传宫漏，飞上雕檐，酒滴新槽。直下的更残漏断，枕冷衾寒，烛灭香消。可知道夏天不觉。把高凤麦来漂。

最后一节是【黄钟煞】，这是结尾了：

顺西风低把纱窗哨。送寒气频将绣户敲。莫不是天故将人愁闷搅。度铃声响栈道。似花奴羯鼓调。如伯牙水仙操。洗黄花，润篱落。渍苍苔，倒墙角。渲湖山，漱石窍。浸枯荷，溢池沼。沾残蝶粉渐消。洒流萤焰不着。绿窗前促织叫。声相近雁影高。催邻砧处处捣。助新凉分外早。斟量来这一宵。雨和人紧厮熬。伴铜壶点点敲。雨更多泪不少。雨湿寒梢。泪染龙袍。不肯相饶。共隔着一树梧桐直滴到晓。

这应该是很好听的曲子，不过我把它的气势念断了。曲子应该有一个气势，它是一口气下来的，我看不清楚它的字，就把这个气势念断了。

念一段欧阳修的《秋声赋》吧，刚才那个曲子我只是读诵，因为曲子，凡是配合音乐的，都不能吟。这个欧阳修的《秋声赋》，这当然也不是吟了，但是这个可以不是读，可以有一点声调。啊我就不读了，这也不能说是吟，就直接美读吧。

欧阳修《秋声赋》：

欧阳子方夜读书，闻有声自西南来者，悚然而听之，曰：异哉！初淅沥以萧飒，忽奔腾而砰湃，如波涛夜惊，风雨骤至。其触于物也，鏦鏦铮铮，金铁皆鸣。又如赴敌之兵，衔枚疾走，不闻号令，但闻人马之行声。余谓童子：“此何声也？汝出视之。”童子曰：“星月皎洁，明河在天，四无人声，声在树间。”

余曰：“噫嘻悲哉！此秋声也，胡为乎来哉？盖夫秋之为状也：其色惨淡，烟霏云敛；其容清明，天高日晶；其气慄冽，砭人肌骨；其意萧条，山川寂寥。故其为声也，凄凄切切，呼号愤发。丰草绿缛而争茂，佳木葱茏而可悦；草拂之而色变，木遭之而叶脱。其所以摧败零落者，乃其一气之余烈。夫秋，刑官也，于时为阴；又兵象也，于行为金。是谓天地之义气，常以肃杀而为心。天之于物，春生秋实。故其在乐也，商声主西方之音，夷则为七月之律。商，伤也，物既老而悲伤；夷，戮也，物过盛而当杀。

“嗟乎！草木无情，有时飘零。人为动物，惟物之灵，百忧感其心，万事劳其形；有动乎中，必摇其精。而况思其力之所不及，忧其智之所不能；宜其渥然丹者为槁木，黟然黑者为星星。奈何以非金石之质，欲与草木而争荣？念谁为之戕贼，亦何恨乎秋声！”

还有就是文体之中有一种带这么一点骈律的声调。可以看一篇范仲淹的《岳阳楼记》（全文见本书第207页）：

文跟曲都念完了，你们可以问问题吧。

徐老师：叶先生，我想问理论上的一系列问题，相关的，也是顺着我们这个下来，那您觉得没有一些骈俪的感觉的，比如说《四书》《五经》，比如先秦的一些散文，这些是可以吟诵的吗？

叶先生：也可以啊。

徐老师：比如《论语》。

叶先生：也可以啊。《论语》不大容易吟诵，因为《论语》是一种问答的形式，所以它不是一篇很长的文章。那古人当然也有诵读，因为“学而时习之，不亦说乎；有朋自远方来，不亦乐乎；人不知而不愠，不亦君子乎”也可以这么念就是了。

徐老师：那您上午说，词有平仄，里面的这种跟诗律相关的词是可以吟的，可诗律平仄不是很规律的这种，就不太好吟，或不能吟，那这个古体诗也是平仄不太有规律的啊？

叶先生：那完全不一样，你这样说完全不一样。

徐老师：这里有什么区别呢？

叶先生：古体诗就如李太白的那些长短杂言的歌行，它虽然不是整齐的五言或七言，但它都是诗的节奏，跟词完全不一样。

徐老师：就是说，再往前，比如说乐府，甚至于楚辞，它们都是可以吟诵的，但为什么那些词没有平仄规律的，就不能吟诵？

叶先生：因为有的它虽然没有平仄，但是它的节奏合乎我们说话的口吻，而词，它有时候跟我们说话的口吻不相合。你说李太白这个，我就以他那个《将进酒》为例，“君不见，黄河之水天上来，奔流到海不复回”这个就得这么念，我那天给你们那个是吟，“君不见，黄河之水天上来，奔流到海不复回”，你也可以就是读诵“君不见，黄河之水天上来，奔流到海不复回；君不见，高堂明镜悲白发，朝如青丝暮成雪。人生得意须尽欢，莫使金樽空对月”。它的节奏，是有一个节奏的，像我们说的周邦彦的词“柳阴直，烟里丝丝弄碧”，他没有，他没有那个节奏。

徐老师：那这个就是我们原来想问的这个问题了，您刚才读诵的，或者说美读的这些，就是说朗诵，或者说念，还是不一样的，我们听到的是有节奏，有一些旋律的，那到底吟和诵，和美读，和念之间，这些到底是什么关系，它们的分界线在哪儿？

叶先生：吟是那个调子拖得更长；美读呢，只是把它的声调按照它的这个声音的特色，把这个特色读出来，美读就是一种诵，读诵的诵；诵就是一种美读。

徐老师：那么吟和诵之间的区别到底是什么？

叶先生：现在所谓美读就是古人的诵，《周礼》教国子的，就是兴、道、讽、诵、言、语，就说诵，讽是倍读，诵是有节奏的读，或者是拖长了声音去读，我们不都说念书，是一个字一个字念的。

徐老师：那我们听到的你拖长声音的这种那个诵或美读，您还是有一些音高的变化，这个有音阶的，有旋律的，这点是不是诵和美读，和念之间的区别呢？

叶先生：对。念，比较平，像一般人念词，他们就是念，我念就是把声调念出来。我们现在可以请同学读一首词，然后我再读一首词，你看看有什么不一样吧。

（学生念周邦彦的《兰陵王》。）

叶先生评语：你就是读的时候把它押韵的入声都没有读出来，所以你就是念，就是用普通话来念的。那如果要把它的声调读出来呢？

（叶先生读《兰陵王》。）

柳阴直。烟里丝丝弄碧。隋堤上、曾见几番，拂水飘绵送行色。登临望故国。谁识。京华倦客。长亭路，年去岁来，应折柔条过千尺。　　闲寻旧踪迹。又酒趁哀弦，灯照离席。梨花榆火催寒食。愁一箭风快，半篙波暖，回头迢递便数驿。望人在天北。凄恻。　　恨堆积。渐别浦萦回，津堠岑寂。斜阳冉冉春无极。念月榭携手，露桥闻笛。沈思前事，似梦里，泪暗滴。

徐老师：您刚才的这个是属于诵？

叶先生：这个就是诵读，就是诵，也就是读，读诵，就应该这样读，就是把它的四声，这个声调读对。

徐老师：那是不是，我理解就是，您的这个声音体系当中，这是诵，然后和吟之间，还有一个美读，是这样分三个层次吗？

叶先生：因为我刚才念的是欧阳修的《秋声赋》。《秋声赋》它是不能吟的嘛，所以我就说我尽量把这个调子拖长，“欧阳子方夜读书，闻有声自西南来者”，我刚才念这个周邦彦的“柳阴直，烟里丝丝弄碧”这个就是还没有一个调子，欧阳修这一篇《秋声赋》，虽然我没有吟，但是我是有时候拖长“欧阳子方夜读书，闻有声自西南来者”，“予观夫巴陵胜状，在洞庭一湖”，就是你有一个拖长的音调跟这个诵读不大一样。

徐老师：那这个调子，这个方法能用在您这个词上，比如说周邦彦的这个词上，可以吗？

叶先生：这个，我没有这么试验过，这个不能，为什么呢？因为不管是欧阳修的《秋声赋》，还是范仲淹的《岳阳楼记》，它都有一个文气，韩退之说的，夫文以气为主，“水大而物之浮者大小毕浮”，“文气”它有一个高低起伏的文气，而这个文气，也是单纯的，是我们人类的喉舌声吻，跟字的平上去入的结合，是自然的，是人

体之自然的。周邦彦的《兰陵王》，不是人体的自然，区别就在这里。他那个《兰陵王》是为特别的音乐制作的曲子，它不是人体的自然，不一样。

徐老师：你看我理解的对不对，就是说在您这呢，声音处理诗词文赋的方式有三种，分别是吟、美读和诵，这三种是不一样的。

叶先生：也可以这么说，如果你要这么分的话。但这只是用名字的不同。

徐老师：下一个问题就是叶先生能不能讲一讲，您从小开始，到后来整个的学习吟诵的过程，和您接触到的一些人？

叶先生：我没有特别学习过，没有一个人教过我吟诵。

徐老师：他们都说您的吟诵是来自顾随先生。

叶先生：没有。顾随先生从来没有在课堂上吟诵过，顾随先生不吟诵。

徐老师：是吗？

叶先生：对。从来没有。我的老师戴君仁先生吟诵，但是我不是他教的。我在大学戴君仁在我大一教我国文的时候，他也没有吟诵过，是我到了加拿大以后，我叫我的学生去找戴先生录他的吟诵，我才拿到的。我没有跟顾先生学过吟诵，我听顾先生讲的很多，顾先生都是讲课，我所记的那个笔记上，就是他当年怎么讲，我就怎么记的，但是里面没有吟诵。顾先生从来没有在课堂上吟诵过，也许有的同学听过，但是我没有。那是他们的传闻之误。我的吟诵，是小时候，我的父亲和伯父，他们没事就吟诵，但是我跟我伯父或父亲的吟诵也根本不一样。反正你听惯了人家，你就觉得诗是可以这么念的，就可以这么念。那你就念出一个你的调子来。我跟我父亲的吟诵不一样，我父亲跟我伯父的吟诵也不一样。范曾先生也吟诵，范曾先生的父亲也吟诵，但是范曾把他的吟诵录给我，把他父亲的吟诵也录给我，他跟他父亲完全不一样。但是你在一个家庭里面，如果家人都吟诵，你自然就培养出一个你自己的声音来，不是死板的去学习。

现在呢，当然这些个年轻人，他肯定什么调子都没有，他也没有习惯听人家吟诵。你每次给他一个调子，他就先照着个调子吟吧，有的人，你教他吟了这首，他就只会吟这首，换一首，他就吟不出来了，因为他只是按照你这一个死板的去学习，范曾先生跟他的父亲范子愚两位吟的完全不一样。我有他们两人的录音，我们家里。我伯父跟我父亲，当然都不在了，现在没有办法把他们都录下来了，但是，绝对不一样。可是有一个原则，你听来听去，你自然就觉得有一个原则，不是说，不一样就是随便，你随便怎么吟，他随便怎么吟，现在的人配了很多音乐，谱了很多曲子，那就是吟唱？不是的。它有一个原则，它有一个平仄的、停顿的、节奏的、押韵的一个原则。你不是随便乱吟，也不是随便乱拔高，也不是随便乱拖长的。还有，你有一次说仄声都不能拖长，不是必然的，仄声有的时候可以拖长。但是仄声拖长的时候跟平声的拖长不一样，平声，你就一直拖长，仄声中间有一个转折。当然，这个还是得有诗为证才可以。

徐老师：对，我听到的也基本都是这样的，没有说完全按照老师的，或者学过的，其实每个人都有自己的一套方法，一些体会。

叶先生：但是这并不是要选我自己制作个调子。不是的，它中间还是有一个原则的。

徐老师：也不是凭空创造的。

叶先生：我现在也可以给你吟出不少的调子来。比如我们说说杜甫的《秋兴八首》，戴先生是“玉露凋伤枫树林，巫山巫峡气萧森”，他可以这么读，我不是，我是“玉露凋伤枫树林，巫山巫峡气萧森”，这两个不一样，但是它中间有一个原则是一样的，它中间都是两个字两个字的停顿。“玉露凋伤”，他是把四个字连起来了，不是“玉露凋伤——枫树林”，“玉露——凋伤——枫树林”，这不一样，但是原则是一样的，它原则是都是四三的停顿，那是一样的。

徐老师：那叶先生您还能记得您父亲、伯父吟过的调子吗？

叶先生：我没有学过他们的调子，所以我不会学。我真的没有跟任何一个人学过吟诵。

徐老师：今天澄清了这个问题，非常好。

叶先生：对，所以大家说我跟顾先生学。我听了他很多课，在我听的所有课里面，他没有吟诵过一次，一次都没有。

徐老师：那他会（吟诵）吗？

叶先生：我不知道，我没听过，我不知道他会不会，我没有听过，我只能说我没有听过。这是事实，但是会不会，我不知道。我听他的课很多，听了好几年，而且听了很多课，但是从来没有一次在课堂上吟的。像戴先生我是听过的，因为他有录音，所以我知道他的调子。小时候听我父亲跟我伯父，但是我没有录下来，所以，我其实很难说他们怎么样吟的，而且我读词的调子也不是我老师顾先生读词的调子，他也不是这么读的。

学生：他读词也有一定的调子。

叶先生：他读的时候，绝对不是像我这么读。我真的很难学，我的老师，他真的不是这样读的，你问顾之京，看她记不记得他父亲怎么样读，你问顾之京，她见过她父亲吟吗？她父亲怎么样读的，你去问顾之京。

学生：那您说读词的调子是不是，您说那个……

叶先生：我读词的调子，你随便拿任何一首词，我来读，这个都是我的读法，没有一个人是这样读的。任何一首，我绝对没有和任何人学吟诵。至于读呢，就是我以为，我对这首词的体会，我觉得这首词的平仄是这样子的，所以我就这样读了。但是我没有跟哪一个人去学，比如秦少游的《踏莎行》“雾失楼台，月迷津渡，桃源望断无寻处。可堪孤馆闭春寒，杜鹃声里斜阳暮”。我觉得，它的平仄、声调，就是如此的，我要把它的平仄，声调读出来，就该这样读，没有跟任何人学习，这是绝对的，我绝对没有跟任何人学习，而我的老师，顾随先生，在我所听的他那么多课里面，他没有在课堂上读诵、吟唱过一次。

徐老师：叶先生，您是从什么时候开始用这种调子来读的呢，形成的时间，是什么时候？

叶先生：我小时候在家里，我就自己看，没有很大声的读。我是在教书，我教书的时候，我给学生讲课，拿一首词先读一遍。

徐老师：这就是在台湾的时候，还是……

叶先生：对，我在台湾的时候就这么读，你去问我台湾的学生。

“风老莺雏，雨肥梅子，午阴嘉树清圆。地卑山近，衣润费炉烟。人静乌鸢自乐，小桥外、新绿溅溅”。就是我觉得它自然就该这么读，它的押韵、平仄就是这样的。我没有特别的声调，我只是把它的平仄、声调都尽量读得正确，就是了。

学生：先生，我插一句，您在北平教书的时候怎么读的？

叶先生：我在北平教书，我那个时候教中学的诗词，不是很多（课），如果有诗词我应该也是这么读的。

学生：您在中学教诗词也是这么读的。

叶先生：对。

徐老师：叶先生，这么多年来，您接触过很多吟诵界的先生，您觉得现在的吟诵界是一个什么样子，比如说是不是有一些流派？

叶先生：我没有研究过流派，我不属于任何派，我也没有把他人归纳成任何一派。在我所听过的读得最好的，戴君仁先生读得好，文怀沙先生读得好，范曾先生也读得不错。别人可能有读得更好的，但是我没有听过，我不敢随便说，我说话一定要负责任，是我真的这样觉得，我才说。而我听过的，我觉得文怀沙先生、戴君仁、范曾，三人读得都不错。

徐老师：叶先生，您觉得现在的年轻人要学吟诵的话，应该怎么办？有没有什么方法和顺序？

叶先生：现在的人要读好，要先自己看很多诗词，根本没有看进去，拿一首就生搬硬套，拿个套子在那里读，也不是办法。他要自己先钻到诗词里面去，能够对诗词有较多的体会，然后再学读诵。当然说小孩子，你要说幼儿园，幼儿园很简单，你教他一个简单的调子。我教过幼儿园的小孩子，我就教他一个简单的调子，就是“床前明月光，疑是地上霜。举头望明月，低头思故乡”。他就这么念，就是这样。“白日依山尽，黄河入海流。欲穷千里目，更上一层楼”。这个我有两个调子，有一个“白日依山尽，黄河入海流”，这个比较难，“白日依山尽，黄河入海流。欲穷千里目，更上一层楼”。我那小侄孙女，她从小，你就让她把平仄读对了，她就说“夕阳无限好，只是近黄昏”，然后她可以把它背串了，“夕阳无限好，只是鬓毛衰”，因为“鬓毛衰”与“近黄昏”三个字的平仄完全一样，就因为她读得多了，她自然出口就是合乎那个平仄的。我弟弟教她念“向晚意不适，驱车登古原”，你从小就让她这么念，“向晚意不适”这个合适的适，是一个入声字，驱车，这个车就念车 jū，驱车登古原。“夕 xì 阳 yáng 无限好，只是近黄昏”。你让她先把平仄读对了，然后你可以教她“向晚意不适，驱车登古原”，“夕阳无限好，只是近黄昏”，你可以制造一个简单的调子教小孩子。其实，我的一个学生的侄子的小孩在中国台湾，他在小学，在台湾的鹿港，他们的老师教他们吟诵过。我应该有一个小孩子唱诗的音带，“月落乌啼霜满天，江枫渔火对愁眠”，他会这么唱。我知道我的答复，一定不是你想要的，因为你们现在所要寻求的是，如何找到一个调子教小孩子去学。

徐老师：不是一个调子，而是一个方法。其实您说得很好，就是这个路已经很清楚了。就是首先怎样，然后再学调子，小孩应该怎样，年轻人应该怎样。

叶先生：其实一个小孩，就像我说的，教他一个简单的调就好了，比如说这个“春眠不觉晓，处处闻啼鸟。夜来风雨声，花落知多少”，你就教他这么念，你就教他按照这个调子念，“床前明月光，疑是地上霜。举头望明月，低头思故乡”，就这一个调子，很简单，你就教他，都这么唱，凡是五言绝句都这么唱。“君家何处住，妾住在横塘。停船暂借问，或恐是同乡”；“打起黄莺儿，莫教枝上啼。啼时惊妾梦，不得到辽西”，都是这一个调子，你让他一个一个五言绝句就这么念。这是最简单的。

徐老师：然后还想问问您，您觉得，我们现在希望在全中国的范围内，恢复吟诵的传统，从小孩开始一直到大学，在讲诗词文赋的时候能够有吟诵，您觉得这方面我们需要做什么工作？

叶先生：要从幼儿园，我老早就有这个提倡，就是在幼儿园的大班，不要等到小学，小学就已经太晚了。从幼儿团的中班、大班的时候，你就教他，就像我刚才说的，让他背诵这些五言绝句。

徐老师：从小抓起。

叶先生：对，让他从小就这样背。

徐老师：那么现在很多已经进到中学、进到大学，但是还没有学过吟诵的这些学生怎么办？

叶先生：那比小孩子要难，因为他有很多成见，他听了很多流行歌曲，他就总觉得你这吟诵太奇怪了。幼儿园还是一张白纸。你教他他就容易学会。到小学中学以后就比较晚了一点了。但是当然也可以试一试去教。大班你可以让他念七言绝句嘛。“月落乌啼霜满天，江枫渔火对愁眠。姑苏城外寒山寺，夜半钟声到客船”，让他没事就去念吧。或者你就让他念古文。“欧阳子方夜读书，闻有声自西南来者”。你就让他拿着调子去念。不过到中学真的是比较困难，因为他成见很深。他就会说，这么难听，这比那流行歌曲难听多了，不要学了。幼儿园的小孩呢，他还没有成见，你让他怎么念，他就怎么念。“打起黄莺儿，莫教枝上啼。啼时惊妾梦，不得到辽西”，他就跟你这么唱。中学生你让他跟着学，他说难听死了，什么东西你们唱的这个。所以我早就说要从小，从小孩子，幼儿园的中班、大班开始读诵。他小时候已经读了，他到了初中，就不会觉得奇怪了。你让他念长篇的“欧阳子方夜读书”，他就觉得就是这样，他就不会奇怪了，他从来没听过，你从中学，大学让他念，他就觉得太奇怪了，难听死了。范曾先生，1979年，那个时候因为我在南开教书，他是南开的校友，那我临走的时候，南开送了我一张他的画，所以我到了北京，范曾就跟他的夫人，叫边宝华，到我住的那个友谊宾馆来看我，范曾说他是范伯子的后人，我说那你们几代都是诗人啊，我很注重吟诗，我说你一定会吟诗，他就一定不肯吟，后来我说凡是好的诗人，会作诗的人一定会吟诗，尤其你们家，历代都是诗人，肯定会吟诗，我说我还会吟呢，就给他吟了一首，他听我吟也是稀奇古怪的，然后他说，好，他给我吟，可是他还不好意思在客厅里，有大家在他不好意思，他就拿着录音机躲到里面一个小屋子里去了，然后他在录音机上录完了再给我们放，我说你吟得非常好啊。从此以后，范先生他就都很大胆地吟诗了。他为什么那时候不肯吟？因为他在家里吟，边宝华就说他，难听死了，难听死了。因为边宝华是会唱歌的，这个吟跟她那个唱歌完全不一样，所以边宝华就老说他难听难听，他就在家里也不敢吟，所以出来也不敢吟，后来我说好，非常好，他后来才吟了，是这样子。

学生：这样的话，顾先生也应该会吟是吧。

叶先生：顾先生我没听过，我还要说我没听过顾先生吟诗，从来没听过。所以我不敢说。我知之为知之，不知为不知，我这人向来说真话，我听过当然就听过，没听过当然就没听过。

学生：您的父亲和伯父他们的吟诗是从祖上传下来的吗？

叶先生：那个我就不知道了，因为我只听到过他们的吟诗，再往上面的我祖父，曾祖父，我没听过我不敢说，我还是知之为知之，不知为不知，我不能说谎说我们家世代都吟诗，没那回事。

徐老师：您还有什么想说的。

叶先生：我也没有什么想要说的，但我记得我在一张纸上写了一些字，是别人谈到吟诵的。对，这里有几句话，是我从别人那里看来的，我随便写下来的。闻一多先生有一篇文章，他说，《诗经》这个体式为什么是四言的，他没有像我这么说了，他原文是这么说的，“以鼓为节的配乐诗多为齐言”，就是说你配合的音乐是什么乐器，你看《诗经》上说，这个“参差荇菜，左右芼之。窈窕淑女，钟鼓乐之”，所以古代唱的时候，古代的音乐，钟鼓是重要的两种配乐的乐器，用钟鼓来配乐的音乐，这个文字，大多是齐言的，因为钟鼓“嘣”，在那“嘣”的节奏，是比较整齐的“嘣”。可是你如果是丝竹管弦，那个声调就会委婉曲折，多有变化，这是闻一多先生说的。而诗歌的吟诵，一个就是它的主要节奏，一个就是它细致的旋律。还有就是我认识的一个朋友，澳门的沈秉和先生，他是研究广东戏、粤曲的。他说，一般曲子主要由两种声音组合成的，他说一个是直音，一个是腔音。什么叫直音呢？比如说，“dōng”，“dōng”

就是“dōng”，就完了；可是什么是腔音呢？就是你把“dōng”字拖长，那就是腔调的腔了。这是一个字，你的声音可以拖长，比如“玉露凋伤”，字拖长了，这底下是腔，“伤”这是直音，“玉露凋伤”，对，你把“伤”字拖长了，那个就是腔；“玉露凋伤枫树林，巫山巫峡气萧森”，这个“萧”字我也拖长了，这个拖长的就是腔，所以说行腔。所以它除了音以外，还有腔。至于你说怎么样唱，根据王骥德的《曲律》，他说，谱，有一个乐谱，“1234 do re mi fa”，谱是一个框格，它指一些规范，死板的，一个外在的规格。至于你唱的好不好，色泽在唱，所以同样的一个歌曲，这个人唱得好听，那个人唱得就没有那么好听，它“1234 do re mi fa”是一样的。所以除了这框格，那么诗你也可以说，这个平仄，这个外表的格律，这个框格。你怎么吟，色泽实际在你自己怎么吟。还有也是那位沈秉和先生说的，他说声音，音韵有起伏、高低，是声音的波澜，是声音有一个波澜，有起伏。而这种声音波澜的起伏，也代表了你感情、思想波澜的起伏，而且他说有一个唱粤曲的，唱广东戏的一个人，姓阮，叫阮兆辉，他学那个李向荣，李向荣是另外一个唱广东戏的人。阮兆辉说：“当我学李向荣的时候，当我自己真的唱起来的时候，其实我是把原来的那个乐谱的声腔忘记了，我当时跟随的是一份感觉，我所跟随的就是原来的、唱的那个李向荣，他的感情跟他有了一种共鸣，我已经把外在的那个音调的声腔忘记了，当一个人唱的时候，除了“1234 do re mi fa”的死板声调以外，还有一种腔嘛，这个腔变化多端，每个人都不一样，而这种声音的韵味，就是一种味道。”说味道，味道其实是你嘴巴吃了许多东西，是甜，是咸，是好吃不好吃，是你尝了之后才会知道的。你尝了以后，你就掌握了中间的轻重、缓急，而且，你不但知道这个声音的轻重、缓急、高低，你在中间就知道了苦乐，知道了教养。所以声音，也就是吟诗，在吟诗之中，要像阮兆辉唱李向荣的曲子一样，当你真的去唱起来的时候，你忘记了那外表的格律的声腔，你就是一种感觉，你现在跟着他的感觉走，那就如同你真是吃了这个东西，像真尝了这个东西，你知道它的滋味，你知道什么是苦，什么是甜，不仅是知道口中滋味的苦和甜，你还知道人生的苦乐，你懂得了其中的一种境界，一种修养，一种教养。这样，如果你真的学了读诗，你也常常吟诵，你的感觉会更细致、更沉稳，更具人性化。你就懂得，怎么样品味人生，怎么样品味人生的道德境界、感情的苦乐。是声音，你学会了声音，你就会对人生有更多的体会，对吟诗有更多的体会。佛经上说的，“说食不饱”啊，你说这个东西很好吃，你光说好吃，他没吃过他怎么知道，所以“说食”永远吃不饱，要你自己去吃，要你自己真的把诗背熟。范曾还有一点我是很同意他的，他说，他那天，就是在友谊宾馆，在吟诗，他就吟了很多诗啊，我就说请你吟一首这个诗好不好。范曾先生说，“这首诗我不熟，我不熟的不能吟”。他这句话说得很好，说得非常有道理，是你真的钻进去了，真的对这首诗熟了，你能够背诵，你要是，像我一样拿着本子看，这都是下策。而且你真正要吟得好，是你不要这个本子，你要在忘我的时候，让那个声音自然出来，那才是好的。所以我让范先生读一首诗，他说“这我不会背”，我说我这有本子，我说你就看，他说不成，他说“这样的我吟不好，我背熟的才能吟得好”。他说得非常对，很有道理。而且，他还说他的曾祖父范伯子，是清朝非常有名的诗人，曾经说过，说你作诗不是懂得了平仄，查一个诗韵，一句一句凑出来的，作诗是要“字从音出，字从韵出”，就是你诗里的那些文字是你脑子里边先有一种声音，那个文字是结合着声音跑出来的。还有上一次，我曾经说英国有一个启蒙读诗的一个课本，还有我曾常常引的，我的学生也知道的，我常常引，就是朱莉娅·克里斯蒂娃，她讲诗歌的语言，她说诗歌的语言是有一个“code”（符码）的，这是一个英文字，是指一种乐曲样的声调，是你没有文字以前那个声调就在你的耳目声吻之中旋转的，回旋动荡在那里的，那个声调已经在你的心灵之中，头脑之中，回旋动荡，然后你的文字是配着那个声音跑出来的，不是生硬的，生搬硬套的，不是的。所以作诗作得好的人，真正的好，不是说你平仄对了普通的好。真正作诗作得好的，像杜甫说的，这叫“读书破万卷，下笔如有神”，说“笔落惊风雨，诗成泣鬼神”。你要真的作出这样的诗来，这样的诗人都是吟诵吟得好的。李太白是会吟诵，所以李太白《夜泊牛渚怀古》，说“余亦能高咏，斯人不可闻”，我李太白是会高声吟诵的。杜甫也说，“酒酣懒舞谁相拽，诗罢能吟不复听”，说是他跟老朋友郑虔，两个人一起吟诗，“酒酣懒舞谁相拽，诗罢能吟不复听”，我写的诗，现在还可以大声吟，可是谁听我吟，当年你听我吟，愿意听我吟的人现在没有了，“诗罢能吟不复听”。李白杜甫两个人，我肯定知道他们两人诗好，是因为他们两个会吟，吟诵一定好。而且李太白写的那种，还不是只是《将进酒》，那是太简单，李白所写的那种变化万端的歌行，如果不是熟于诵读的人，他不是从格律上来掌握平仄，是真的把声音融化在一起去掌握平仄的，如果没有这样的功夫，他不能够写出来那么长的诗，而那个节奏，韵律，气势，如此之和谐。李太白一定是吟诗吟得很好的人。

徐老师：我觉得您最后讲的这些特别好，就是吟诵的境界。真正的吟诵是什么。这样您的吟诵理论就完整了。

叶先生：反正我只是，我这个人就是说“余虽不敏，然余诚矣”，我虽然是没有什么才能，但是我一定是诚恳的，知之为知之，不知为不知。我一定说我知道的话。说我真正的感知和感受，我不会瞎编、硬套，编一个东西来骗人，我绝对不会做这样的事情。

国家社会科学基金重大委托项目「中华诗教」与优秀传统文化的传承」阶段性研究成果

迦陵各体诗文吟诵全集（上）

叶嘉莹 编著

广西师范大学出版社
·桂林·

图书在版编目(CIP)数据

迦陵各体诗文吟诵全集/叶嘉莹编著.—桂林:广西师范大学出版社,2021.1

ISBN 978-7-5598-2835-4

Ⅰ.①迦… Ⅱ.①叶… Ⅲ.①古典诗歌-诗集-中国 ②古典散文-散文集-中国 Ⅳ.①I211

中国版本图书馆 CIP 数据核字(2020)第 099507 号

迦陵各体诗文吟诵全集
JIALING GE TI SHI WEN YINSONG QUANJI

出 品 人:刘广汉
责任编辑:刘美文
项目编辑:王　璇
装帧设计:李婷婷

广西师范大学出版社出版发行
(广西桂林市五里店路9号　　邮政编码:541004
网址:http://www.bbtpress.com)
出版人:黄轩庄
全国新华书店经销
销售热线:021-65200318　021-31260822-898
山东临沂新华印刷物流集团有限责任公司印刷
(临沂高新技术产业开发区新华路1号　邮政编码:276017)
开本:890mm×1 240mm　1/32
印张:18.75　　字数:289 千字
2021 年1 月第1 版　　2021 年1 月第1 次印刷
定价:188.00 元(全二册)

目录

诗经

楚辞

乐府

拟乐府

歌行

五言古诗

七言古诗

五言律诗

七言律诗

扫码听吟诵

前言

这本《迦陵各体诗文吟诵全集》的出版，有一个机缘。2018年暑期，中宣部原副部长王世明先生来迦陵学舍，带来了亲手磨制的大漠胡杨根雕作为礼物送给我。王部长多年来十分关心传统文化，特别是传统吟诵，请我现场即兴吟诵了两首古诗。没想到王部长听后大加赞赏，说应该将我的吟诵录音整理出版。随行而来的有一位刘琴宜女士，是中国楹联学会中华优秀传统文化教育促进会的会长，也十分热心，当场表示愿意协助整理出版我的吟诵合集。2019年2月，我在迦陵学舍还为刘会长的团队和京津地区的部分教师代表专门举办了一场关于诗歌吟诵的讲座，本来计划还有一场关于词曲的吟诵讲座，可惜后来因我3月底罹患肋间筋膜炎，病痛折磨竟达半年之久而搁置了。幸而有张伯礼院士的精心医治，把我从极其危重的病中拯救了回来。

2019年的教师节，在南开大学举办了“叶嘉莹教授归国执教40周年暨中华诗教国际学术研讨会”，当时我虽然尚未痊愈，仍然出席了开幕式。开幕式最后大家让我讲话，我真诚地说出了自己的心愿：“在病中，我想如果这次我幸而病而未死，如果我能够康复的话，我下一件要做的事就是请人把我当年的吟诵整理出来，留给后面的年轻的教师和学生们，不要教我们这么宝贵的吟诵失传。我如果这次病好，仍然有精力去做，我要把我留下的从古到今所有的诗、词、歌、赋的录音，请负责校录这方面的人整理出来。而且我们中国的戏曲一向不发达，我也选了两套最好的散曲，我如果幸而身体能够恢复健康，还能够读诵的话，我要把这些吟诵录音留给有心人去推广，不然的话我既对不起此前的历代诗人，也对不起后来的学者。这是我这次病中的想法，如果我幸而病好未死，我就还要为国家、为后代的人留下我们中国几乎失传的吟诵。我希望我们中国的吟诵不要失传，我们中国李杜诗篇万口传，他们那种兴发感动的力量是伴随着声音出来的，是真正有平仄韵律、含着作者内心感发的吟诵，所以我们中国诗歌的吟诵传统一直是非常重要的。”

会后我亲自打电话给刘琴宜会长，希望这件事情一定要抓紧进行。刘会长放下自己多年来原本安逸的生活，抛家别子北上从事传承推广吟诵的事业，对吟诵、对我本人都有着深厚的感情，她马上积极联系广西师范大学出版社，而且请闫晓铮老师做了搜集整理，请安易老师做了详细的审校。目前这本书每首作品下面都放了二维码，大家扫描就可以听到我的吟诵，方便学习。作为多年来我吟诵的各体诗文的录音合集，此次出版还把我早年撰写的一篇《谈古典诗歌中兴发感动之特质与吟诵之传统》的长文附于书前，这篇也正是我对吟诵之重要性的想法。大家在习诵之余如果还希望能从理论上对吟诵多些了解，或可参考。

作为一位九十六岁的老人，我实在要说，声音里有古典诗词一半的生命，而吟诵则是我们体会中国古典文学音声之美的门钥。“遗音沧海如能会，便是千秋共此时！”

叶嘉莹

2020年5月

按：本书所选诗文的出处以通行版本为主，但通行版本中的文字往往有异文或讹误之处，故与先生审定的版本不尽相同。例如杜甫《秋兴八首》（其八）之“白头今望苦低垂”一句中的“今望”，前人版本亦有作“吟望”者，先生曾对此加以辨析，以为“今望”之说可取，详见先生的《杜甫秋兴八首集说》。又如李白《将进酒》之“将”的读音，先生也曾说明，此字与《诗经·将仲子》的“将”不同，应读为 jiāng，不读为 qiāng。其他不暇一一列举。

绪论：谈古典诗歌中兴发感动之特质与吟诵之传统

关于中国古典诗歌之以兴发感动为其主要之特质，我在以前所写的一些文稿中，已曾多次论及。早在1975年所发表的《钟嵘〈诗品〉评诗之理论标准及其实践》一文中，我就曾根据《诗品序》开端所提出的“气之动物，物之感人，故摇荡性情，形诸舞咏”一段话，来说明过钟嵘所认识的诗歌“其本质原来乃是心物相感应之下的，发自性情的产物”。并根据其所提出的“春风春鸟，秋月秋蝉……斯四候之感诸诗者也”一段话，以及其“嘉会寄诗以亲，离群托诗以怨………凡斯种种，感荡心灵”一段话，来归结出钟氏所体会到的，使内心与外物相感应之因素“实在乃是兼有外界之时节景物与人世之生活遭际二者而言的”①。至于谈到诗歌之表达的方式，则我在该文中也曾根据钟氏之序文归纳出他的意旨，以为乃是“主张比、

①《迦陵论诗丛稿》第 310 及 311 页，中华书局 1984 年版。

兴，与赋体兼用；而且除了‘丹采’的润饰以外，还需要具一种‘风力’，也就是由心灵中感发而出的力量，以支持振起诗歌之表达效果”[①]。其后，我于1976年又发表了《论〈人间词话〉境界说与中国传统诗说之关系》一篇文稿，透过严羽的“兴趣”说，王士祯的“神韵”说，以及王国维的“境界”说，对中国古典诗歌之重视兴发感动之作用的评诗传统，也曾做过一次整体的追溯。以为“兴趣”说所重视者是“感发作用本身之活动”；“神韵”说所重视者是“由感发作用所引起的言外之情趣”；而“境界”说所重视者则是“感受作用在作品中具体之呈现”。而且做出结论说：“在中国诗论中，除了重视声律、格调、用字、用典等偏重形式之艺术美一派的各家主张外，其他凡是从内容本质着眼的，盖无不曾对此种兴发感动之力量有所体会和重视。只是因为不同之时代各有不同之思想背景，因此各家诗论当然也就不免各有其偏重之点。”[②] 于是在该文中，我乃又曾对周秦两汉之际儒家思想笼罩下的诗说，魏晋之际文学有了自觉性以后的诗说，以及唐宋以后受了佛教禅宗思想影响以后之诗说，以迄于晚清之际受了西学影响以后的王国维之诗说，都做了简单之综述，以证明历代论诗之说表面虽有不同，但就其主旨言，却莫不对诗歌中之兴发感动的作用有所体会和重视。其后于1981年我又写了《中国古典诗歌中形象与情意之关系例说》一篇文稿，对诗歌中兴发感动之作用的问题，做了更进一步的探讨。继续着前二篇文稿对中国古典诗歌以兴发感动为主要之本质的探讨，以及对历代

①《迦陵论诗丛稿》第 311 及 313 页，中华书局 1984 年版。

②《迦陵论词丛稿》第 305 及 309 页，上海古籍出版社 1980 年版。

诗说之重视此种兴发感动之作用的探讨，更从形象与情意之关系方面，对于形象在诗歌之孕育与形成以及其传达之效果中的作用，做了透过实例的探讨。在该文中，我曾举引中国最早的一部诗歌总集《诗经》中的一些诗例，分别说明了在中国古典诗歌之表达中，最基本的以“赋”“比”“兴”为主的三种表达方式。以为这三种表达方式，其“所表示的实在并不仅是表达情意的一种普通的技巧，而更是对于情意之感发的由来和性质的一种基本的区分”。“赋”的作品是“以直接对情事的陈述来引起读者之感发的”，“比”的作品是“借用物象来引起读者之感发的”，“兴”的作品则是“作者之感发既由物象所引起，便也同时以此种感发来唤起读者之感发的”。[①] 这三种表达方式，除去“赋”的一类乃是以直接对事象之叙述以引起读者之感发以外，其他“比”和“兴”两类则都是重在借用物象以引起读者之感发的。而如果以“比”和“兴”相比较，则我在该文中也曾提出了二者的两点主要差别：“首先就‘心’与‘物’之间相互作用之孰先孰后的差别而言，一般说来，‘兴’的作用大多是‘物’的触引在先，而‘心’的情意之感发在后；而‘比’的作用则大多是已有‘心’的情意在先，而借比为‘物’来表达则在后，这是‘比’与‘兴’的第一点不同之处。”“其次就其相互间感发作用之性质而言，则‘兴’的感发大多由于感性的直觉的触引，而不必有理性的思索安排，而‘比’的感发则大多含有理性的思索安排。前者的感发多是自然的、无意的，后者的感发则多是人为的、有意的。这是

①《迦陵论诗丛稿》第 348 页，中华书局 1984 年版。

‘比’和‘兴’的第二点不同之处。”[①] 而如果就中国古典诗歌之以兴发感动为其主要之特质的一点而言，则私意以为“兴”字所代表的直接感发作用，较之“比”的经过思索的感发作用，实更能体现中国诗歌之特质。而为了要突显出中国诗歌中的此种特质，所以在该文的结尾之处，我遂又加了一节《余论》，把西方诗论中对形象之使用的几种基本模式，用中国诗论中的“赋、比、兴”之说做了一番比较。在此一节《余论》中，我曾列举了西方诗论中有关“形象”之作用的八种重要模式，如“明喻”（Simile）、“隐喻”（Metaphor）、“转喻”（Metonymy）、“象征”（Symbol）、“拟人”（Personification）、“举隅”（Synecdoche）、“寓托”（Allegory）、“外应物象”（Objective Correlative）等，各以中国古典诗为例证做了依次的说明[②]。以为如果就中国传统诗论中的“赋、比、兴”三种表达方式而言，则以上所举引的西方诗论中的这些模式，“可以说都仅是属于‘比’的范畴”。而就“心”与“物”的关系而言，“则所有这些术语所代表的，实在都仅只是由‘心’及‘物’的经过思索安排的关系而已”，“至于‘兴’之一词，则在英文的批评术语中根本就找不到一个相当的字可以翻译”。这种情形实在也就正显示了“西方所重视的是对于意象之模式如何安排制作的技巧，因此他们才会为这种安排制作的模式，定立了这么多不同的名目”。而他们却没有一个相当于中国的“兴”字的术语，这也就说明了他们对于诗歌中这种以直接感发为主的特质，

①《迦陵论诗丛稿》第 335 页，中华书局 1984 年版。

②《迦陵论诗丛稿》第 354 页，中华书局 1984 年版。

和以直接感发为主的写作方式并未予以足够的重视①。

以上是我对自己十年前所写的几篇文稿中，有关中国古典诗歌中兴发感动之特质的一些看法的简单追述。而自1982年以后，我因与四川大学缪钺教授开始了《灵谿词说》的合作撰写计划，遂致近年之所写者多属论词之文稿，而久久未再撰写论诗之作。去岁应邀赴台教书，有几位三十年前听过我“诗选”课的友人，屡次提出要我再写一些诗之文稿的要求。适巧我最近才完成了一篇《论词学中之困惑与〈花间〉词之女性叙写及其影响》的文稿，对词之特质曾做了较系统和较深入地探讨②。缪钺教授也以为《灵谿词说》及其续编的撰写，至此已可宣布告一段落。因此我遂决定将论词之文笔暂时搁置，而又重新提起了论诗之文笔。而我首先要提出来加以讨论的，就是最值得关注的目前已日益消亡了的中国古典诗歌的吟诵之传统。我以为中国古典诗歌之生命，原是伴随着吟诵之传统而成长起来的。古典诗歌中的兴发感动之特质，也是与吟诵之传统密切结合在一起的。而且重视吟诵的这种古老的传统，并非如一般人观念中所认为的保守和落伍，而是即使就今日西方最新的文学理论来看，也仍是有其重要性的。下面我们就将对中国古典诗歌的吟诵之传统，及其与兴发感动之作用的关系和在理论方面的重要性，分别略加讨论。

先谈中国古典诗歌的吟诵传统。如众所周知，中国诗歌的吟诵

---

①《迦陵论诗丛稿》第 357 页，中华书局 1984 年版。

②《中外文学》第28卷8期第4–31页，第29卷9期第4–30页，台北《中外文学》月刊社 1992 年 1 月及 2 月号。

传统原是与中国最古老的一部诗歌总集《诗经》一同开始的。当然，《诗经》本来也是可以合乐而歌的。司马迁在《史记·孔子世家》中，就曾有“三百五篇，孔子皆弦歌之，以求合韶、武、雅、颂之音”的记述①。而且当时《诗经》中的诗歌还可以伴舞，《墨子·公孟》就也曾有“弦诗三百，歌诗三百，舞诗三百”的记述②。不过，合乐而歌或甚至合乐而舞，至少需要有乐师、乐器，甚至舞者等种种配备的条件，这当然不是任何场合中都能具备的。所以一般而言，在诗歌的教学方面所重视的，实在乃是背读和吟诵的基本训练，这在古书中也早有记述。《周礼·春官·宗伯》下篇，就曾有“大司乐……以乐语教国子，兴、道、讽、诵、言、语”的记述。郑玄《注》云：“兴者，以善物喻善事；道读曰导，导者言古以剀今也；倍文曰讽；以声节之曰诵；发端曰言；答述曰语。”③关于这六种“乐语”的内容，朱自清以为“现在还不能详知”④，但私意以为我们或可以就此种教学训练之目的来略做探求。原来在当时的诸侯国间每逢宴飨聘问等外交之聚会，常有一种“赋诗言志”的传统，关于这种“赋诗言志”的传统，《左传》中曾有不少记述。雷海宗在其《古代中国的外交》一文中，就曾举出《左传》文公三年所载郑伯要向鲁侯求得外交方面的援助，因而互相“赋诗言志”的故事，来证明“赋诗”在

① 《史记·孔子世家》册四卷四七第1936页，中华书局1937年版。

② 《墨子间诂》，见《新编诸子集成》第一辑册下第418页，中华书局1986年版。

③ 《周礼注疏》第336页，上海古籍出版社1990年版。

④ 朱自清《诗言志辨》，见《朱自清古典文学论文集》上第198页，上海古籍出版社1981年版。

当日外交中具有“重大的具体作用”[1]。所以孔子在《论语》中就曾说过“不学诗，无以言”的话，又曾说过“诵诗三百，授之以政，不达；使于四方，不能专对，虽多亦奚以为”的话[2]，足可见学诗的重要目的之一，乃是为了外交场合中的言语应对之用的。而这种外交场合的“赋诗”有时是出之以合乐而歌的形式，这应该也就是何以在《周礼·春官》中有着“以乐语教国子”的教学训练的缘故。不过，在外交场合中“赋诗言志”时，也不一定都要合乐而歌，有时也可以用朗读和吟诵的方式。即如《左传》襄公十四年就曾记载有一段故事，说卫国的孙文子因为不满意卫献公的无礼，而回到了自己的采地戚，却又叫他的儿子孙蒯去探看卫献公的态度如何。《左传》记载卫献公与孙蒯的会见，说“孙蒯入使，公饮之酒，使大师歌《巧言》之卒章。大师辞，师曹请为之。初，公有嬖妾，使师曹诲之琴。师曹鞭之。公怒，鞭师曹三百。故师曹欲歌以怒孙子，以报公。公使歌之，遂诵之。”[3]这是一段非常有趣的记载，明显地表现了“歌”与“诵”的不同。原来《巧言》乃是一篇嫉谗致乱之诗，其卒章四句为“彼何人斯，居何之麋。无拳无勇，职为乱阶”。卫献公令乐师歌之，意思是说孙文子算个什么人，跑回到黄河边的“戚”这个地方，既没有足够的武力，难道还想发动叛乱吗？大师恐怕歌唱了这一章诗，激怒了孙子，会真的造成卫国发生叛乱，所以推辞不肯歌唱。可是

---

① 雷海宗《古代中国的外交》，见清华大学《社会科学》第三卷第一期第2–3页，1941年4月清华大学三十周年纪念专号。

②《论语·季氏》及《论语·子路》，见朱熹《四书集注》第768页及576页，台北中华丛书1958年版。

③《左传会笺》册下卷一五第50–51页，台北广文书局1961年版。

师曹却因以前教卫献公的爱妾学琴时，以鞭子责罚过这一位爱妾，为此而被卫献公打了三百鞭，心中怀怨，所以乃想正好藉此激怒孙子使之叛乱，来报复卫献公。因此卫献公本是教乐师歌唱这章诗，师曹却还恐怕用歌唱的方式不能使孙蒯完全明白诗意，所以就用诵读的方式诵了这一章诗。由此自可见出“赋诗言志”之时，除了“歌”的方式，原来也还可以有“诵”的方式。而无论是“歌”也好，“诵”也好，都必须先要使学子们对于所学的诗能够理解和能够背诵才行。所以《周礼·春官》才有所谓“兴、道、讽、诵、言、语”的教学训练。

以上我们既然对于以“兴、道、讽、诵、言、语”来“教国子”的教学目的，做了简单的探讨，现在我们就可以对此种教学的内容也略加探索和说明了。关于这种教学训练，虽然已因年代久远而难以确知其真相究竟如何，不过当我们对其教学目的有了理解以后，则根据前人之注疏，我们也不难推知一些大概的情况。先从《周礼·春官》所提出的“兴”字说起，郑注以为“兴”是“以善物喻善事”，其后贾公彦为之作疏，则更增广其义以为“兴”同时也有“以恶物喻恶事”之意，并且以为郑注之说乃是“举一边可知”[①]，也就是举其一边可以推知其另一边的意思。贾氏之说我认为是可取的。因为同样在《周礼·春官》谈及“大师”“教六诗”的时候，郑注对于“兴”和“比”就曾经有过“见今之美”与“见今之失”的喻劝美刺的说法[②]。不过此处教学训练第一项目既只是“兴”，所以郑注就只提到了“善物喻善事”，而其兼含有“恶物喻恶事”之意，则是极

①《周礼注疏》第 336 页，上海古籍出版社 1990 年版。

②《周礼注疏》第 335 页，上海古籍出版社 1990 年版。

有可能的。而且事实上无论“比”或“兴”，其本质上原来都是指的一种心物交感的作用，也就是说都是属于发自内心的一种兴发感动的联想作用。虽然诗之“六义”中的“比”和“兴”主要乃是就作者方面而言的，不过我在前面引用我自己多年前所写的《中国古典诗歌中形象与情意之关系例说》一文时，就也已经说明过“赋、比、兴”所指的“并不仅是”作者方面的“表达情意的一种技巧”而已，同时也是兼指如何“引起读者之感发”的一种方式①。如今既是在诗歌的教学训练中首先就提出了“兴”的作用，则其不仅指作者而言，同时更指教读的方面而言，应该乃是可以肯定的。何况我们从《论语》中所记述的孔子教诗的态度，也可以得到有力的证明。即如在《泰伯》篇中，孔子就曾说过“兴于诗”的话；在《阳货》篇中，又曾说过“诗可以兴”②的话。则其所谓“兴”乃是指学诗读诗时所可能引起的一种兴发感动之作用自然可知。所以诗的教学第一当然应该先培养出一种善于感发的能力，我想这很可能是何以《周礼·春官》记载“以乐语教国子”时，要把“兴”列在第一位的缘故，而这种训练对于国子们将来一旦“使于四方”要随时随地“赋诗言志”时，当然会有莫大的帮助。至于所谓“道”的训练，郑注以为“道”字应读为“导”，又加以解释说：“导者，言古以剀今也。”贾疏以为“导”有“导引”之义，又解释“言古以剀今”的意思说：“谓若诗陈古以刺幽王、厉王之辈，皆是。”③关于这种读诗的训练，与前面

---

①《迦陵论诗丛稿》第 348 页，中华书局 1984 年版。

②《论语·阳货》，见朱熹《四书集注》第 787 页，台北中华丛书 1958 年版。

③《周礼注疏》第 336 页，上海古籍出版社 1990 年版。

所提出的“兴”字也有着莫大的关系。“兴”字指读诗时应具有一种感发的能力，而“道”字的意思则是指对于感发之指向的一种导引，其重点则是要从古人之诗义能够为今人所用，而且贵在能藉之以反映出对时代政教之善恶的一种美刺的作用。这种以政教为主的联想，在“赋诗言志”的场合中，当然也有莫大的帮助。而为了要达到这种对于诗歌可以有随时随地的感发，并且可以灵活自如的运用之目的，因此在对于“国子”的训练中，遂又提出了“讽”与“诵”的要求。郑注以为“倍文曰讽，以声节之曰诵”。贾疏以为“‘倍文曰讽’者，谓不开读之”。至于“以声节之曰诵”则是“亦皆背文”。不过“讽”之背读“无吟咏”，“诵则非直背文，又为吟咏，以声节之为异[①]”。可见“讽”与“诵”的训练乃是既要国子们把诗歌背读下来，而且要学会诗歌的吟诵之声调。当国子们有了这种背读吟诵的训练以后，于是就可以有所谓“言”和“语”的练习了。郑注以为：“发端曰言，答述曰语。”贾疏引《毛诗·公刘》传云：“直言曰言，答述曰语[②]。”总之“言”和“语”应该乃是引用诗句以为酬应对答的一种练习。透过以上的论述，我们已可清楚地见到，在中国古典诗歌的教学训练中吟诵所占有的重要位置，以及其源流之久远悠长。虽然周代的诗歌教学之重视吟诵之训练，原有其为了以后可以“赋诗言志”的实用之目的，但这种对吟诵的重视，事实上却是在其脱离了“赋诗言志”之实用目的以后，才更显示出它对中国古典诗歌在形式方面所形成的重视顿挫韵律之特色，以及在本质方面所形成的重视

①《周礼注疏》第 336 页，上海古籍出版社 1990 年版。

②《周礼注疏》第 336 页，上海古籍出版社 1990 年版。

兴发感动之作用的特色，所造成的极为重大的影响。而且在形式之特色与本质之特色两者间，更有着互相牵连互相作用的极密切之关系。下面我就将对中国古典诗歌由于吟诵之传统所造成的形式与本质两方面的特色及其相互间的关系，略做简单之论述。

先谈吟诵在诗歌形式方面所造成的特色。要想讨论此一问题，我们首先就要对中国语文的特色先有一些基本的认识。中国语文是独体单音的，不像西方的拼音语言，可以因字母的拼合而有音节多少和轻音与重音的许多变化。在这种情况下，以一种独体单音的语文而要寻求一种诗歌之语言的节奏感，因此中国的诗歌遂自然就形成了一种对于诗句吟诵时之顿挫的重视。而中国古典诗歌之节奏感的形成，也就主要依赖于诗句中词字的组合在吟诵时所造成的一种顿挫的律动。关于这方面，早在三十年前我所写的《中国诗体之演进》一文中，也已曾有所讨论。约而言之，则四言诗之节奏以二二的顿挫为主；五言诗之节奏以二三之顿挫为主；七言诗之节奏以四三之顿挫为主。中国最早的一部诗歌总集之所以会形成以四言句为主的体式，主要就因为以单音独体为特色的中国语文要想形成一种节奏感，其最简短的、最原始的一种可能的句式，必然是四言的体式。所以挚虞在其《文章流别论》中就曾经说："雅音之韵，四言为善"，以为其可以"成声为节"①。这主要就指的是四言之句在吟诵的声调中可以形成一种节奏感。至于五言诗句之二三的顿挫，则应是诗歌与散文在句式上分途划境的开始。因为一般而言散文的五字

①《挚太常集》，见《汉魏六朝百三家集》第六函第三二册第 38 页，光绪乙卯信述堂重刻本。

句往往是三二的顿挫，而诗歌中的五言句则决不允许有三二的顿挫。说到这里，我还想补充一点说明，那就是在词和曲的五字句中，也可以有三二或甚至是一四的顿挫，而惟有诗之五言句却必须是二三的顿挫。这种现象就恰好帮助我们说明了诗歌之体式，其既不同于朗读为主的散文，也不同于歌唱为主的词曲，而是以吟诵为主的一种特殊的性质。至于七言诗句之以四三之顿挫为主，则基本上乃是五言诗句的二三之顿挫的延伸，所以七言诗句之四三的顿挫，有时也可以再细分为二二三之顿挫，却决然不可以有三四之顿挫。并且即使当文法上之结构与此种顿挫之结构发生了矛盾时，讲解时虽可依文法之结构，但在吟诵时却仍必须依顿挫之结构。

除去在顿挫方面诗歌体式之形成及演变与吟诵之习惯有着密切的关系以外，在押韵的方面，诗歌之体式的形成也同样曾受有吟诵之习惯的影响。最明显的一点值得注意之处，就是词曲中往往有可以平仄通押的现象，《诗经》中亦有此现象，但《诗经》之时代，尚无所谓四声之分别，自可置而不论。可是在五七言诗中的押韵的韵脚，却必须是同一个声调的韵字，即使可以换韵，却决不可平仄通押。清朝的著名声韵学家江永，在其《古韵标准例言》中，就曾对此提出讨论说："如后人诗余歌曲，正以杂用四声为节奏，诗歌何独不然？"[①] 郭绍虞先生在其《永明声病说》一文中，就曾据江永之讨论提出解释说："四声之应用于文词韵脚的方面，实在另有其特殊的需要。这特殊的需要，即是由于吟诵的关系。"又说："吟诵则与歌

① 江永《古籍标准例言》，见《百部丛书集成》所收《贷园丛书》第二函第一册第5页。

的音节显有不同……自诗不歌而诵之后，即逐渐离开了歌的音节，而偏向到诵的音节。”又说：“歌的韵可随曲谐适，故无方易转。”而“吟的韵须分析得严，故一定难移”[①]。这当然也就证明了中国诗歌在押韵方面之所以不同于词曲之四声可以通押，实在也是因为受了吟诵习惯之影响的缘故。

以上我们所讨论的有关中国古典诗歌在顿挫和押韵之形式方面所受到的吟诵习惯之影响，可以说乃是全出于吟诵时口吻声气的自然需要而造成的结果。但除此之外，中国古典诗歌在形式方面却还有一项特色，则是由于把吟诵时声吻的自然需求加以人工化了的结果，那就是近体诗之平仄的声律方面的特色。本来，以中国语文之独体单音的性质，要想在形式方面造成一种抑扬高低的美感效果，则声调之讲求必然是一项重要的要求。虽然古代的作者还并没有对四声的认知，但这却并未妨害他们对于声调之抑扬长短的体会。即如汉代的司马相如，在其《答盛览问作赋》一文中，便曾提出过“一经一律，一宫一商”之说[②]。其后陆机在《文赋》一篇作品中，也曾提出过“暨音声之迭代，若五色之相宣”的说法[③]。可见早在四声之说出现以前，前代的作者也早曾注意到了声调的问题。而更值得注意的，则是司马相如与陆机两个人都是长于写赋的作者，而且司马相如更是在答人问作赋时，提出来的“一宫一商”之说，可见这种

① 郭绍虞《永明声病说》，见《照隅室古典文学论集》上编第 224 页，上海古籍出版社 1983 年版。

② 司马相如《答盛览问作赋》引自《西京杂记》，见《历代小史》第 59 页，广陵古籍刻印社据明刊本影印。

③ 陆机《文赋》，见《文选》第 226 页，上海世界书局 1935 年版。

对声调之觉醒，实在与“赋”这种文体之写作有着密切的关系。而赋这种文体之特色则在其具有一种“不歌而诵”的特色，也就是说赋与诗之最大的区别，乃在于古代的诗是可以合乐而歌的，而赋则是只供朗诵的。而当诗不再合乐歌唱而也只用诵读的方式来吟诵时，当然便与赋之不歌而诵的读诵有了相似之处。虽然诗之吟诵因为韵律节奏的关系，较之赋之朗诵更多抑扬宛转之致，但二者在不依傍音乐的乐谱而要寻求一种纯然出之口吻声气间的声调之美的一点则是相同的。而这种寻求的结果，遂使得如司马相如和陆机等赋家，发现到了“一宫一商”和“音声迭代”的妙用。等到齐梁以后的诗人对于平仄四声有了明白的反应和认知以后，于是遂不仅在诗体方面有了律体的诗，在赋诗方面便也有了律体的赋。这种格律的完成，虽然与以前出于口吻声气之自然的声调之美，已有了很大的不同，但格律之完成之并非为了配乐歌唱的需要，而是为了吟咏诵读的需要，这种关系乃是明白可见的。

以上我们既然从顿挫、押韵与声律各方面说明了吟诵对诗歌之形式方面所造成的影响，现在我们就将再从诗歌之兴发感动作用之本质方面，也谈一谈吟诵的影响。首先我们该注意到的就是当一个人内心有了某种激动之感情时，常不免会有一种想要用声音来加以宣泄的生理上之本能的需要。而当人类的文明进化到有了诗歌以后，于是这种内心之情志的兴发感动，遂不仅表现为单纯的发声，还有了与声音相配合的文字，然后才逐渐更进一步地有了配诗之乐与合乐之舞，《毛诗·大序》中所说的“诗者，志之所之也，在心为志，发言为诗。情动于中而形于言，言之不足故嗟叹之，嗟叹之不足故永歌之，永歌之不足，不知手之舞之，足之蹈之也”。[①] 这当然乃是在诗歌可以合乐而歌舞的《诗经》时代的现象。当诗歌脱离了合乐而歌之时代，而进入到吟诵之时代的时候，中国的诗文论著中对于诗文与吟诵之音声的关系，遂有了更进一步的认识。即如我们在前文所曾提到的文论家陆机，在其《文赋》中就曾注意到在创作的感发中声音的重要性说：“若夫应感之会……思风发于胸臆，言泉流于唇齿……文徽徽以溢目，音泠泠而盈耳。”[②] 另外齐梁之间的一位著名的文论家刘勰，也曾在其《文心雕龙》的《神思》篇中论及创作的感发与联想，注意到吟咏之声调的重要性时说：“文之思也，其神远矣。故寂然凝虑，思接千载；悄焉动容，视通万里；吟咏之间，吐纳珠玉之声；眉睫之前，卷舒风云之色。”又说：“然后使玄解之宰，寻声律而定墨；独照之匠，窥意象而运斤；此盖驭文之首术，谋篇之大端。”[③] 可见无论是陆机或刘勰，这两位对文学深有体会的文论家，都同样注意到了“唇齿”之“言泉”和“吟咏”之“声”调，乃是伴随着“应感”和“神思”一同流溢和运行的一种创作活动。以上所引陆氏与刘氏之说，还不过只是对于诗文创作与声吻吟诵之关系的泛论而已；此外刘氏更曾在其《声律》篇中论及诗歌之声律与人之自然声吻的密切关系，谓：“故言语者文章，神明枢机，吐纳律吕，唇吻而已。”又论及音声在创作中与辞字之关系，说：“声转于吻，玲玲如振玉；辞靡于耳，累累如贯珠矣。”更论及吟咏之重要

①《毛诗·大序》，见《十三经注疏》册二第 13 页，台北艺文印书馆 1965 年版。

②《文赋》，见《文选》第 226 页，上海世界书局 1935 年版。

③ 刘勰《文心雕龙·神思》第 493 页，台北明伦书局 1970 年版。

性，云："是以声画妍蚩，寄在吟咏，吟咏滋味，流于字句。"[①] 所以中国古代诗人作诗总说"吟诗"或"咏诗"，这并不是随便泛言之辞，而是古人作诗时是确实常伴随着吟咏出之的。而且古代的诗人不仅伴随着吟咏来作诗，还更伴随着吟咏来改诗。所以唐诗中有两句为后人所熟知的描写苦吟的诗，说是"吟安一个字，捻断数茎髭"。[②] 杜甫在《解闷十二首》的诗中也曾提到他的一种"解闷"之法，说"陶冶性灵存底物，新诗改罢自长吟"[③]。此外杜甫与友人相聚时，也经常以吟诗为乐，他在《题郑十八著作丈故居》一诗中，怀念天宝乱后被远贬到台州的好友郑虔时，就曾经写有"酒酣懒舞谁相拽，诗罢能吟不复听"[④] 的句子。而且当时不仅是成年的诗人们可以相聚吟诗为乐，就是稚年的童子也一样会吟诗，杜甫在《陪郑广文游何将军山林》一组诗中，就曾写到在何将军家里听小孩子们吟诗的事，说："将军不好武，稚子总能文。醒酒微风入，听诗静夜分。"[⑤] 诗而可"听"，则其吟诵时之富于声调之美，自可想见。所以后来宋朝赵蕃所写的一首《学诗》诗，就曾有"学诗浑似学参禅，要保心传与耳传"[⑥] 之句。因此口头的吟诵，实在应该是学习写作诗歌和欣赏诗歌的一项重要训练。杜甫的诗之所以特别富于感发力量，就应该是与

---

① 刘勰《文心雕龙·声律》第 542-543 页，台北明伦书局 1970 年版。

② 鲁延让《苦吟》，见《全唐诗》卷七一五第 8212 页，中华书局 1979 年版。

③《杜诗镜诠》卷一七第 613 页，台北新兴书局 1970 年版。

④《杜诗镜诠》卷四第 204 页，台北新兴书局 1970 年版。

⑤《杜诗镜诠》卷二第 122 页，台北新兴书局 1970 年版。

⑥ 赵蕃（字章泉先生）《学诗》诗见《诗人玉屑》卷一第 8 页，中华书局 1961 年版。

他的长于吟诵分不开的。至于唐代的另一位与杜甫并称的大诗人李白，虽然不像杜甫之以工于诗律见称，但李白却实在也是一位长于吟咏而且以此自负的诗人。李白应该也是从童少年时代就学会了吟诗的，有两首相传是李白少作的诗，一首题为《初月》，另一首题为《雨后望月》，前一诗中曾有“临风一咏诗”之句，后一诗中则曾有“长吟到五更”[①]之句，则其从童少年时代便已养成吟诗之习惯，从而可想。所以后来李白在其《夜泊牛渚怀古》一首名诗中，才会写出了“余亦能高咏，斯人不可闻”[②]的句子，表现了他自己对“能高咏”的自负。把自己和晋朝的因吟诗而得到谢尚之赏拔的袁宏相比，而慨叹自己之无人知赏。所以李白虽不是一个喜欢拘守声律的诗人，但却绝不是一个不熟于声律的人，唯其他能够熟于声律却又不拘于声律，所以才能写出像《蜀道难》《梦游天姥吟留别》和《鸣皋歌送岑征君》等，如沈德潜所赞美的“大江无风，涛浪自涌，白云卷舒，从风变灭”[③]的伟大的诗篇，突破了死板的声律而却在格律以外之抑扬长短和顿挫押韵的变化无方之中，自然形成了一种声情相生的“笔落惊风雨，诗成泣鬼神”[④]的感发的力量，而他的“能高咏”，就正与这种感发的效果有着密切的关系。所谓“声情相生”，使作者内心的情意伴随着声音一起涌出，然后才落纸成为文字，这正是中国古典诗歌何以特别富于直接的兴发感动之力量的一个主要的原因。清代

---

①《李白全集编年注释》第 1 及 2 页，巴蜀书社 1990 年版。

②《新评唐诗三百首》第 159 页，广东人民出版社 1982 年版。

③ 沈德潜《说诗晬语》，见《清诗话》第 484 页，台北西南书局 1979 年版。

④ 杜甫《赠李十二白》，见《杜诗镜诠》卷六第 262 页，台北新兴书局 1970 年版。

的曾国藩在写给他儿子曾纪泽的家信中，就曾提出过作诗要伴随着吟咏才能富于感发之力的说法，谓“凡作诗最宜讲究声调”，因此要学作诗，乃必须“先之以高声朗诵以昌其气，继之以密咏恬吟以玩其味，二者并追，使古人之声调拂拂然若与我之喉舌相习”。如此作出诗来才会“自觉琅琅可诵，引出一种兴会来”。曾氏之说确实乃是学诗之人的最佳入门途径。而且曾氏对于辞字与声调的配合，还曾提出过一段绝妙的理论说：“盖有字句之诗，人籁也。无字句之诗，天籁也。解此者，能使天籁人籁凑泊而成，则于诗之道思过半矣[①]。”私意以为曾氏所说的“天籁”，其实就是刘勰在《文心雕龙·音律》篇中所提出的“神明枢机，吐纳律吕”的一种声吻间所自然形成的节奏感；而所谓“天籁人籁凑泊而成”则正是本文在前面所提到的“声情”相生，使文字伴随着声音和情意一起涌出的一种作诗的方法，而这正是一定要熟读方能达到的作诗的最高境界。

20世纪60年代中，美国的高友工和梅祖麟两位教授，曾经合写过一篇论文，题为《杜甫〈秋兴〉析论——一个语言学之文学批评的尝试》（“‘Tu Fu’s ‘Autumn Meditation’: An Exercise in Linguistic Criticism”），发表于1968年的《哈佛大学亚洲研究学报》（“Harvard Journal of Asiatic Studies”）第28期中，引用了西方批评理论中的李查兹（I.A.Richards）、恩普逊[②]（William Empson）、傅莱（Northrope-

---

①《曾文正公全集》，见《近代中国史料丛刊续辑》第九种第三册第20368-20369页，台北文海出版社有限公司1974年版。此处出自咸丰八年八月二十日曾国藩家书“谕纪译八月二十日”。

② 编者注：今译为燕卜荪。

Frye）及卡姆斯基[1]（Chomsky）诸家的理论与方法，从语音之模式（Phonic Patterns）、节奏之变化（Variation in Rhythm）、语法之类似（Syntactic Mimesis）、文法之模棱（Gramatical Ambiguity）、形象之繁复（Complex Imagery）及语汇之不谐调（Dissonance in Diction）各方面，对杜甫《秋兴》八诗做了细致的分析。而归结出一个结论，以为中国传统批评之赞美杜甫者往往都是从他的忠爱缠绵等内容之情意方面来加以称述，但这种称述实在乃是属于诗歌以外的评论，而诗歌本身则是一种精美的语言的加工品[2]。所以高、梅二位教授的这篇论文就是对杜诗之精美的语言艺术所作的论析。高、梅二位的论述自然极为有见，不过杜诗之语言的精美如其《秋兴》八首之语音、节奏、语法、文法、形象和语汇各方面的变化运用之妙，却实在并非出于头脑的理性的思索安排，而是出于杜甫内心之感发与其吟诵中的声调之感发相结合，形成的一种出自直感的选择之能力。这正是吟诵在古典诗歌之创作中的一种妙用。

以上我们既讨论了吟诵在诗歌的创作方面可能形成的一种直接感发之妙用。现在我们就将再谈一谈吟诵在读者或听者方面所可能形成的感发之妙用。关于这方面的妙用，中国前代的读书人当然也早曾注意及之。俗语说“熟读唐诗三百首，不会作诗也会吟”，又说“书读百遍，其义自见”，则吟诵对于读者学习古代诗文之妙用已可概知。清代的曾国藩也曾经把这种妙用传授给他的儿子，在《家训·字谕纪泽》中谈到朗诵和吟咏对于学习诗文的重要性时说：“如四书、

① 编者注：今译为乔姆斯基。

② “Harvard Journal of Asiatic Studies” Vol.28,1968,pp.44-73.

《诗》《书》《易经》《左传》《昭明文选》，李、杜、韩、苏之诗，韩、欧、曾、王之文，非高声朗诵则不能得其雄伟之概，非密咏恬吟则不能探其深远之趣。”[①] 曾氏所提出的“高声朗诵”和“密咏恬吟”两种读诵法实在非常重要，大抵一般而言，高声朗诵之时声音占主要之地位，因此读者所得的主要是声音方面所呈现的气势气概，而在密咏恬吟之时则声音之比重较轻，因此读者遂得伴随着声音更用沉思来体会作品中深远之意味。可见吟诵乃是引发读者对作品有直觉之感受和深入之了解的一种重要方式。历史上也曾记载有不少关于吟诵带给人强烈之感动的记载，即如《晋书·王敦传》就曾记载说：“敦欲专制朝廷，有问鼎之心。每酒后，辄咏魏武帝乐府歌曰：‘老骥伏枥，志在千里。烈士暮年，壮心不已。’以如意打唾壶为节，壶边尽缺。”[②] 则王敦在吟诵此四句诗时，其内心之感动可知。所以后世形容对诗文之欣赏还常说“唾壶击缺”，此一成语就足以说明吟诵在诗文之欣赏中所形成的感发力量之强大了。而且吟诵还不只是能使吟诵者自己感发而已，有时还可以对聆听吟诵的人也同样造成一种感发。李商隐的《柳枝诗·序》就曾记载了一段因听人吟诗而对诗之作者产生了爱情的动人故事。原来柳枝是一个不同于一般的女子，喜欢“吹叶嚼蕊，调丝擪管”，能够“作天海风涛之曲，幽忆怨断之音”。有一天李商隐的从兄弟让山在柳枝家的附近吟诵李商隐的《燕台》诗，柳枝听到后，立即“惊问‘谁人有此？谁人为是？’”而且

①《曾文正公全集》，见《近代中国史料丛刊续辑》第九种第三册第20363页，台北文海出版社有限公司1974年版。此处出自咸丰八年七月二十一日曾国藩家书“谕纪泽七月二十一日”。

②《晋书·王敦传》卷九八列传六八第497页，上海大光书局1936年版。

“手断长带”，请让山代邀李商隐相见，表现得极为动情[①]。可惜后来柳枝被“东诸侯取去”，而李商隐则只留下了一些缠绵悱恻的诗篇。透过李商隐的诗和序文中对柳枝的描述来看，这可以说是中国诗史中极为美丽动人的一则爱情故事，那主要就因为柳枝与李商隐的互相赏爱，乃是透过诗歌的吟诵而结识的，因此其间便自然有了一种属于心灵之相通而不仅是色相之倾慕的深心的知赏。所以后来蒲松龄在《聊斋志异》中写人鬼异类相恋的故事如《连琐》《白秋练》等，就甚至也都以诗歌之吟诵，作为了相感通之情节的媒介[②]，则吟诵之具含一种可以感发的妙用，也就从而可知了。

以上我们对于吟诵在诗歌本质方面所可能形成的兴发感动之作用，虽然已经从作者与读者及听者各方面，都做了相当的论述；但事实上在中国古典诗歌之传统中，却还有另外一项更为微妙的感发作用，甚至比前面所提的几种感发作用，更为值得注意。那就是孔子与弟子论诗时，以实例所显示出来的，一种可以由读诗人自由发挥联想的感发作用。即如《论语》的第一篇《学而》，就曾记述有一段孔子与子贡的谈话：“子贡曰：‘贫而无谄，富而无骄，何如’？子曰：‘可也。未若贫而乐，富而好礼者也。’子贡曰：‘《诗》云：“如切如磋，如琢如磨”，其斯之谓与？’子曰‘赐也，始可与言诗已矣，告诸往而知来者。’”[③]另外在第三篇《八佾》中又记载有一段

---

① 李商隐《柳枝诗·序》，见《李商隐诗集疏注》第565页，人民文学出版社1985年版。

② 蒲松龄《聊斋志异》上册第331页及下册第1482页，中华书局1962年版。

③《论语·学而》，《论语·季氏》及《论语·子路》，见朱熹《四书集注》第27-29页，台北中华丛书1958年版。

孔子与子夏的谈话："子夏问曰：'巧笑倩兮，美目盼兮，素以为绚兮，何谓也？'子曰：'绘事后素。'曰：'礼后乎？'子曰：'起予者商也，始可与言诗已矣。[①]'"从这两段孔子赞美其弟子"可与言诗"的记叙来看，我们已可清楚地见到，孔子教弟子学诗时所重视的，原来乃是贵在从诗句中得到一种兴发感动的作用。虽然在这两段记叙中都未曾提到过"吟诵"的字样，但我们从他们师生间之问答如流、衷心相契的情况来看，则这些弟子们之曾受有"兴、道、讽、诵、言、语"一类的训练，乃是从而可想的。虽然《周礼·春官》所记载的这种训练，原有其为了以后"使于四方"在聘问交接中"赋诗言志"的实用之目的，但值得注意的则是孔子与弟子之回答中，所显示的兴发感动之重点，则主要乃在于进德修身方面的修养，而这也就形成了中国所谓"诗教"的一个重要的传统。谈到"诗教"，若依其广义者而言，私意以为本该是指由诗歌的兴发感动之本质，对读者所产生的一种兴发感动之作用。这种兴发感动之本质与作用，就作者而言，乃是产生于其对自然界及人事界之宇宙万物万事的一种"情动于中"的关怀之情；而就读者而言，则正是透过诗歌的感发，要使这种"情动于中"的关怀之情，得到一种生生不已的延续。所以马一浮在其《复性书院讲录》中，就曾认为这种兴发感动乃是一种"仁心"本质的苏醒，说"所谓感而遂通"，"须是如迷忽觉，如梦忽醒，如仆者之起，如病者之苏，方是兴也"。又说："兴便有仁的意思，是天理发动处，其机不容已，诗教从此流出，即

①《论语·八佾》，《论语·季氏》及《论语·子路》，见朱熹《四书集注》第93–95页，台北中华丛书1958年版。

仁心从此现。”[①] 我认为这是对于广义之“诗教”而言的一种极能掌握其重点的体认和说法。因此在教学中，每当同学们问起“读诗有什么用”的问题时，我总常回答说：“诗之为用乃得要使读诗者有一种生生不已的富于感发的不死的心灵。”而且这种感发还不仅是一对一的感动而已，而是一可以生二，二可以生三，以至于无穷之衍生的延续。我们在前文所举引的《论语》中孔子与弟子论诗的话，可以说就是孔门诗教注重感发之联想的一个很好的证明。而且从孔子与弟子论诗的例证来看，这种联想实极为自由，甚至不必受诗歌本义之拘限，可是又因为其感发之本质乃是出于一种“仁心”的苏醒，所以在自由之联想中，乃又能不失其可以进德修业的效果。如果以近人为例证，则王国维之以“成大事业、大学问之三种境界”来评说晏、欧之小词[②]，无疑的应该乃是属于孔门诗教之同一类型的，注重感发与联想之作用的读诗与说诗之方式的一脉真传的延续。而更值得注意的则是，这种古老的孔门诗教之观念，乃正与西方近代的接受美学中的某些理论，有着不少暗合之处。其一是接受美学同样也承认读者在阅读时可以有一种背离作品原意的自由的联想；其二是接受美学也承认阅读的过程就是一个再创造的过程，也就是读者自身改变的过程。关于这些暗合之处，我以前在《迦陵随笔》和《唐宋词十七讲》及最近出版的《诗馨篇》序言中，曾分别引用过意大利的接受美学家弗兰哥·墨尔加利（Franco Meregalli）及德国接受

① 马一浮《复性书院讲录》卷二第 36 页，台北广文书局 1979 年版。

② 王国维《人间词话》，见《词话丛编》册五第 4245 页。

美学家沃夫岗·伊塞尔（Wolfgang Iser）的论点做过说明[①]。总之中国传统诗论之认为诗歌可以有一种兴发感动的作用，甚至可以对读者产生一种变化气质的结果，并不是古老落伍的空言，而是在今日西方细密的文学理论中也可得到印证的一种在阅读之体验的过程中，所必然会获致的一种结果。只不过就诗歌而言，则熟读吟诵实在乃是使这种兴发感动之作用达到更好之发挥的一种必要之训练，这种重要性乃是学诗和教诗之人所决然不可不知的。只可惜所谓“诗教”者，既自汉儒之说诗便使之蒙受了美刺之说的拘限，而失去了其原有的自由感发之活泼的生命，而只成了一种迂腐的陈言，再加之自“五四”以来对于以背诵为主的古典教学方式之盲目的反对，遂使得我国古典诗歌中这一宝贵的兴发感动之传统，竟落到了今日之没落消亡的地步，这种现象实在是深可为之浩叹的。

关于熟读朗诵在诗歌教学中的重要性，这在西方也是对之极为重视的。即如在美国英诗课中所常用的一本教材，肯奈迪（X.J.Kennedy）所编著的《诗歌概论》（*An Introduction to Poetry*）一书中，开端第一章首先提出的就是诗歌的读诵，以为读诗不能“只用眼睛去阅读”(Just let your eye light on it)[②]，虽然用眼睛阅读一首诗，也可体会出一些意味来，但却绝不会有深入的全部的体会。读诗要反复多读细心吟味，不能像读散文一样，明白意思就算了，更不能

---

①《迦陵随笔》，见《中国词学的现代观》第107页，及《唐宋词十七讲》第509–515页，及《诗馨篇·序》册上第8–9页。

② X.J.Kennedy, *An Introduction to Poetry* (Harper Collins Publishers, 1990, 7th ed.) p. 1.

像读报纸一样“匆匆阅过”(galloped over)。愈是好诗，愈要多读熟诵，“甚至数十百遍以后，仍能感到尚有不尽之余味”(after ten, twenty or a hundred readings—still go on yieding)①，肯氏还曾引一位名叫吉拉德·曼雷·霍浦金斯(Gerard Manley Hopkins)的诗人的话说：“聆听诗歌的诵读，其所得更胜过意义的了解”(even over and above its interest of meaning)。② 又说读诗最好是大声朗诵，或聆听别人的朗诵，如此一定能体会出只凭眼睛阅读所不能感受到的更多的意味③。此外，在该书的第八章中，肯氏还曾提出诗歌中声音的重要性，以为大多数好诗都有富于意义的声音和音乐性的声音(meaningful sound as well as musical sound)④。肯氏更曾提出说高声朗诵是增强对诗歌了解的一种方法，因此要“学习赋予诗歌以你自己的声音的这种艺术”(practice the art of lending your voice)⑤。

以上肯氏之说主要乃是对诵读在诗歌之教学方面之重要性而言的。至于再就声音之感发在诗歌之创作方面的重要性而言，则私意以为当代法国一位才华横溢的女学者朱莉娅·克利斯蒂娃(Julia-

---

① X.J.Kennedy, *An Introduction to Poetry* (Harper Collins Publishers, 1990, 7th ed.) p. 1.

② X.J.Kennedy, *An Introduction to Poetry* (Harper Collins Publishers, 1990, 7th ed.) p. 1-2.

③ X.J.Kennedy, *An Introduction to Poetry* (Harper Collins Publishers, 1990, 7th ed.) p. 2.

④ X.J.Kennedy, *An Introduction to Poetry* (Harper Collins Publishers, 1990, 7th ed.) p. 125.

⑤ X.J.Kennedy, *An Introduction to Poetry* (Harper Collins Publishers, 1990, 7th ed.) p. 141.

Kristeva）在其《诗歌语言的革命》（*Revolution in Poetic Language*）及其《语言之意欲》（*Desire in Language*）二书中所提出的一些说法，实在极可注意。克氏对于诗歌创作的原动力有她自己的一套理论，她曾借用希腊文中的‘Chora’一词来指称这种原始的动力，她以为‘Chora’是一种最基本的动能（an essentially mobile），是由瞬息变异的发音律动所组成的（extremely provisional articulation constituted by movements and their ephemeral stases）[①]。又以为“Chora”乃是不成为符示而先于符示的一种作用，它是类似于发声或动态的一种律动（is analogous only to vocal or kinetic rhythm）[②]。克氏又曾举引苏联诗人马雅可夫斯基（Vladimir Mayakovsky）在其《诗是怎样作成的》（*How Are Verses Made*）一书中的一段话，说：“当我一个人摆着双臂行走时，口中发出不成文字的喃喃之声（waving my arms and mumbling almost wordlessly），于是而形成为一种韵律（rhythm is trimmed and takes shape），而韵律则是一切诗歌作品的基础（rhythm is the basis of any poetic work）。”[③]克氏所提出的“Chora”一词，虽看似十分新异，但事实上她对声音之感发在诗歌创作中之重要性的体认，却实在与中国古典诗论中“兴”的观念，以及中国古典诗歌在吟诵与写作之实践中的体认，有着不少暗合之处。

---

① Julia Kristeva, *Revolution in Poetic Language* (New York, Columbia University Press, 1984) p. 25.

② Julia Kristeva, *Revolution in Poetic Language* (New York, Columbia University Press, 1984) p. 26.

③ Julia Kristeva, *Desire in Language* (New York, Columbia University Press, 1980) p. 28.

关于“兴”之为义，如果就汉代经师的说法而言，自然有所谓美刺政教的许多意义。但这些说法却往往只是一种牵强比附之词，而事实上就“兴”之最基本、最原始的意思而言，则私意以为原该只是指一种兴发感动之作用。如我在前文所言，“兴”的作品一般本是指“由物象所引起”的一种感发，不过这种感发却实在还有一点值得注意之处，那就是这种引起感发的“物象”，有时与后面所叙写的诗意却似乎并无意义上的关连。因此我在《中国古典诗歌中形象与情意之关系例说》一文中，乃又曾补充说：“这种感发关系，也许并非理性可以解说，然而却必然有着某种感性的关联，既可能为情意之相通，也可能为音声之相应[①]。”而如果就“兴”之直接感发的特色而言，则“音声之相应”实在应该乃是较之“情意之相通”还更为基本的一种引起感发之动力。关于这种情况，前人也曾经注意及之。即如宋代的郑樵在《昆虫草木略》中，就曾经说过“夫诗之本在声，而声之本在兴；鸟兽草木乃发兴之本”[②]的话。郑樵又曾批评汉儒，说“汉儒之言诗者，既不论声，又不知兴，故鸟兽草木之学废矣”[③]。近人朱自清在其《关于兴诗的意见》一文中，对此种感觉作用曾有更明白的说法，谓“由近及远是一个重要的原则。所歌咏的情事往往非当前所见所闻，这在初民许是不容易骤然领受的；于是乎从当前习见习闻的事指指点点地说起，这便是‘起兴’。又因为初民心理简单，不重思想的联系而重感觉的联系，所以‘起兴’的

①《迦陵论诗丛稿》第 339 页，中华书局 1984 年版。

② 郑樵《通志略·昆虫草木略第一·序》第 785 页，上海世界书局 1935 年版。

③ 郑樵《通志略·昆虫草木略第一·序》第 785 页，上海世界书局 1935 年版。

句子与下文常是意义不相属，即是没有论理的联系，却在音韵上（韵脚上）相关连着”。[①] 写到这里，我又联想到前文所曾引用过的肯奈迪之《诗歌概论》中的一则记述。肯氏在该书论及声音（Sound）一章中，曾经举引伊萨克·丁尼森（Isak Dinesen）在其《走出非洲》（*Out of Africa*）一书中所记载的一段故事。丁氏自谓东非一些土著对于韵律有强烈的感受，有一天傍晚，在一片玉蜀黍田里，大家正忙着收获的工作，丁氏开始高声朗诵一些韵句（Verses），这些土著虽不明白那些韵句的意义，但却很快就掌握了其中的韵律。他们热切地等待着韵字的出现，每当这些韵字出现时，他们就发出欢快的笑声。而且不断要求丁氏“再说一遍，说得像落雨一样”（speak again, speak like rain）。丁氏以为这应该是赞美的意思。因为在非洲，人们总是期盼着“雨”，“雨”是被欢迎的[②]。这一则故事，当然足以证明本文在前面所说的“音声之相应”乃是引起感发的一种最原始的动力，这应该是古今中外所同然的一种共同现象。克利斯蒂娃氏之所谓“Chora”，以及中国之所谓“兴”，虽然义界并不相同，但就其对诗歌之创作的一种原始动力之与音声密切相关这一方面之体认而言则是颇有可以相通之处的。因此对诗歌的高声诵读，实在应该是使得人们内心中可以引生出一种兴发感动之生命的最基本也最重要的培养训练之方式。

说到对诗歌之诵读的培养和训练，又使我联想到了流行在日本

① 朱自清《关于兴诗的意见》，引自顾颉刚《古史辨》第684页，上海古籍出版社1982年版。

②《迦陵随笔》，见《中国词学的现代观》第124页。

中小学之间的一种竞赛游戏。这种游戏的名称叫做“小仓百人一首”，简称“百人一首”。大约早在七百五十年前，日本藤原定家选了自天智天皇至顺德天皇之五百七十多年间的一百位著名歌人的作品。每人选一首，共计一百首和歌，将之书写在京都嵯峨小仓山别墅的屏风上，因称“小仓百人一首”。到了江户时代初期，这百首和歌遂被制成纸牌，供人们在新年期间作为一种室内的游戏。至元禄时代已极为盛行。直至现代，日本的中小学校仍训练学生们利用暑假期间将这百首和歌背诵熟记，到了新年期间就举行盛大的“百人一首”的竞赛游戏。这种纸牌共二百张，一百张写诗之上半首由吟诵者吟唱，另一百张为和牌，写诗之下半首，并绘有图画。游戏时分两组，每组各分五十张和牌，比赛时，各把五十张和牌摊放在面前，然后仔细聆听唱牌人的吟诵，听到所吟诵的上句后，要尽快将面前所摊放的写有下句的和牌找到取出。如果下句的和牌是摊放在对手面前的，则将对手和牌取出后，可将自己面前的一张和牌移放到对手面前，直到比赛之一方面前的和牌先取净者为胜。这种游戏到目前在日本仍很流行。我曾经询问过好几位日本友人，她们都说在学生时代曾参加过此种背诵和歌的游戏，而且那时背诵过的歌往往终生不忘。在与日本的对比之下，我实在为我们这个曾经以诗自豪的古老的中国感到惭愧。我们在过年的节日中所流行的室内游戏，乃是麻将、扑克、掷骰子，也许现在还该加上电子游戏，但却没有一项如日本之“百人一首”的寓文化教育于娱乐的，足以培养青少年对祖国诗歌传统之学习兴趣的游戏项目。其实如果与日本相比较，中国的诗歌不仅历史更悠久，数量更丰富，而且以内容言，中国诗歌

"言志"之传统所引发出来的情意，也较之日本和歌之一般只吟咏景物山川与离别今昔之即兴式的短歌要深广得多。更何况中国诗歌具有明显之韵脚，也较之无韵脚的日本诗歌更易于背读和吟诵。况且中国诗歌透过韵律所传达出来的感发力量，也较之日本诗歌更为丰美；可是，我们乃竟然没有一种重视诗歌之宝贵传统的教学和普及的办法，这实在是极值得我们深思反省的一个重大的问题。

关于重振中国诗歌的吟诵之传统，就今日社会之情况而言，当然仍有着不少困难，首先是因为曾接受过此种训练的人已经不多，能真正体会吟诵之作用与效果的人日少，因此先不用说师资难觅，即使只就意识观念而言，很多人也会因自己对此一传统之无所体悟和了解，而在心理上先就对之存有了一种轻视和反对的心态。其次就教学方面而言，也先不说今日大学中文系的诗歌教学，已不重视背读吟诵的训练；即使有人要学生强记硬背，以考试默写来督促学生们背诵，也将因为方法不当及为时已晚而决不会收到良好的效果。我这样说，是从我数十年来从事诗歌之读诵写作与教学之经验中所体会出来的一点认识。先就我个人学诗的经历而言，我之学诗就是从童年时代的吟诵开始的。关于这一段经历，我在三十多年前所写的题为《从李义山〈嫦娥〉诗谈起》一文中，曾经有所叙述[①]。我当时对古诗中的深意妙解实在并无所知，只是像唱儿歌一样的吟诵而已。我想我那时大概也正像前引丁尼森氏在《走出非洲》一书中所写的土人一样，由于对诗歌的韵律有一种美感的直觉，因此在吟诵中乃自然感到一种欣喜。也就正是在这种并不经意的随口吟诵

①《从李义山〈嫦娥〉诗谈起》，见《迦陵论诗丛稿》第65页，中华书局1984年版。

中，却自然熟悉了诗歌中平仄韵律的配合和变化。所以在我十一岁时，伯父要我写一首诗试试看，我也就随口诌出了一首七言绝句来。这使我又联想到了我的一个侄孙女的故事。当她不过只有一岁多的时候，我弟弟就常教她吟诵一些小诗，两年后有一次我回北京老家，我弟弟就要她背几首诗给我听。她背了好几首诗都背得音调铿锵，颇能掌握诗歌的韵律美，我正在夸奖她时，她却出了一个错误，那是李商隐的一首题为《乐游原》的五言绝句。诗的末两句本是“夕阳无限好，只是近黄昏”①，她在背诵时竟把这首诗的末一句与她所背诵的另一首贺知章的《还乡偶书》中的“乡音无改鬓毛衰”②的诗句弄混了，因此把李商隐这诗的末两句，背成了“夕阳无限好，只是鬓毛衰”，我弟弟当然立刻就警告她说“背错了”。而我却由她的错误中见到了一种可喜的现象，那还不只是“鬓毛衰”三个字与上一句“夕阳无限好”在情意上也可以相承而已，而是“鬓毛衰”三个字与原诗的“近黄昏”三个字的平仄四声竟然完全相合。我以为这种情形就恰好说明了她在背诵中已经自然养成了一种对声调之掌握的能力。而据前面我所引的克利斯蒂娃之说，则声音的律动正该是诗歌之创作的一种最原始的动力。事实证明，我的小侄孙女在熟于吟诵之后，果然在五岁多的时候自己就萌生了一种作诗的冲动。那是一个中秋的夜晚，她自己忽然说要作一首诗，她母亲就按照她所念的句子写了下来寄给我看，她的诗是“天边树玉月，菊花开满枝。人间过佳节，牛郎织女在天边”。这首诗当然不完美，句子既不整齐，

① 李商隐《乐游原》，见《李商隐诗集疏注》第 31 页，人民文学出版社 1985 年版。

② 贺知章《还乡偶书》，见《唐诗三百首》第 325 页，上海古籍出版社 1980 年版。

也不押韵，而且在开端与结尾重复了“天边”两个字。但我以为其中也仍有一些可喜的现象，那就是无论五字或七字之句，句中的平仄声律都没有违拗之处，而且从“人间”到“天上”也表现了一种自然感发的意趣，确属“孺子可教”之才。那时她背诗的兴趣极高，每天要求他父亲“再教我背一首诗，再教我背一首诗”。后来去报考一所小学，要在报名表上填写特长，她就要求她母亲为她填写“背诗”。可是这次我再回到老家，却发现情形完全改变了，她再也不热心于背诗了。当学校又要求学生们填写特长时，她也不肯再填写背诗了，我问她为什么不再填背诗了，她说因为同学们没有人填背诗为特长，她恐怕老师不会承认这是一种特长。她父亲已经去了日本，没有再教她背诗了，而且也有人以为功课多了没时间再背诗了。于是她对诗歌方面的由吟诵而引生的感发和创作的才能，遂被荒废了下来。这种情形与日本之以竞赛游戏鼓励中小学生背诗的情形相对比，实在极可感慨。以上是关于我自己学诗以及我的侄孙女学诗的一些情况。再就我个人教诗的体验而言，自从我到海外教书以后，因为特殊的环境关系，对于外国的学生们当然难以强迫他们去背诵中国古典的旧诗，此种特殊情况，姑置不论。至于多年前我在中国台湾地区各大学任“诗选及习作”之课程时，则确实曾根据课程的要求，为了教学生们习作而强迫他们去诵所教过的诗歌。因为诗歌乃是不同于口语和散文的另一种语言，如果只靠着所学的平仄韵脚等格律方面的知识去强拼硬凑，而不从吟诵下手去熟悉其声气口吻，那是很不容易作出像样子的好诗的。这种情况，就如同想要学英语的人，如果只学习死板的文法方面的知识，而不肯开口去练习，是决然不会讲出流利的英语一样。不过，我强迫学生们去背诗，却实在并没有收到我所预期的效果。这就正因为我自己乃恰如前文之所言在教学生们背诗的时候，误犯了方法不当的错误。我只是以考试默写的要求来勉强同学们背诵，然而却未曾用吟咏的方式带领同学们养成吟诵的兴趣和习惯。何况到了读大学或研究所的年龄再来学诗歌的吟诵，似嫌为时已晚，因为正如我在前文所言，学习诗歌的语言乃是如同学习另一门外语一样，实地的练习当然重要，而学习的年龄越早，则直感的能力越强，学出来的发音也就越加正确，说出来的话语也就越加流利自然，若等到年龄老大以后再学，则不免事倍功半，要显得困难多了。何况我又根本未曾带领学生们从事过实地的吟诵练习，则我勉强学生背诵之不能收预期之功效，自是可想而知的了。可是就另一方面而言，则我自己却是从自幼吟诵所培养出来的一个说诗人，因此我在讲课时乃特别重视如孔门诗教所说的“诗可以兴”的活泼丰富的感发和联想。以前我曾自我解嘲地说我这种讲课的方式是喜欢“跑野马”，而近来我却为我这种说诗的方式找到了一个西方文论中的批评术语，那就是由瑞士语言学家索绪尔 (Ferdinand de Saussure) 所提出的“内在文本”（Intratextuality）及“外在文本”（Extratextuality）发展出来，经过法国解析符号学的女学者克利斯蒂娃之引申而提出的互为文本（Intertextuality）之说。现在此一批评术语已被西方文论所广泛使用，而且已达成了一种共识，那就是任何一种符示作用中，都隐含有多种不同符示系统的换置作用。关于这种换置（Transposition），克氏以为其由前一符号系统移换到另一符号系统的作用，乃是透过两种符号系统所共通的一个本能的中介而完成的（the passage to a second via an instinctual intermediary common to the two systems）[①]，虽然这种所谓“本能的中介”实在极难加以理性的具体的说明。不过其并不允许加以谬说妄指，而必然含有某些可以相通的基本质素，则是可以断言的。至于就中国的古典旧诗而言，如何养成这种微妙的感发和辨析的能力，我在二十年前所写的《关于评说中国旧诗的几个问题》一文中，也早已有所讨论。我认为要想在评说旧诗时，既有丰富之感发与联想的自由，而又不致流入于谬论妄说的错误，则“熟读吟诵实在是最直接有效的一种方法”。“因为任何一种语言在被使用时，都必然各有其不同的综合妙用，此种随时随地的变化，决非死板的法则之所能尽。而况诗人落笔为诗之际，其内心之情意与形式之音律交感相生，其间之错综变化，当然较之日常口语有着更多精微的妙用。凡此种种，都非仅凭一些死板的法则所能传授，而唯有熟读吟诵才是学习深入了解旧诗语言的唯一方法。”[②] 可是我在当年担任“诗选及习作”之课程时，却并未曾用吟诵的实践训练，来培养出同学们吟诵的兴趣和习惯。因此既未能在习作方面收到预期的效果，而且在诗歌之诠释和评说方面，也未能使学生们透过吟诵来养成如前所言的在感发和联想中的辨析精微的能力。当然我的学生们中也不乏才智之士，无论在创作方面，研究方面，或评说方面，都曾有人做出了很好的成绩。这是因为一则有些同学原曾在家庭中从小就养成了吟

① “Intertextuality”之说见 *The Kristev Reader* ed. by Tori Mori, (reprinted. 1987, Basil Blackwell Ltd. Oxford, UK)p. 112.

②《迦陵谈诗二集》第 69 页，台北东大书局 1958 年版。

诵的习惯；再则也有些同学虽未曾养成吟诵的习惯，但却生而具有敏锐的感受之能力；更有些同学则精于思辨的理论之分析，因此在大学中虽不传授吟诵，而只要有足够的知识与理论的学习，一般都可培养出不错的学者型的人物。但我仍不得不承认，我当年在教学时未曾提出吟诵的重要性，是对于诗歌之生命的传承失落了一个重要的环节。这是及今思之也仍然使我深怀愧疚之感的。不过尽管如此，当我近年来返回大陆及台湾地区去讲授中国旧诗时，却也依然未曾对同学们做过任何吟诵实践的训练。其所以然者，主要盖由于目前无论在大陆或台湾地区，一般人对于吟诵的传统都已经非常陌生，而我回去教书的期限又为时甚短，如果把教学的重点放在吟诵方面，则一方面对于已不熟悉吟诵之效用与传统的同学们来说，他们必将难以蓦然接受这样一种陌生的训练，再则就另一方面来说，则在极短的时期内也必然不会收到什么良好的效果。何况目前在大学或研究所中的学生，他们所主要考虑的，乃是如何以速成的效率学到一种研究的方法，写出一篇像样的论文的问题，而并不是如何去感受和掌握诗歌中之生命的问题。本文之所以提出吟诵的重要性，我的目的也并不在于训练研究生，而是想透过诗歌的吟诵，而使国民能自青少年时代就养成一种富于联想与直感的心灵的品质和能力。下面我就将简单谈一谈自己对这方面的一些粗浅的意见。

首先我想要提出来一谈的，乃是吟诵之训练应自童幼之年龄开始的问题。因为童幼年之时的记忆力好，而且直感力强，这两点优势当然是人所共知的常识，但一般教育者却似乎并未能对此两点优势善加掌握和利用，当然更未能了解到如何掌握此两点优势来训练儿童们养成吟诵之习惯和兴趣的重要性，现在我就将把自己个人对这方面的一点看法略加陈述。先从记忆力好的一点优势来说，当儿童们自己还没有养成正确的判断力以前，如何引导他们把自己可宝贵的记忆力用在一门可以终身受用的学习上，这实在应是父母师长们的一项重要责任。不过，记忆力与理解力的发展之间，却存在有一个先后的矛盾，也就是说记忆力好的童幼年时代，其理解力方面却往往有所不足，因此一般人遂经常有一个错误的观念，认为童年时代只能学一些浅近明白的口语化的课文，就如当年我的女儿在台湾初上小学时，她每天所背诵的乃是“来、来、来，来上学，去、去、去，去游戏”以及“见了老师问声早，见了同学问声好”之类的课文，我认为这对儿童们的优势的记忆力实在是一种浪费。一般人总主张应该使儿童先理解，然后才可以要求他们背诵，殊不知这种观念原来并不完全正确，儿童们有时是并不要求理解而就能够背诵的，这对于韵文的背诵更是如此。即如小朋友们在玩橡皮筋时所唱的“小皮球，香蕉梨，满地开花二十一，二五六，二五七，二八二九三十一”之类，他们并不要求理解其中的意义，而却都能琅琅上口地歌诵。如果在这时能教他们背诵一些他们虽不理解而却具含深远之意蕴且能琅琅上口的诗歌，这对他们实在并无困难，而这种背诵却是将使他们终身受用不尽的。最近我偶然读到一册华裔第一位诺贝尔奖得主著名物理学家杨振宁先生的《演讲集》，他在一篇标题为《谈谈我的读书经验》的访谈录中，就曾经提出了一种不必先求理解的所谓“渗透性”的学习法，他说：“渗透性学习方法就是在学习的时候对学习的内容还不太清楚，但就在这不太清楚的过程中，已经一点一滴地学到了许多东西。”并且说：“这种在还不完全懂的情况下，以体会的方法进行学习，是非常重要的学习方法。”[①] 我认为杨先生的话实在是极具智慧的对学习方面的深入有得之言。而这也就牵涉到了我在前面说的童幼年时代“直感力强”的问题。一般人对儿童的教学，往往总是偏重于智性的知识的教育，而忽视感性的直觉的教育，再加之现代的急功近利的观念，当然就更认为以感性的直觉来训练儿童们吟诵并不十分理解的旧诗，乃是全然无用的了。殊不知透过诗歌吟诵所可能训练出来的直感和联想的能力，不仅对于学文学的人是一种可贵的能力和资质，即使对于学科学的人而言，也同样是一种可贵的能力和资质。早在1987年，我在沈阳化工学院对一些科学家们的一次谈话中，就曾经谈起过第一流的具有创造性的科学家往往都是具有一种直感与联想之能力的人物，而自童幼年学习诗歌吟诵，无疑是养成此种直感与联想之能力的最好的方式。因为诗歌的感发所可能引生的乃是一种联想的能力，而诗歌的吟诵所可能引生的则是一种直感的能力，如果这种训练能自童幼年的时代开始，则这种联想和直感的能力就能随着学习者的年龄与他的生命之成长密切地结合在一起[②]，因而得到终生受用不尽的好处，这无论对以后

---

① 杨振宁《谈谈我的读书经验》，见《杨振宁演讲集》第 1430 页，南开大学出版社 1992 年版。

② 今春访问兰州大学，牛龙菲先生以其《有关“音乐神童”和“儿童早期音乐教育”的初步理论探索》一文之手稿见示，其中曾论及音乐之教化作用，以为“在儿童各阶段的心理发育过程中，‘文而化之’或者‘乐而化之’的刺激信息，还将作用于儿童的生理教育（不仅作用于心理教育），并内化于儿童的生理结构之中”。私意以为“吟诵”当亦属于“文而化之”与“乐而化之”的范围之内。

从事于文学或科学之研究的人都是有益的。何况在童幼年时代训练他们像唱歌一样的吟诵诗歌，实在乃是并不困难费力的一件事，如果等到年龄已经长大，记忆力和直感力都已减退了以后才开始学习，则纵然付上几倍的努力也难以收到预期的效果了。

其次我想要提出来一谈的，则是不可以使诗歌之吟诵流为乐曲之歌唱的问题。关于这一点，西方论及诗歌读诵时也有类似的看法。即如我们在前面所曾引用过的肯奈迪之《诗歌概论》一书，在论及“诗歌之朗声诵读与聆听”（Reading and Hearing Poems Aloud）一节中，就也曾提出过诗歌之诵读“不可落入为歌唱”（don't lapse into singsong）的话。肯氏以为诗歌可能有一种固定的音律节奏（a definite swing），但却决不可以因过分夸张这种节奏而忽略了读诵的感受（but swing should never be exaggerated at the cost of sense）①。我认为肯氏的话极有道理，因为吟诵实在应该乃是读诵者以自己的感受用声音对诗歌所做出的一种诠释，每个人的感受不同，所做出的诠释自然也应该有所不同，如果将之制定为一个固定的曲调，则势必形成为对个人之感受的一种限制和扼杀，所以诗歌吟诵之决不可流为唱歌，可以说乃是诗歌吟诵中的一项极为重要的基本原则。而且我以为此一原则对中国古典诗歌之吟诵而言，似较之对西洋诗歌之吟诵尤为重要。因为一般说来西洋诗歌之读诵往往有一种表演之性质，即如李查·波顿及劳伦斯·奥立佛之朗诵莎翁的剧本，就是这种诵读方式的一个很好的例证。而中国古典诗歌之吟诵则不仅不

① X.J.Kennedy, *An Introduction to Poetry* (Harper Collins Publishers, 1990, 7th ed.) p. 141.

可流为歌唱，并且也不应成为一种表演。西方诗歌的诵读似乎本来就含有一种读给听众聆听的目的（中国白话诗的朗诵会便应属于此种诵读的方式），可是中国古典诗歌的吟诵则似乎只是为了传达一种自我的体味，和享受一种自我的愉悦。虽然如果有知己的友人在身旁也可以互相聆听和欣赏，但却决不可含有任何表演之性质，因此中国古典诗歌之吟诵实在应该乃是一种更重视个人直感的心灵活动的外观，其所重视的乃是人之体会。吟诵之目的不是为了吟给别人听，而是为了使自己的心灵与作品中诗人的心灵能借着吟诵的音声达到一种更为深微密切的交流和感应。《文心雕龙》的《声律》篇就曾经写有“声画妍蚩，寄在吟咏。吟咏滋味，流于字句”的话①，可见“吟咏”乃是传达诗中“滋味”的一个重要媒介。而且也正因为吟咏具含此种作用，所以在中国文化传统中乃衍生出了一系列包含有“吟”或“咏”之字样的语汇，用以指说对一切事物的欣赏和品味。即如《宣和画谱》就曾记载说，画师乐士宣晚年工于水墨画，“士大夫见之，莫不赏咏”②。姜夔的《清波引》词序也曾说“沧浪之烟雨，鸚鹉之草树……胜友二三，极意吟赏”③。乐士宣的画并非文字，当然不可能发为吟咏之声，姜夔所写的“烟雨”“草树”更非文字，当然也不能供人吟咏，然而他们却用了“赏咏”和“吟赏”等字样来写他们对于图画和景物的玩味和欣赏，这种字汇的衍生，就足以说明

① 刘勰《文心雕龙·声律》第542–543页，台北明伦书局1970年版。

②《宣和画谱》卷一九第243页，上海人民美术出版社1962年版。

③ 姜夔《清波引·序》，见《姜白石词编年笺校》第11页，上海古籍出版社1981年版。

“吟咏”的主要作用，原在于表达一种心灵中的体悟和感受。而这种体悟和感受则是极为个人化的一件事，不仅此人之体悟感受与彼人之体悟感受一定有所不同，即使是同一个人此一时之体悟感受与彼一时之体悟感受，也并不可能完全相同。在前文中我曾提出过吟诵乃是“以自己的感受用声音来对诗歌所做出的一种诠释”之说，而如果按照诠释学之理论来看，则不仅每个人的诠释都是出于自我仍复归于自我的一种诠释的循环（hermeneutic circle），而且每个人阅读诠释的水平（reading horizon）也时刻在变化之中。一个人此一时的吟诵与另一时的吟诵并不可能完全相同，纵然基本的平仄声律之音调不变，但每个字在吟诵时的高低缓急的掌握，却实在并不能也不必如唱歌时之遵守乐谱的一成不变。因此不应把诗歌的吟咏落入到固定的乐谱之中，这种道理也就从而可知了。

以上，我们对于吟诵教学的具体实践，既已提出了应自童幼年开始及不可流为歌唱的两点建议，那么我们究竟应该如何实践训练呢？关于此一问题，我的意思是最好从幼儿园的中班开始，就增入一个寓教学于游戏的诗歌唱诵的教学项目，在此一教学项目中教师可以选择一些篇幅短小、文字易解的作品，如李白的《静夜思》（床前明月光）、孟浩然的《春晓》（春眠不觉晓）等众所习见的诗篇，教儿童们随意唱咏。这种唱咏不必像教学生们唱歌一样要求他们有正确的音阶和乐律，只不过在唱咏时应掌握住二个重点，那就是诗歌的节奏顿挫与平仄押韵所形成的一种律动感。下面我们就将对此种律动感之形成的因素与重点略加叙述。

先谈节奏的问题，如前文所言，四言之节奏以二二之顿挫为主，五言之节奏以二三之顿挫为主，七言之节奏以四三之顿挫为主。以上所言，只是最简单的基本句式之分别。如果要按吟咏的节奏来划分，则中国古典诗之顿挫实当以每两个字为一个单位，也就是说五言诗之二三的顿挫，又可细分为二二一之顿挫，而七言诗之四三的顿挫，又可细分为二二二一之顿挫。在吟咏时，凡是顿挫之处都不可与下一字连读，至于不连读的顿挫之表示，则又可分别为两种情况，一种是略作停顿，另一种则是加以拖长。即如五言诗之第二字，七言诗之第二字和第四字，便都是在吟咏时应该加以拖长或略作停顿的所在。至于五言诗之第四字及七言诗之第六字，则可视情况之不同或与后一字连读，或不连读而加以停顿或拖长。而与此种顿挫相对的则是五言诗之第一字及第三字，与七言诗第一字、第三字及第五字，即必须与下一字连读，而决不可任意停顿或拖长。以上是诗歌吟咏中在节奏顿挫方面所当掌握的几个重点。再谈平仄押韵方面的掌握，在这方面因为牵涉到古体与近体的区分，所以我们就不得不先对近体诗的声律略加叙述。近体诗虽然有五言律、绝与七言律、绝等各种不同的体式，但在平仄方面却可以归纳出一个基本的原则，那就是平仄两个声调的间隔与呼应。如果我们用“—”的符号代表平声，用“丨”的符号表示仄声，那么，我们就可以把近体诗的声律归纳为两个基本的形式。第一类形式我们可以写为：

— — — 丨 丨

丨 丨 丨 — — （A式）

第二类形式我们可以写为：

丨丨——丨

——丨丨— （B式）

我们可以称第一类为A式，第二类为B式。如果按节奏顿挫之处来划分平仄，我们就可见到若以一句为单位，则在此单位中之第二字与第四字之平仄恰好相反。而若以两句一联为单位，则上句之第二字及第四字，又与下句之第二字及第四字之平仄也恰好相反，如此自然就形成了一种极具规律的间隔和呼应。

至于七言诗句的平仄格式，则只要在五言诗之格式上，每句各加两个字就可以了。至于其增字之原则，则仍以保持此种间隔与呼应之基本声律为准，由此遂成了下面两种七言句的声律之基式。第一类形式我们可以写为：

丨丨———丨丨

——丨丨丨—— （C式）

这是以平起的五言句A式为基式，在首句开端的两个平声字之前增加了两个仄声字，而在次句开端的两个仄声字之前，增加了两个平声字。此一格式我们可以称为C式。还有第二类形式我们可以写为：

——丨丨——丨

丨丨——丨丨— （D式）

这是以仄起的五言句 B 式为基式，在首句开端的两个仄声字之前增加了两个平声字，而在次句开端之前增加了两个仄声字，此一格式我们可以称为 D 式。

当我们对五言与七言的近体诗之声律有了以上的基本认识以后，我们就可以依类推知五言四句的绝句，其基本格式乃是 AB 的连接或 BA 的连接。AB 的连接格式如下：

———｜｜
｜｜｜—— A 式

｜｜——｜
——｜｜— B 式

此一格式我们称为五言绝句的平起式，因为第一句之第一个节奏停顿之处（也就是第一句的第二个字）是平声字。至于 BA 的连接形式则是：

｜｜——｜
——｜｜— B 式

———｜｜
｜｜｜—— A 式

同理我们就称此一格式为五言绝句的仄起式。至于七言绝句的基本格式，则是 CD 二式的连接或 DC 二式的连接。CD 的连接为七言绝句的仄起式，而 DC 的连接则为七言绝句的平起式。至于八句的律诗，则只需将绝句的形式再加一次重复就可以了。如 ABAB 就是五律的平起式，BABA 就是五律的仄起式。依此类推，CDCD 就是七律的仄起式，DCDC 就是七律的平起式。

以上我们简单地介绍了五、七言近体律绝的一些声律的基本格式。不过我的目的却并不在介绍诗歌之体式，我的目的只是想透过声律使大家能够认识中国近体诗中由于平仄之间隔连用以及前后相呼应所形成的一种声音的律动感，如此则当我们在吟咏时，自然就知道如何掌握和传达此种声律之美了。此外若再就押韵而言，近体诗一般都以押平声韵为主，平声字则一般都宜于拖长声调来吟诵，因此押平声韵的近体律绝，在吟咏时乃自然容易形成一种咏叹的意味。不过，若详细加以区分，则律诗与绝句的吟咏又不全同，绝句较短，吟诵时在抑扬起伏的唱叹中，仍有一种流畅贯注的神味。可是律诗则不仅句数增加了一倍，而且中间四句又是两两相对的两个对句，而对于骈偶的对句，则在吟诵间一般总要表现出与骈对之开合相应的声吻，如此遂在吟咏时较之绝句的流畅贯注更多了一种呼应顿挫之致。除此以外，还有一点也应提到的，就是近体诗虽以双数句押韵为主，首句不必然要押韵，不过首句也可以押韵，七言近体首句押韵者较之五言为多，如此则七言 C 式之首句，遂将成为｜｜— —｜｜—的格式，而七言 D 式之首句则将成— —｜｜｜— —的格式（五言式只要减去首二字即可）。如果既是七言近体，而且首句又押韵，如此则较之五言近体既多了一个节奏顿挫，又多了一个韵字的呼应，当然吟诵起来也就更富于抑扬唱叹之感了。

最后我们还要一谈古体诗之吟诵。古体诗就字数而言，基本上可以有四言、五言、七言，以及虽以七言为主但却杂以五言的五七杂言，或杂以三言的三五七杂言，抑或更有杂以四六八言等变化多样的杂言之体式。而就声律言则古诗本无平仄固定之声律，不过自唐代近体诗流行以后，古诗亦有杂用律句者（王力所撰《汉语诗律学》一书对于古诗入律与不入律的各种平仄句式曾有详细之讨论可以参看）①。本文之主旨既不在讨论诗之格式，因此对这方面不拟详论。至于以吟诵言，则不论古体中杂用律句与否，都不可以用吟诵近体诗之方式来吟诵。因为如本文在前面论近体声律时之所言，近体律绝在平仄声律方面有一种极具规律的间隔和呼应，因此在吟诵时自有其声律之连续性与一贯性。至于古体诗，则有时虽亦杂用律句，但却因其不能由始至终形成一贯的间隔呼应之律动，所以乃决然无法用吟诵近体诗之方式来吟诵。一般而言，近体诗之吟诵因为有声律故易于形成为一种咏唱的味道，也就是说虽是吟咏，但因其声调之抑扬乃颇近于唱。而古体诗之吟诵则因为没有抑扬的声律之缘故，因此古体诗之吟诵乃颇近于咏读的味道，也就是说虽是吟诵但声调较为平直，是一种诵读的声吻，而不是唱叹的声吻。而且七言诗的吟诵与五言诗的吟诵方式也不尽同，因为七言诗每篇的字数句数既往往都较五言诗为长，而且在形式上还可以有杂言或杂用律句等许多变化，因此如以七言诗与五言诗相比较，则五言诗之吟诵以宜于用平直叙说之口吻诵读者为多，而七言诗之吟诵则可以因其有形式上之字数句数与声律及换韵或不换韵的多种变化，因此其吟

① 王力《汉语诗律学》第 380–417 页，上海教育出版社 1963 年版。

诵的方式自然也就有了多种不同。或者可以用高扬激促之声调以传达一种气势之感，如李白写的一些七言古诗便适于用此种方式来吟诵。或者因其杂用律句而且经常换韵，因此在吟诵时便可以回环往复地传达出一种回荡之感，如白居易写的一些七言歌行便适于用此种方式来吟诵。

以上，我们虽然对各体诗之声律及形式方面的特色，以及配合着这些特色在吟诵时所当掌握的一些重点都做了简单说明，但这其实都不过只是纸上谈兵而已。至于真正在吟诵的实践中，则可能因作品之各有不同及吟者的各有不同而在实践中产生出无穷的变化。因为即使是同一格律的诗篇，同为平声字还可以有阴阳之不同，而仄声字更可以有上去入之不同。何况即使是同一声调的字，其发声还可以有开合洪细之不同。至于以诗篇之内容情意而言，则当然更是千差万别，古往今来绝不会有任何两首全然相同的作品。任何吟诵者的阅读背景、修养水平、年龄长幼、性别男女、音色高低，也绝不可能有任何两个相同的人物。如此，则由吟诵者透过声音对诗篇所做出的诠释，当然不可能制定为一种固定的如乐谱一样的死板的法则来提供给大家去遵守。因此本文所能提供的，遂只是诗歌在形式方面所应认知的一些最基本的格式，和在吟诵方面所当注意的一些最基本的常识而已。至于真正想要重振中国诗歌的吟诵之传统，则私意以为最好的方法就是付诸实践，也就是从童幼年开始就以吟唱的方式诱导孩子们养成吟诵的爱好和习惯。因为吟诵乃是一种实践的艺术，而不是可以从理性去学习的一种知识。即以我个人为例而言，我虽然在前文中举引了不少有关吟诵时所当掌握的韵律方面的重要法则，但事实上我在幼年学习吟诵的过程中，对于这些法则一无所知。我只是因为常听到我伯父和父亲的吟诵，因此在全然无意于学习的自然熏习中，学会了吟诵。而且事实上他们二人吟诵的声调并不相同，我自己吟诵的声调与他们二人也并不相同，不过我却确实从声音的直感中掌握了韵律的重点，毫不费力地学会了吟诗，而完全未曾假借于任何有关韵律的智性的知识。可见如果从童幼年开始吟诵的训练，乃是全然不会令孩子们感到任何困难的，而经由吟诵所培养出来的如我在前文所提到的联想与直感之能力，则将使他们无论以后学文或学理，为学与做人各方面都将受用不尽。（据今日“知识生态学”之研究，以为音乐性知识之学习，对儿童身心之成长有密切之关系，不过我对这方面所知不多，不敢妄加征引。）

最后还有一个重要的问题有待解决，那就是如何培养孩子们吟诵的师资之问题。如我在前文所言，吟诵既然是要由口耳相传的一种艺术，因此最好的学习方式应该就是聆听别人的吟诵。这在今日录音与录像之科技设备已极为普及的现代社会中，应该也并非难事，因为吟诵之传统虽然已经日渐消亡，但是会吟诵的人则毕竟犹有存者，所以将他们的吟诵录为音像来加以推广，实在应是想要振兴吟诵之传统的一个十分可行的办法。而且据我所知，大陆及台湾地区近年来也都曾录制过一些吟诗的音带，不过这些吟诵的音带，却并未能对重振吟诵之传统一事产生任何重要的影响。那便因为广大的社会人士对于如我们前文所言的吟诵之价值与意义并没有丝毫的认知，因此即使有吟诗的音带出版，也不过是仅在少数对吟诵感兴趣的人之间流传而已，所以私意以为此事还有待于社会上有心人士加以推广。最近我在8月11日《世界日报》的“文化集锦”栏目中，看到一则消息，标题是“中华诗词吟诵会在闽南安举行”，报道说这次汇集了大陆各地吟诵的人士，将以流动的方式依次在南安、泉州和厦门三市县进行，并且说“中华诗词是中国传统民族文化的瑰宝，而诗词的吟诵艺术又是表现诗词韵致的重要方式”。我衷心希望这一类活动能引起社会上普遍的关心和重视，尤其希望中小学的教师们，或者目前正在师范学校肄业以后将从事中小学教育的青年们，能够首先学会吟诵，如此则自然可以在教学中以口耳相传的吟唱方式，使吟诵的传统能在下一代学童中扎下根来。如果更能像日本的“百人一首”一样，为学童们举办吟诵的竞赛游戏，则吟诵一事便自然能在学童间引起普遍的兴趣。而这种兴趣的养成，我以为无论是对学文或学理的人而言，在以后的学习中都会有相当的助益。以上所言，在今日竞相追逐物欲享受的现代人看来，自不免有不合时宜之讥。不过眼见一种宝贵的文化传统之日渐消亡，做为一个深知其价值与意义的人，总不免有一种难言之痛。古人有言“知其不可为而为之”，我之所以不避不合时宜之讥，不辞辛苦地写了这一篇二万八千余字的长文，盖亦不过出于“知其不可为而为之”的不忍见其消亡之一念而已。

叶嘉莹

1992年5月1日初稿于天津南开大学

1992年9月13日定稿于哈佛燕京图书馆

附 录　曾国藩家书二则

谕纪泽七月二十一日[①]

读书之法与做人之道。

字谕纪泽儿：

余此次出门，略载日记，即将日记封每次家信中。闻林文忠家书，即系如此办法。尔在省，仅至丁、左两家，余不轻出，足慰远怀。

读书之法，看、读、写、作，四者每日不可缺一。看者，如尔去年看《史记》《汉书》韩文《近思录》，今年看《周易折中》之类是也。读者，如《四书》《诗》《书》《易经》《左传》诸经、《昭明文选》、李杜韩苏之诗、韩欧曾王之文，非高声朗诵则不能得其雄伟之概，非密咏恬吟则不能探其深远之韵。譬之富家居积，看书则在外贸易，获利三倍者也，读书则在家慎守，不轻花费者也；譬之兵家战争，看书则攻城略地，开拓土宇者也，读书则深沟坚垒，得地能守者也。看书如子夏之“日知所亡”相近，读书与“无忘所能”相近，二者不可偏废。至于写字，真行篆隶，尔颇好之，切不可间断一日。既要求好，又要求快。余生平因作字迟钝，吃亏不少。尔须力求敏捷，每日能作楷书一万则几矣。至于作诸文，亦宜在二三十岁立定规模；

---

① 湖湘文库《曾国藩全集》第二十册第 361—363 页，岳麓书社 2011 年版。

过三十后，则长进极难。作四书文，作试帖诗，作律赋，作古今体诗，作古文，作骈体文，数者不可不一一讲求，一一试为之。少年不可怕丑，须有狂者进取之趣，过时不试为之，则后此弥不肯为矣。

至于作人之道，圣贤千言万语，大抵不外敬恕二字。“仲弓问仁”一章，言敬恕最为亲切。自此以外，如立则见参于前也，在舆则见其倚于衡也；君子无众寡，无小大，无敢慢，斯为泰而不骄；正其衣冠，俨然人望而畏，斯为威而不猛。是皆言敬之最好下手者。孔言欲立立人，欲达达人；孟言行有不得，反求诸己。以仁存心，以礼存心，有终身之忧，无一朝之患。是皆言恕之最好下手者。尔心境明白，于恕字或易著功，敬字则宜勉强行之。此立德之基，不可不谨。

科场在即，亦宜保养身体。余在外平安，不多及。

涤生手谕　舟次樵舍下去江西省城八十里

再，此次日记，已封入澄侯叔函中寄至家矣。余自十二至湖口，十九夜五更开船晋江西省，二十一申刻即至章门。余不多及。又示。

谕纪泽 八月二十日[①]

教学诗学字之方法。勉其雪己之三耻。

字谕纪泽儿：

十九日曾六来营，接尔初七日第五号家信并诗一首，具悉。次日入闱，考具皆齐矣。此时计已出闱还家。

余于初八日至河口。本拟由铅山入闽，进捣崇安，已拜疏矣。光泽之贼窜扰江西，连陷泸溪、金溪、安仁三县，即在安仁屯踞。十四日派张凯章往剿。十五日余亦回驻弋阳。待安仁破灭后，余乃由泸溪云际关入闽也。

尔七古诗，气清而词亦稳，余阅之忻慰。凡作诗，最宜讲究声调。余所选抄五古九家、七古六家，声调皆极铿锵，耐人百读不厌。余所未抄者，如左太冲、江文通、陈子昂、柳子厚之五古，鲍明远、高达夫、王摩诘、陆放翁之七古，声调亦清越异常。尔欲作五古七古，须熟读五古七古各数十篇。先之以高声朗诵，以昌其气；继之以密咏恬吟，以玩其味。二者并进，使古人之声调，拂拂然若与我之喉舌相习，则下笔为诗时，必有句调凑赴腕下。诗成自读之，亦自觉琅琅可诵，引出一种兴会来。古人云“新诗改罢自长吟”，又云“煅诗未就且长吟”，可见古人惨淡经营之时，亦纯在声调上下工夫。盖有字句之诗，人籁也；无字句之诗，天籁也。解此者，能使天籁人

① 湖湘文库《曾国藩全集》第二十册第372—373页，岳麓书社2011年版。

籁凑泊而成，则于诗之道思过半矣。

尔好写字，是一好气习。近日墨色不甚光润，较去年春夏已稍退矣。以后作字，须讲究墨色。古来书家，无不善使墨者，能令一种神光活色浮于纸上，固由临池之勤染翰之多所致，亦缘于墨之新旧浓淡，用墨之轻重疾徐，皆有精意运乎其间，故能使光气常新也。

余生平有三耻：学问各途，皆略涉其涯涘，独天文算学，毫无所知，虽恒星五纬亦不识认，一耻也；每作一事，治一业，辄有始无终，二耻也；少时作字，不能临摹一家之体，遂致屡变而无所成，迟钝而不适于用，近岁在军，因作字太钝，废阁殊多，三耻也。尔若为克家之子，当思雪此三耻。推步算学，纵难通晓，恒星五纬，观认尚易。家中言天文之书，有《十七史》中各天文志，及《五礼通考》中所辑观象授时一种。每夜认明恒星二三座，不过数月，可毕识矣。凡作一事，无论大小难易，皆宜有始有终。作字时，先求圆匀，次求敏捷。若一日能作楷书一万，少或七八千，愈多愈熟，则手腕毫不费力。将来以之为学，则手钞群书，以之从政，则案无留牍。无穷受用，皆自写字之匀而且捷生出。三者皆足弥吾之缺憾矣。

今年初次下场，或中或不中，无甚关系，榜后即当看《诗经》注疏。以后穷经读史，二者迭进。国朝大儒，如顾、阎、江、戴、段、王数先生之书，亦不可不熟读而深思之。光阴难得，一刻千金。以后写安禀来营，不妨将胸中所见，简编所得，驰骋议论，俾余得以考察尔之进步，不宜太寥寥。此谕。书于弋阳军中

诗经

关关雎鸠，在河之洲。窈窕淑女，君子好逑。

[清] 石涛山水画

诗经·周南·关雎

关关雎鸠，在河之洲。窈窕淑女，君子好逑。
参差荇菜，左右流之。窈窕淑女，寤寐求之。
求之不得，寤寐思服。悠哉悠哉，辗转反侧。
参差荇菜，左右采之。窈窕淑女，琴瑟友之。
参差荇菜，左右芼之。窈窕淑女，钟鼓乐之。

注释：

◎关关：鸟鸣声。
◎逑（qiú）：配偶。
◎流：顺着水流采摘。
◎寤寐：寤，醒来；寐，入睡。
◎芼（mào）：采摘。

诗经·周南·桃夭

桃之夭夭，灼灼其华。之子于归，宜其室家。
桃之夭夭，有蕡其实。之子于归，宜其家室。
桃之夭夭，其叶蓁蓁。之子于归，宜其家人。

注释：

◎夭夭：花朵繁盛美丽的样子。
◎灼灼：桃花盛开，色彩鲜艳的样子。
◎于归：出嫁。
◎蕡（fén）：果实硕大貌。
◎蓁蓁（zhēn zhēn）：茂盛的样子。

诗经·王风·黍离

彼黍离离，彼稷之苗。行迈靡靡，中心摇摇。
知我者，谓我心忧。不知我者，谓我何求。
悠悠苍天，此何人哉！
彼黍离离，彼稷之穗。行迈靡靡，中心如醉。
知我者，谓我心忧。不知我者，谓我何求。
悠悠苍天，此何人哉！
彼黍离离，彼稷之实。行迈靡靡，中心如噎。
知我者，谓我心忧。不知我者，谓我何求。
悠悠苍天，此何人哉！

注释：

◎黍：小米。
◎稷：高粱。
◎行迈：行走不止；远行。
◎靡靡：这里形容脚步迟缓的样子。

诗经·王风·君子于役

君子于役，不知其期，曷至哉？
鸡栖于埘，日之夕矣，羊牛下来。
君子于役，如之何勿思？
君子于役，不日不月，曷其有佸？
鸡栖于桀，日之夕矣，羊牛下括。
君子于役，苟无饥渴？

注释：

◎埘（shí）：在墙上挖洞做成的鸡窝。
◎佸（huó）：会合，相会。
◎桀：供鸡栖息的木桩。
◎括：聚集到一起。

诗经·王风·兔爰

有兔爰爰，雉离于罗。我生之初，尚无为。
我生之后，逢此百罹。尚寐无吪！
有兔爰爰，雉离于罦。我生之初，尚无造。
我生之后，逢此百忧。尚寐无觉！
有兔爰爰，雉离于罿。我生之初，尚无庸。
我生之后，逢此百凶。尚寐无聪！

注释：

◎爰爰：舒缓的样子。
◎离：同“罹”，遭受。
◎罗：捕鸟兽的网，下文“罦”“罿”同。
◎吪（é）：动。

[明] 仇英《吹箫引凤》局部

诗经·郑风·有女同车

有女同车，颜如舜华。将翱将翔，佩玉琼琚。
彼美孟姜，洵美且都。
有女同行，颜如舜英。将翱将翔，佩玉将将。
彼美孟姜，德音不忘。

注释：

◎孟姜：孟指兄弟姐妹中排行最大的，姜为春秋时齐国的国姓，故称齐君的长女为孟姜。也泛指美貌的女子。
◎洵：确实。
◎德音：美好的品德。

诗经·魏风·伐檀

坎坎伐檀兮，寘之河之干兮，河水清且涟猗。
不稼不穑，胡取禾三百廛兮？
不狩不猎，胡瞻尔庭有县貆兮？
彼君子兮，不素餐兮！
坎坎伐辐兮，置之河之侧兮，河水清且直猗。
不稼不穑，胡取禾三百亿兮？
不狩不猎，胡瞻尔庭有县特兮？
彼君子兮，不素食兮！
坎坎伐轮兮，置之河之漘兮，河水清且沦猗。
不稼不穑，胡取禾三百囷兮？
不狩不猎，胡瞻尔庭有县鹑兮？
彼君子兮，不素飧兮！

注释：

◎坎坎：象声词，伐木声。
◎寘：同“置”。
◎稼：种植。
◎穑：收获。
◎漘（chún）：水边。

诗经·魏风·硕鼠（节选）

硕鼠硕鼠，无食我黍！三岁贯女，莫我肯顾。
逝将去女，适彼乐土。乐土乐土，爰得我所。

注释：

◎逝：通“誓”，表决心。
◎去：离开。
◎爰：于是，在此。
◎所：处所。

诗经·小雅·无羊

谁谓尔无羊？三百维群。谁谓尔无牛？九十其犉。
尔羊来思，其角濈濈。尔牛来思，其耳湿湿。
或降于阿，或饮于池，或寝或讹。
尔牧来思，何蓑何笠，或负其糇。
三十维物，尔牲则具。
尔牧来思，以薪以蒸，以雌以雄。
尔羊来思，矜矜兢兢，不骞不崩。
麾之以肱，毕来既升。
牧人乃梦，众维鱼矣，旐维旟矣。大人占之：
众维鱼矣，实维丰年；旐维旟矣，室家溱溱。

注释：

◎犉（rún）：大牛，牛生七尺曰“犉”。
◎濈濈（jí jí）：聚集的样子。
◎糇（hóu）：干粮。
◎蒸：细小的木柴。

诗经·小雅·隰桑

隰桑有阿，其叶有难。既见君子，其乐如何！
隰桑有阿，其叶有沃。既见君子，云何不乐！
隰桑有阿，其叶有幽。既见君子，德音孔胶。
心乎爱矣，遐不谓矣？中心藏之，何日忘之？

注释：

◎隰（xí）：低湿的地方。
◎难（nuó）：茂盛貌。
◎君子：这里指爱慕的对象。

楚辞

日月忽其不淹兮，
春与秋其代序。
惟草木之零落兮，
恐美人之迟暮。

〔明〕仇英《枫溪垂钓图》

离骚（节选一）

【战国】屈原

纷吾既有此内美兮，又重之以修能。
扈江离与辟芷兮，纫秋兰以为佩。
汩余若将不及兮，恐年岁之不吾与。
朝搴阰之木兰兮，夕揽洲之宿莽。
日月忽其不淹兮，春与秋其代序。
惟草木之零落兮，恐美人之迟暮。

注释：

◎修：美好。
◎江离：与下文的辟芷、秋兰等均表示香草名。
◎淹：留。

离骚（节选二）

【战国】屈原

朝饮木兰之坠露兮，夕餐秋菊之落英。
苟余情其信姱以练要兮，长顑颔亦何伤？
擥木根以结茝兮，贯薜荔之落蕊。
矫菌桂以纫蕙兮，索胡绳之纚纚。
謇吾法夫前修兮，非世俗之所服。
虽不周于今之人兮，愿依彭咸之遗则。

注释：

◎姱：美好。
◎顑颔（kǎn hàn）：因饥饿而面黄肌瘦的样子。
◎擥（lǎn）：采摘。

离骚（节选三）

【战国】屈原

余以兰为可恃兮，羌无实而容长。
委厥美以从俗兮，苟得列乎众芳。
椒专佞以慢慆兮，榝又欲充夫佩帏。
既干进而务入兮，又何芳之能祗。
固时俗之流从兮，又孰能无变化？
览椒兰其若兹兮，又况揭车与江离。

注释：

◎委：丢弃，这里指遭人抛弃。
◎慢慆（tāo）：傲慢放肆。
◎干：求。

九歌·少司命（节选）

【战国】屈原

入不言兮出不辞，乘回风兮载云旗。
悲莫悲兮生别离，乐莫乐兮新相知。

注释：

◎生别离：难以再见的离别。
◎相知：互相了解，知心。

九歌·东皇太一

【战国】屈原

吉日兮辰良，穆将愉兮上皇。
抚长剑兮玉珥，璆锵鸣兮琳琅。
瑶席兮玉瑱，盍将把兮琼芳。
蕙肴蒸兮兰藉，奠桂酒兮椒浆。
扬枹兮拊鼓。疏缓节兮安歌，陈竽瑟兮浩倡。
灵偃蹇兮姣服，芳菲菲兮满堂。
五音纷兮繁会，君欣欣兮乐康。

注释：

◎蕙肴：以蕙草蒸肉。
◎枹（fú）：鼓槌。
◎拊（fǔ）：敲击。
◎偃蹇（yān jiǎn）：舞姿优美的样子。

［北宋］赵佶《溪山秋色图》

九歌·湘夫人（节选）

【战国】屈原

闻佳人兮召予，将腾驾兮偕逝。
筑室兮水中，葺之兮荷盖。
荪壁兮紫坛，播芳椒兮成堂。
桂栋兮兰橑，辛夷楣兮药房。
罔薜荔兮为帷，擗蕙櫋兮既张。
白玉兮为镇，疏石兰兮为芳。
芷葺兮荷屋，缭之兮杜衡。
合百草兮实庭，建芳馨兮庑门。

注释：

◎偕逝：同往。
◎罔：同“网”，编结。
◎擗：掰开。
◎杜衡：香草名。

九歌·山鬼（节选）

【战国】屈原

若有人兮山之阿，被薜荔兮带女罗。
既含睇兮又宜笑，子慕予兮善窈窕。
乘赤豹兮从文狸，辛夷车兮结桂旗。
被石兰兮带杜衡，折芳馨兮遗所思。
余处幽篁兮终不见天，路险难兮独后来。
表独立兮山之上，云容容兮而在下。

注释：

◎女罗：同“女萝”。
◎含睇：微眄貌。
◎文：花纹。

天问（节选一）

【战国】屈原

曰：遂古之初，谁传道之？
上下未形，何由考之？
冥昭瞢暗，谁能极之？
冯翼惟象，何以识之？
明明暗暗，惟时何为？
阴阳三合，何本何化？
圜则九重，孰营度之？
惟兹何功，孰初作之？

注释：

◎冯（píng）翼：元气充盈貌。
◎本：宇宙的本体。
◎化：宇宙的变化。

天问（节选二）

【战国】屈原

天命反侧，何罚何佑？
齐桓九会，卒然身杀。
彼王纣之躬，孰使乱惑？
何恶辅弼，谗谄是服？
比干何逆，而抑沉之？
雷开阿顺，而赐封之？
何圣人之一德，卒其异方？
梅伯受醢，箕子详狂。

注释：

◎反侧：反复无常。
◎雷开：纣时佞臣。
◎阿顺：阿谀媚顺。
◎醢（hǎi）：剁成肉酱。
◎箕子：纣时贤臣。
◎详：通“佯”。佯狂即装疯。

渔父（节选）

【战国】屈原

屈原曰："举世皆浊我独清，众人皆醉我独醒，是以见放。"渔父曰："圣人不凝滞于物，而能与世推移。……何故深思高举，自令放为？"屈原曰："吾闻之：新沐者必弹冠，新浴者必振衣。安能以身之察察，受物之汶汶者乎？宁赴湘流，葬于江鱼之腹中。安能以皓皓之白，而蒙世俗之尘埃乎？"渔父莞尔而笑……歌曰："沧浪之水清兮，可以濯吾缨；沧浪之水浊兮，可以濯吾足。"遂去，不复与言。

注释：

◎高举：在此译为自命清高，含贬义。
◎察察：洁净。
◎汶汶：玷辱。

乐府

江南可采莲，
莲叶何田田。
鱼戏莲叶间。
鱼戏莲叶东，
鱼戏莲叶西，
鱼戏莲叶南，
鱼戏莲叶北。

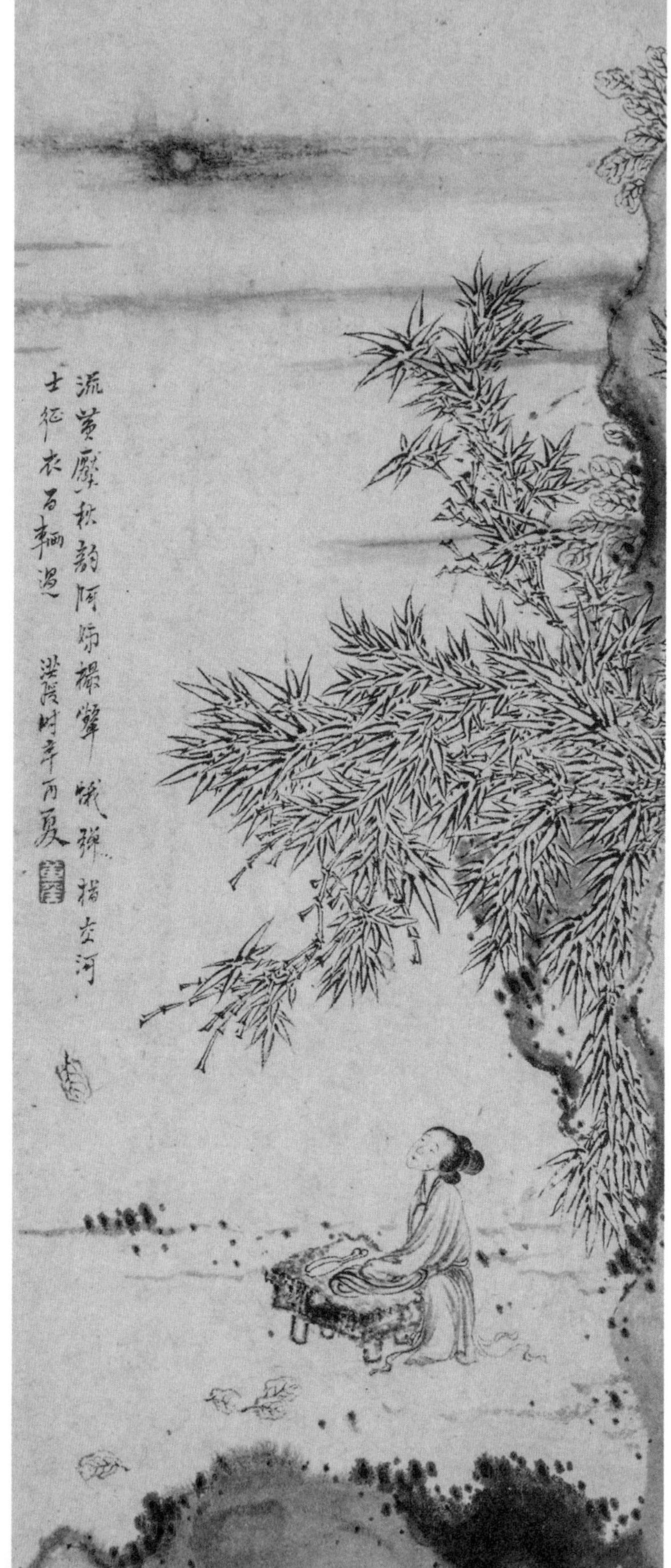

［明］陈洪绶人物图

佳人歌

【汉】李延年

北方有佳人，绝世而独立。
一顾倾人城，再顾倾人国。
宁不知倾城与倾国？佳人难再得。

注释：

◎再顾：再次回视。
◎倾城：形容女子极其美丽，下文“倾国”同。

江南

汉乐府

江南可采莲，莲叶何田田。
鱼戏莲叶间。鱼戏莲叶东，
鱼戏莲叶西，鱼戏莲叶南，
鱼戏莲叶北。

注释：

◎采莲：采摘莲子。
◎田田：荷叶茂密的样子。
◎戏：嬉戏。

上邪

汉乐府

上邪！我欲与君相知，长命无绝衰。

山无陵，江水为竭，冬雷震震，夏雨雪，天地合，乃敢与君绝！

注释：

◎ 上邪：天啊，有指天为誓的意思。

◎ 长命：长使、永教之意。

◎ 江水：长江。

十五从军征

汉乐府

十五从军征，八十始得归。
道逢乡里人："家中有阿谁？"
"遥看是君家，松柏冢累累。"
兔从狗窦入，雉从梁上飞。
中庭生旅谷，井上生旅葵。
舂谷持作饭，采葵持作羹。
羹饭一时熟，不知饴阿谁。
出门东向看，泪落沾我衣。

注释：

◎累累（lěi lěi）：众多的样子。
◎旅谷：野生的谷子。
◎饴：同"贻"，送给。

敕勒歌

北朝乐府

敕勒川，阴山下。天似穹庐，笼盖四野。
天苍苍，野茫茫。风吹草低见牛羊。

注释：

◎川：广阔的原野。
◎穹庐：用毡布搭成的帐篷，即蒙古包。
◎见：同“现”，显露的意思。

［清］石涛山水图

木兰诗（节选）

北朝乐府

唧唧复唧唧，木兰当户织。不闻机杼声，唯闻女叹息。

问女何所思，问女何所忆。女亦无所思，女亦无所忆。昨夜见军帖，可汗大点兵，军书十二卷，卷卷有爷名。阿爷无大儿，木兰无长兄，愿为市鞍马，从此替爷征。

东市买骏马，西市买鞍鞯，南市买辔头，北市买长鞭。朝辞爷娘去，暮宿黄河边，不闻爷娘唤女声，但闻黄河流水鸣溅溅。旦辞黄河去，暮宿黑山头，不闻爷娘唤女声，但闻燕山胡骑声啾啾。

注释：

◎唧唧：叹息声。
◎机杼声：织布机发出的声音。
◎忆：思念。
◎市：买。
◎胡骑：胡人的战马。胡，古代对西北部民族的称呼。

折杨柳枝词（选三）

北朝乐府

门前一株枣，岁岁不知老。
阿婆不嫁女，那得孙儿抱！

敕敕何力力，女子临窗织。
不闻机杼声，只闻女叹息。

问女何所思，问女何所忆。
阿婆许嫁女，今年无消息。

子夜吴歌·秋歌

【唐】李白

长安一片月，万户捣衣声。
秋风吹不尽，总是玉关情！
何日平胡虏？良人罢远征！

注释：

◎玉关：玉门关，在今甘肃省敦煌市西北。这里指良人戍边之地。

◎平胡虏：平定侵扰边境的敌人。

◎良人：古时女子对丈夫的称呼。

游子吟

【唐】孟郊

慈母手中线，游子身上衣。
临行密密缝，意恐迟迟归。
谁言寸草心，报得三春晖。

注释：

◎游子：离乡在外的人。
◎寸草：小草。这里指游子。
◎三春：即春季。农历将春天的三个月称作孟春、仲春、季春，合称三春。

[北宋] 赵佶竹禽图局部

拟乐府

君家何处住，
妾住在横塘。
停舟暂借问，
或恐是同乡。

［明］仇英《枫溪垂钓图》局部

短歌行（节选）

【三国】曹操

对酒当歌，人生几何！
譬如朝露，去日苦多。
慨当以慷，忧思难忘。
何以解忧？唯有杜康。
……
月明星稀，乌鹊南飞。
绕树三匝，何枝可依。
山不厌高，海不厌深。
周公吐哺，天下归心。

注释：

◎几何：多少。
◎杜康：相传是最早发明用粮食酿酒的人，这里指酒。

行路难（其一）

【唐】李白

金樽清酒斗十千，玉盘珍羞直万钱。
停杯投箸不能食，拔剑四顾心茫然。
欲渡黄河冰塞川，将登太行雪满山。
闲来垂钓碧溪上，忽复乘舟梦日边。
行路难，行路难，多歧路，今安在？
长风破浪会有时，直挂云帆济沧海。

注释：

◎金樽：对酒杯的美称。樽，盛酒的器具。
◎羞：同“馐”，美味的食物。
◎会：终将。

长干行（其一）

【唐】李白

妾发初覆额，折花门前剧。
郎骑竹马来，绕床弄青梅。
同居长干里，两小无嫌猜。
十四为君妇，羞颜未尝开。
低头向暗壁，千唤不一回。
十五始展眉，愿同尘与灰。
常存抱柱信，岂上望夫台。
十六君远行，瞿塘滟滪堆。
五月不可触，猿声天上哀。
门前迟行迹，一一生绿苔。
苔深不能扫，落叶秋风早。
八月胡蝶黄，双飞西园草。
感此伤妾心，坐愁红颜老。
早晚下三巴，预将书报家。
相迎不道远，直至长风沙。

注释：

◎剧：游戏。
◎羞颜：羞涩的面容。
◎抱柱：意为坚守信约。

长干曲（其一）

【唐】崔颢

君家何处住，妾住在横塘。
停舟暂借问，或恐是同乡。

注释：

◎横塘：古堤名。
◎或恐：可能，也许。

陇西行（其二）

【唐】陈陶

誓扫匈奴不顾身，五千貂锦丧胡尘。
可怜无定河边骨，犹是春闺梦里人！

注释：

◎无定河：黄河中游支流，在今陕西北部。
◎春闺：女子的闺房，这里指闺中的女子。

[明]陈洪绶《黄河巨津》

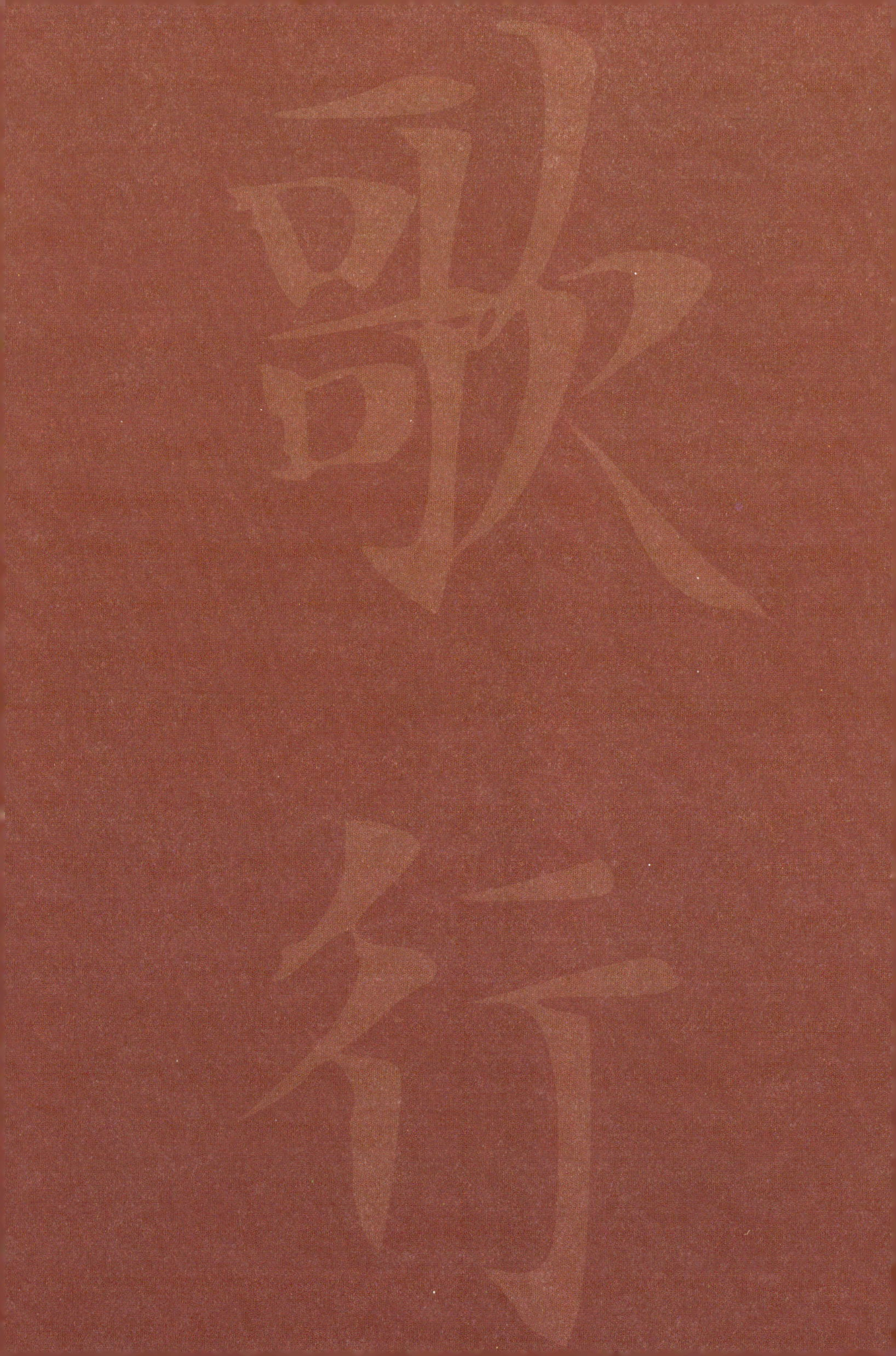
歌行

歌行

秋风萧瑟天气凉，
草木摇落露为霜。
群燕辞归雁南翔，
念君客游思断肠。

［明］仇英《停琴听阮图》局部

燕歌行

【三国】曹丕

秋风萧瑟天气凉，草木摇落露为霜。
群燕辞归雁南翔，念君客游思断肠。
慊慊思归恋故乡，何为淹留寄他方？
贱妾茕茕守空房，忧来思君不敢忘，
不觉泪下沾衣裳。援琴鸣弦发清商，
短歌微吟不能长。明月皎皎照我床，
星汉西流夜未央。牵牛织女遥相望，
尔独何辜限河梁。

◎摇落：凋零。
◎慊慊：空虚。
◎茕茕：孤独无依的样子。
◎援琴：持琴，弹琴。
◎河梁：桥梁。

将进酒

【唐】李白

君不见黄河之水天上来，奔流到海不复回。
君不见高堂明镜悲白发，朝如青丝暮成雪。
人生得意须尽欢，莫使金樽空对月。
天生我材必有用，千金散尽还复来。
烹羊宰牛且为乐，会须一饮三百杯。
岑夫子，丹丘生，将进酒，杯莫停。
与君歌一曲，请君为我倾耳听。
钟鼓馔玉不足贵，但愿长醉不愿醒。
古来圣贤皆寂寞，惟有饮者留其名。
陈王昔时宴平乐，斗酒十千恣欢谑。
主人何为言少钱，径须沽取对君酌。
五花马，千金裘，呼儿将出换美酒，
与尔同销万古愁。

注释：

◎将进酒："将"读 jiāng。
◎会须：应当。
◎馔玉：美好的饮食。馔，吃喝。玉，像玉一样美好。不愿，一作"不爱""不用"。
◎寂寞：指被世人冷落。
◎宴：举行宴会。
◎将：拿。

长恨歌（节选）

【唐】白居易

汉皇重色思倾国，御宇多年求不得。
杨家有女初长成，养在深闺人未识。
天生丽质难自弃，一朝选在君王侧。
回眸一笑百媚生，六宫粉黛无颜色。
春寒赐浴华清池，温泉水滑洗凝脂。
侍儿扶起娇无力，始是新承恩泽时。
云鬓花颜金步摇，芙蓉帐暖度春宵。
春宵苦短日高起，从此君王不早朝。
承欢侍宴无闲暇，春从春游夜专夜。
后宫佳丽三千人，三千宠爱在一身。
金屋妆成娇侍夜，玉楼宴罢醉和春。
姊妹弟兄皆列土，可怜光彩生门户。
遂令天下父母心，不重生男重生女。
骊宫高处入青云，仙乐风飘处处闻。
缓歌慢舞凝丝竹，尽日君王看不足。
渔阳鼙鼓动地来，惊破霓裳羽衣曲。
……

回头下望人寰处，不见长安见尘雾。
唯将旧物表深情，钿合金钗寄将去。
钗留一股合一扇，钗擘黄金合分钿。
但教心似金钿坚，天上人间会相见。
临别殷勤重寄词，词中有誓两心知。
七月七日长生殿，夜半无人私语时。
在天愿作比翼鸟，在地愿为连理枝。
天长地久有时尽，此恨绵绵无绝期。

注释：

◎御宇：指统治天下。
◎侍儿：指宫女。
◎可怜：可爱，可羡。

五言古诗

五言古诗

行行重行行，
与君生别离。
相去万余里，
各在天一涯。
道路阻且长，
会面安可知。
胡马依北风，
越鸟巢南枝。

[清] 石涛山水图

东城高且长

古诗十九首

东城高且长，逶迤自相属。
回风动地起，秋草萋已绿。
四时更变化，岁暮一何速！
晨风怀苦心，蟋蟀伤局促。
荡涤放情志，何为自结束！
燕赵多佳人，美者颜如玉。
被服罗裳衣，当户理清曲。
音响一何悲！弦急知柱促。
驰情整巾带，沉吟聊踯躅。
思为双飞燕，衔泥巢君屋。

注释：

◎相属：连续不断。
◎自结束：指自我约束。结束指拘束。

行行重行行

古诗十九首

行行重行行，与君生别离。
相去万余里，各在天一涯。
道路阻且长，会面安可知。
胡马依北风，越鸟巢南枝。
相去日已远，衣带日已缓。
浮云蔽白日，游子不顾返。
思君令人老，岁月忽已晚。
弃捐勿复道，努力加餐饭。

注释：

◎相去：距离。
◎巢南枝：意为思念故土。
◎弃捐：抛弃。

客从远方来

古诗十九首

客从远方来，遗我一端绮。
相去万余里，故人心尚尔。
文采双鸳鸯，裁为合欢被。
着以长相思，缘以结不解。
以胶投漆中，谁能别离此？

注释：

◎一端：半匹。
◎缘：镶边，饰边。

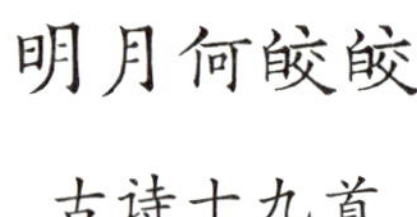

明月何皎皎

古诗十九首

明月何皎皎，照我罗床帏。
忧愁不能寐，揽衣起徘徊。
客行虽云乐，不如早旋归。
出户独彷徨，愁思当告谁。
引领还入房，泪下沾裳衣。

注释：

◎罗床帏：指用罗制成的床帐。
◎揽衣：披衣。
◎旋归：回家。旋，还。

去者日以疏

古诗十九首

去者日以疏，来者日以亲。
出郭门直视，但见丘与坟。
古墓犁为田，松柏摧为薪。
白杨多悲风，萧萧愁杀人。
思还故里闾，欲归道无因。

注释：

◎薪：柴火。
◎里闾：里巷，乡里。

[明]仇英《桃源图卷》局部

冉冉孤生竹

古诗十九首

冉冉孤生竹，结根泰山阿。
与君为新婚，菟丝附女萝。
菟丝生有时，夫妇会有宜。
千里远结婚，悠悠隔山陂。
思君令人老，轩车来何迟。
伤彼蕙兰花，含英扬光辉。
过时而不采，将随秋草萎。
君亮执高节，贱妾亦何为。

注释：

◎泰山：指高山或大山。
◎阿：山坳。
◎山陂：指山和水。

涉江采芙蓉

古诗十九首

涉江采芙蓉，兰泽多芳草。
采之欲遗谁，所思在远道。
还顾望旧乡，长路漫浩浩。
同心而离居，忧伤以终老。

注释：

◎兰泽：长有兰草的沼泽地。
◎还顾：回头看。
◎旧乡：故乡。
◎漫浩浩：形容无边无际。

生年不满百

古诗十九首

生年不满百，常怀千岁忧。
昼短苦夜长，何不秉烛游。
为乐当及时，何能待来兹。
愚者爱惜费，但为后世嗤。
仙人王子乔，难可与等期。

注释：

◎千岁忧：指忧虑很深。
◎费：指钱财。
◎嗤：讥笑。
◎期：等待。

迢迢牵牛星

古诗十九首

迢迢牵牛星，皎皎河汉女。
纤纤擢素手，札札弄机杼。
终日不成章，泣涕零如雨。
河汉清且浅，相去复几许？
盈盈一水间，脉脉不得语。

注释：

◎迢迢：路途遥远。
◎擢：伸出。
◎不成章：这里指织女因思念而无心织布。

庭中有奇树

古诗十九首

庭中有奇树，绿叶发华滋。
攀条折其荣，将以遗所思。
馨香盈怀袖，路远莫致之。
此物何足贵，但感别经时。

注释：

◎ 发华滋：花开繁盛。华，同“花”。
◎ 荣：指花。

［北宋］赵佶《瑞鹤图》

西北有高楼

古诗十九首

西北有高楼，上与浮云齐。
交疏结绮窗，阿阁三重阶。
上有弦歌声，音响一何悲。
谁能为此曲，无乃杞梁妻。
清商随风发，中曲正徘徊。
一弹再三叹，慷慨有余哀。
不惜歌者苦，但伤知音稀。
愿为双鸿鹄，奋翅起高飞。

注释：

◎阿阁：指四面有曲檐的楼阁。
◎清商：乐曲名，声情哀怨。
◎双鸿鹄：这里指情意相投的人。

归园田居（其一）

【东晋】陶渊明

少无适俗韵，性本爱丘山。
误落尘网中，一去三十年。
羁鸟恋旧林，池鱼思故渊。
开荒南野际，守拙归园田。
方宅十余亩，草屋八九间。
榆柳荫后檐，桃李罗堂前。
暧暧远人村，依依墟里烟。
狗吠深巷中，鸡鸣桑树颠。
户庭无尘杂，虚室有余闲。
久在樊笼里，复得返自然。

注释：

◎羁鸟：笼中鸟。
◎守拙：指不随波逐流，坚守本性。
◎暧暧：昏暗，模糊。
◎墟里：村落。
◎樊笼：指官场生活。

归园田居（其二）

【东晋】陶渊明

野外罕人事，穷巷寡轮鞅。
白日掩荆扉，虚室绝尘想。
时复墟曲中，披草共来往。
相见无杂言，但道桑麻长。
桑麻日已长，我土日已广。
常恐霜霰至，零落同草莽。

注释：

◎人事：指和俗人结交往来的事。
◎轮鞅：车马。
◎荆扉：柴门。
◎尘想：尘世的杂念。
◎墟曲：村落。

归园田居（其三）

【东晋】陶渊明

种豆南山下，草盛豆苗稀。
晨兴理荒秽，带月荷锄归。
道狭草木长，夕露沾我衣。
衣沾不足惜，但使愿无违。

注释：

◎兴：动身。
◎荒秽：指杂草。
◎荷：扛着。
◎足：值得。
◎违：违背。

归园田居（其四）

【东晋】陶渊明

久去山泽游，浪莽林野娱。
试携子侄辈，披榛步荒墟。
徘徊丘垄间，依依昔人居。
井灶有遗处，桑竹残朽株。
借问采薪者，此人皆焉如？
薪者向我言，死没无复余。
一世异朝市，此语真不虚。
人生似幻化，终当归空无。

注释：

◎榛：丛生的草木。
◎一世：三十年为一世。
◎幻化：人生的变化无常。

[明] 仇英《桃源图卷》局部

拟古九首（其一）

【东晋】陶渊明

荣荣窗下兰，密密堂前柳。
初与君别时，不谓行当久。
出门万里客，中道逢嘉友。
未言心相醉，不在接杯酒。
兰枯柳亦衰，遂令此言负。
多谢诸少年，相知不忠厚。
意气倾人命，离隔复何有？

注释：

◎荣荣：繁茂的样子。
◎中道：中途。
◎多谢：多加告诫。
◎倾人命：断送性命。

拟古九首（其三）

【东晋】陶渊明

仲春遘时雨，始雷发东隅。
众蛰各潜骇，草木从横舒。
翩翩新来燕，双双入我庐。
先巢故尚在，相将还旧居。
自从分别来，门庭日荒芜；
我心固匪石，君情定何如？

注释：

◎遘：逢，遇上。
◎众蛰：各种冬眠的动物。
◎潜骇：在潜藏处被惊醒。
◎先巢：旧窝。

拟古九首（其四）

【东晋】陶渊明

迢迢百尺楼，分明望四荒。
暮作归云宅，朝为飞鸟堂。
山河满目中，平原独茫茫。
古时功名士，慷慨争此场。
一旦百岁后，相与还北邙。
松柏为人伐，高坟互低昂。
颓基无遗主，游魂在何方。
荣华诚足贵，亦复可怜伤。

注释：

◎功名士：追逐功名利禄的人。
◎此场：指所望的山河、平原。
◎北邙：山名。

拟古九首（其六）

【东晋】陶渊明

苍苍谷中树，冬夏常如兹。
年年见霜雪，谁谓不知时？
厌闻世上语，结友到临淄。
稷下多谈士，指彼决吾疑。
装束既有日，已与家人辞。
行行停出门，还坐更自思。
不怨道里长，但畏人我欺。
万一不合意，永为世笑嗤。
伊怀难具道，为君作此诗。

注释：

◎临淄：地名，战国时齐国国都，在今山东省。
◎稷下：古地名。
◎装束：准备行装。

拟古九首（其九）

【东晋】陶渊明

种桑长江边，三年望当采。
枝条始欲茂，忽值山河改。
柯叶自摧折，根株浮沧海。
春蚕既无食，寒衣欲谁待。
本不植高原，今日复何悔。

注释：

◎值：逢。
◎柯：枝干。

[明] 陈洪绶《兰花柱石》

饮酒（其一）

【东晋】陶渊明

衰荣无定在，彼此更共之。
邵生瓜田中，宁似东陵时！
寒暑有代谢，人道每如兹。
达人解其会，逝将不复疑。
忽与一觞酒，日夕欢相持。

注释：

◎无定在：没有定数，变化不定。
◎邵生：邵平，秦时为东陵侯，秦亡后为平民，因家贫种瓜于长安城东。
◎达人：通达事理的人。

饮酒（其二）

【东晋】陶渊明

积善云有报，夷叔在西山。
善恶苟不应，何事空立言？
九十行带索，饥寒况当年。
不赖固穷节，百世当谁传。

注释：

◎夷叔：伯夷、叔齐，商朝孤竹君的两个儿子。
◎当年：指壮年。
◎固穷节：坚守穷困时的节操。

饮酒（其三）

【东晋】陶渊明

道丧向千载，人人惜其情。
有酒不肯饮，但顾世间名。
所以贵我身，岂不在一生。
一生复能几，倏如流电惊。
鼎鼎百年内，持此欲何成！

注释：

◎世间名：指世俗的虚名。
◎复能几：又能有多久。
◎倏：迅速。

饮酒（其四）

【东晋】陶渊明

栖栖失群鸟，日暮犹独飞。
徘徊无定止，夜夜声转悲。
厉响思清远，去来何依依。
因值孤生松，敛翮遥来归。
劲风无荣木，此荫独不衰。
托身已得所，千载不相违。

注释：

◎厉响：鸣叫声激越。
◎值：遇见。
◎敛翮：收起翅膀。

饮酒（其五）

【东晋】陶渊明

结庐在人境，而无车马喧。
问君何能尔，心远地自偏。
采菊东篱下，悠然见南山。
山气日夕佳，飞鸟相与还。
此中有真意，欲辨已忘言。

注释：

◎结庐：建造屋舍。
◎人境：喧嚣的尘世。
◎尔：如此，这般。
◎日夕：傍晚。

[清] 石涛《悠然见南山》

饮酒（其七）

【东晋】陶渊明

秋菊有佳色，裛露掇其英。
泛此忘忧物，远我遗世情。
一觞虽独尽，杯尽壶自倾。
日入群动息，归鸟趣林鸣。
啸傲东轩下，聊复得此生。

注释：

◎裛（yì）：通“浥”，沾湿。
◎掇：采摘。
◎忘忧物：指酒。

杂诗（其一）

【东晋】陶渊明

人生无根蒂，飘如陌上尘。
分散逐风转，此已非常身。
落地为兄弟，何必骨肉亲！
得欢当作乐，斗酒聚比邻。
盛年不重来，一日难再晨。
及时当勉励，岁月不待人。

注释：

◎陌：泛指路。
◎落地：刚生下来。
◎盛年：壮年。

杂诗（其二）

【东晋】陶渊明

白日沦西阿，素月出东岭。
遥遥万里辉，荡荡空中景。
风来入房户，夜中枕席冷。
气变悟时易，不眠知夕永。
欲言无予和，挥杯劝孤影。
日月掷人去，有志不获骋。
念此怀悲凄，终晓不能静。

注释：

◎时易：时节变化。
◎夕永：夜长。
◎无予和：没人和我答话。

移居（其一）

【东晋】陶渊明

昔欲居南村，非为卜其宅。
闻多素心人，乐与数晨夕。
怀此颇有年，今日从兹役。
敝庐何必广，取足蔽床席。
邻曲时时来，抗言谈在昔。
奇文共欣赏，疑义相与析。

注释：

◎素心人：指心性纯洁善良的人。
◎敝庐：破旧的房屋。

移居（其二）

【东晋】陶渊明

春秋多佳日，登高赋新诗。
过门更相呼，有酒斟酌之。
农务各自归，闲暇辄相思。
相思则披衣，言笑无厌时。
此理将不胜，无为忽去兹。
衣食当须纪，力耕不吾欺。

注释：

◎辄：就。
◎厌：满足。
◎纪：经营。

［明］陈洪绶《花石图》局部

读山海经（其一）

【东晋】陶渊明

孟夏草木长，绕屋树扶疏。
众鸟欣有托，吾亦爱吾庐。
既耕亦已种，时还读我书。
穷巷隔深辙，颇回故人车。
欢言酌春酒，摘我园中蔬。
微雨从东来，好风与之俱。
泛览周王传，流观山海图。
俯仰终宇宙，不乐复何如！

注释：

◎孟夏：初夏。
◎泛览：浏览。下文“流观”同。

和郭主簿（其一）

【东晋】陶渊明

蔼蔼堂前林，中夏贮清阴。
凯风因时来，回飙开我襟。
息交游闲业，卧起弄书琴。
园蔬有余滋，旧谷犹储今。
营己良有极，过足非所钦。
春秣作美酒，酒熟吾自斟。
弱子戏我侧，学语未成音。
此事真复乐，聊用忘华簪。
遥遥望白云，怀古一何深。

注释：

◎蔼蔼：茂盛的样子。
◎回飙：回风。
◎闲业：不急之务，即弹琴、读书之类。
◎华簪：华贵的发簪，这里指富贵。

咏贫士（其一）

【东晋】陶渊明

万族各有托，孤云独无依。
暧暧空中灭，何时见余辉。
朝霞开宿雾，众鸟相与飞。
迟迟出林翮，未夕复来归。
量力守故辙，岂不寒与饥？
知音苟不存，已矣何所悲。

注释：

◎万族：万类。
◎宿雾：夜雾。
◎故辙：旧道，指安贫之道。

春晓

【唐】孟浩然

春眠不觉晓，处处闻啼鸟。
夜来风雨声，花落知多少。

注释：

◎晓：早晨天刚亮的时候。
◎闻：听见。

白石滩

【唐】王维

清浅白石滩，绿蒲向堪把。
家住水东西，浣纱明月下。

注释：

◎白石滩：辋水边一片白石形成的浅滩。是著名的辋川二十景之一。
◎蒲：一种植物。

[清]石涛山水画

鹿柴

【唐】王维

空山不见人，但闻人语响。
返景入深林，复照青苔上。

注释：

◎鹿柴：地名。柴，通“寨”，指树木围成的栅栏。
◎闻：听见。
◎返景：夕阳返照的光。景同“影”，读作“yǐng”。

栾家濑

【唐】王维

飒飒秋雨中，浅浅石溜泻。
跳波自相溅，白鹭惊复下。

注释：

◎濑：指从石沙滩急泻的流水。
◎浅浅：同“溅溅”，水流急的样子。

辛夷坞

【唐】王维

木末芙蓉花，山中发红萼。
涧户寂无人，纷纷开且落。

注释：

◎木末：树梢。
◎芙蓉花：指辛夷。

下终南山过斛斯山人宿置酒

【唐】李白

暮从碧山下，山月随人归。
却顾所来径，苍苍横翠微。
相携及田家，童稚开荆扉。
绿竹入幽径，青萝拂行衣。
欢言得所憩，美酒聊共挥。
长歌吟松风，曲尽河星稀。
我醉君复乐，陶然共忘机。

注释：

◎过：拜访。
◎斛斯山人：复姓斛斯的一位隐士。
◎挥：举杯。

月下独酌

【唐】李白

花间一壶酒，独酌无相亲。
举杯邀明月，对影成三人。
月既不解饮，影徒随我身。
暂伴月将影，行乐须及春。
我歌月徘徊，我舞影零乱。
醒时同交欢，醉后各分散。
永结无情游，相期邈云汉。

注释：

◎酌：饮酒。
◎无相亲：没有亲近的人。
◎邈：遥远。

[明] 仇英《汉宫春晓图》局部

静夜思

【唐】李白

床前明月光，疑是地上霜。
举头望明月，低头思故乡。

注释：

◎疑：好像。
◎举头：抬头。

佳人

【唐】杜甫

绝代有佳人，幽居在空谷。
自云良家子，零落依草木。
关中昔丧乱，兄弟遭杀戮。
官高何足论，不得收骨肉。
世情恶衰歇，万事随转烛。
夫婿轻薄儿，新人美如玉。
合昏尚知时，鸳鸯不独宿。
但见新人笑，那闻旧人哭。
在山泉水清，出山泉水浊。
侍婢卖珠回，牵萝补茅屋。
摘花不插发，采柏动盈掬。
天寒翠袖薄，日暮倚修竹。

注释：

◎丧乱：死亡祸乱，这里指安史之乱。
◎旧人：佳人自称。
◎修：长，高。

羌村（其一）

【唐】杜甫

峥嵘赤云西，日脚下平地。
柴门鸟雀噪，归客千里至。
妻孥怪我在，惊定还拭泪。
世乱遭飘荡，生还偶然遂！
邻人满墙头，感叹亦歔欷。
夜阑更秉烛，相对如梦寐。

注释：

◎归客：旅居在外回家的人。
◎妻孥：妻子和儿女。
◎飘荡：飘泊无定。
◎歔欷：悲泣，叹息。

羌村（其二）

【唐】杜甫

晚岁迫偷生，还家少欢趣。
娇儿不离膝，畏我复却去。
忆昔好追凉，故绕池边树。
萧萧北风劲，抚事煎百虑。
赖知禾黍收，已觉糟床注。
如今足斟酌，且用慰迟暮。

注释：

◎追凉：乘凉。
◎抚事：追思往事；感念时事。
◎糟床：榨酒的器具。

［清］佚名《万国来朝图》局部

[明]仇英《兰亭图扇面》

羌村（其三）

【唐】杜甫

群鸡正乱叫，客至鸡斗争。
驱鸡上树木，始闻叩柴荆。
父老四五人，问我久远行。
手中各有携，倾榼浊复清。
苦辞酒味薄，黍地无人耕。
兵革既未息，儿童尽东征。
请为父老歌，艰难愧深情。
歌罢仰天叹，四座泪纵横。

注释：

◎柴荆：指用荆条做的简陋门户。
◎父老：对老年人的尊称。
◎兵革：指战争。

石壕吏

【唐】杜甫

暮投石壕村，有吏夜捉人。
老翁逾墙走，老妇出门看。
吏呼一何怒！妇啼一何苦！
听妇前致词，三男邺城戍。
一男附书至，二男新战死。
存者且偷生，死者长已矣！
室中更无人，惟有乳下孙。
孙有母未去，出入无完裙。
老妪力虽衰，请从吏夜归。
急应河阳役，犹得备晨炊。
夜久语声绝，如闻泣幽咽。
天明登前途，独与老翁别。

注释：

◎附书：寄信。
◎乳下：指正在吃奶，形容幼小。
◎前途：指将行经的前方路途。

赠卫八处士

【唐】杜甫

人生不相见，动如参与商。
今夕复何夕，共此灯烛光。
少壮能几时？鬓发各已苍！
访旧半为鬼，惊呼热中肠。
焉知二十载，重上君子堂。
昔别君未婚，儿女忽成行。
怡然敬父执，问我来何方。
问答乃未已，驱儿罗酒浆。
夜雨翦春韭，新炊间黄粱。
主称会面难，一举累十觞。
十觞亦不醉，感子故意长。
明日隔山岳，世事两茫茫。

注释：

◎访旧：探望老朋友。
◎父执：父亲的朋友。
◎故意：旧友的情意。

独觉

【唐】柳宗元

觉来窗牖空，寥落雨声晓。
良游怨迟暮，末事惊纷扰。
为问经世心，古人难尽了。

注释：

◎窗牖：窗户。
◎末事：琐碎小事。
◎经世：治理国家大事。

江雪

【唐】柳宗元

千山鸟飞绝，万径人踪灭。
孤舟蓑笠翁，独钓寒江雪。

注释：

◎绝：没有。
◎径：小路。
◎蓑笠：蓑衣和斗笠。

[明]仇英《赤壁图》局部

溪居

【唐】柳宗元

久为簪组累，幸此南夷谪。
闲依农圃邻，偶似山林客。
晓耕翻露草，夜榜响溪石。
来往不逢人，长歌楚天碧。

注释：

◎簪组：古代官吏的冠饰。
◎夜榜响溪石：榜，划船。此句意为天黑船归，船触碰溪石而发出声音。

寻隐者不遇

【唐】贾岛

松下问童子，言师采药去。
只在此山中，云深不知处。

注释：

◎隐者：古代指有才学但不愿做官、隐居在山野的人。

◎云深：山间云雾缭绕。

无题

【唐】李商隐

八岁偷照镜，长眉已能画。
十岁去踏青，芙蓉作裙衩。
十二学弹筝，银甲不曾卸。
十四藏六亲，悬知犹未嫁。
十五泣春风，背面秋千下。

注释：

◎长眉：纤长的眉毛。
◎银甲：银制的假指甲，套于指上，用以弹筝或琵琶等弦乐器。

道傍竹

【宋】杨万里

竹竿穿竹篱，却与篱为柱。
大小且相依，荣枯何足顾。

注释：

◎竹篱：用竹编的篱笆。
◎荣枯：草木茂盛与枯萎。

［明］陈洪绶《花瓶》

七言古诗

七言古诗

少陵野老吞声哭，
春日潜行曲江曲。
江头宫殿锁千门，
细柳新蒲为谁绿？

［明］仇英《桃源图卷》局部

四愁诗（其一）

【汉】张衡

我所思兮在太山，欲往从之梁父艰。
侧身东望涕沾翰。美人赠我金错刀，
何以报之英琼瑶。路远莫致倚逍遥，
何为怀忧心烦劳。

注释：

◎梁父：泰山下的小山名。
◎翰：衣襟。
◎逍遥：这里指徘徊。

把酒问月

【唐】李白

青天有月来几时？我今停杯一问之。
人攀明月不可得，月行却与人相随。
皎如飞镜临丹阙，绿烟灭尽清辉发。
但见宵从海上来，宁知晓向云间没。
白兔捣药秋复春，嫦娥孤栖与谁邻？
今人不见古时月，今月曾经照古人。
古人今人若流水，共看明月皆如此。
唯愿当歌对酒时，月光长照金樽里。

注释：

◎飞镜：指明月。
◎孤栖：独居。

金陵酒肆留别

【唐】李白

风吹柳花满店香，吴姬压酒唤客尝。
金陵子弟来相送，欲行不行各尽觞。
请君试问东流水，别意与之谁短长？

注释：

◎吴姬：吴地的美女。
◎压酒：米酒酿制将熟时，压榨取酒。
◎尽觞：饮尽杯中之酒。

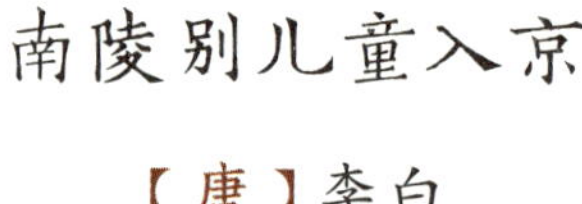

南陵别儿童入京

【唐】李白

白酒新熟山中归，黄鸡啄黍秋正肥。
呼童烹鸡酌白酒，儿女嬉笑牵人衣。
高歌取醉欲自慰，起舞落日争光辉。
游说万乘苦不早，着鞭跨马涉远道。
会稽愚妇轻买臣，余亦辞家西入秦。
仰天大笑出门去，我辈岂是蓬蒿人。

注释：

◎会稽愚妇轻买臣：这一句引用朱买臣的典故，“会稽愚妇”指朱买臣的妻子。诗人在诗中将目光短浅、轻视自己的世俗小人比作“会稽愚妇”，而自比朱买臣。

◎蓬蒿：指荒野偏僻之处。

宣州谢朓楼饯别校书叔云

【唐】李白

弃我去者，昨日之日不可留；
乱我心者，今日之日多烦忧。
长风万里送秋雁，对此可以酣高楼。
蓬莱文章建安骨，中间小谢又清发。
俱怀逸兴壮思飞，欲上青天揽明月。
抽刀断水水更流，举杯销愁愁更愁。
人生在世不称意，明朝散发弄扁舟。

注释：

◎谢朓楼：南齐著名诗人谢朓任宣城太守时所建，又称北楼、谢公楼。
◎蓬莱文章：指汉代文章。

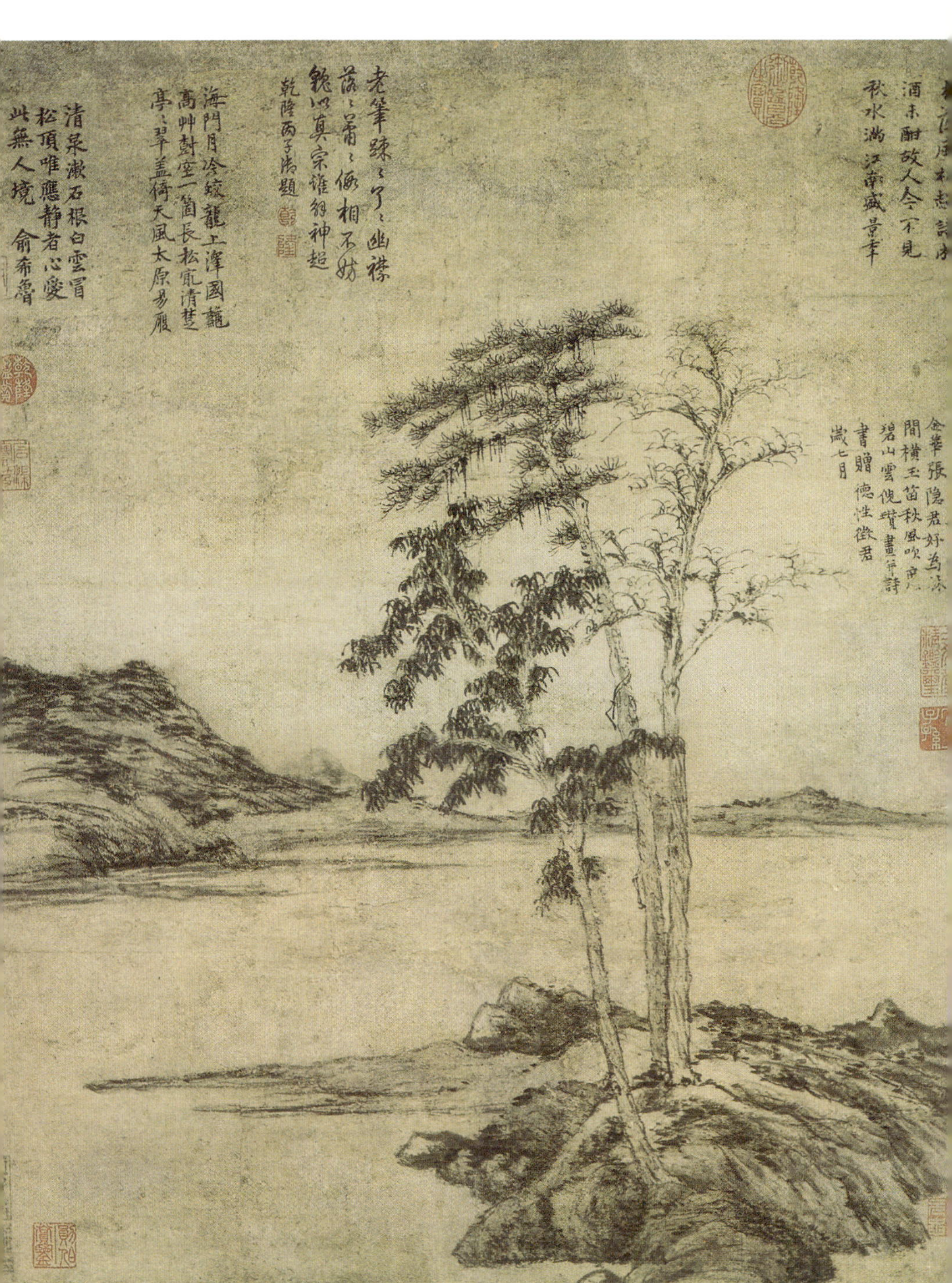

[元] 倪瓒《疏林图》

哀江头

【唐】杜甫

少陵野老吞声哭，春日潜行曲江曲。
江头宫殿锁千门，细柳新蒲为谁绿？
忆昔霓旌下南苑，苑中万物生颜色。
昭阳殿里第一人，同辇随君侍君侧。
辇前才人带弓箭，白马嚼啮黄金勒。
翻身向天仰射云，一笑正坠双飞翼。
明眸皓齿今何在？血污游魂归不得。
清渭东流剑阁深，去住彼此无消息！
人生有情泪沾臆，江水江花岂终极？
黄昏胡骑尘满城，欲往城南望城北。

注释：

◎少陵：在长安城东南，杜甫曾在这一带住过，故自称“少陵野老”。
◎千门：指宫殿多。
◎明眸皓齿：指杨贵妃。

乐游园歌

【唐】杜甫

乐游古园崒森爽，烟绵碧草萋萋长。
公子华筵势最高，秦川对酒平如掌。
长生木瓢示真率，更调鞍马狂欢赏。
青春波浪芙蓉园，白日雷霆夹城仗。
阊阖晴开昳荡荡，曲江翠幕排银榜。
拂水低回舞袖翻，缘云清切歌声上。
却忆年年人醉时，只今未醉已先悲。
数茎白发那抛得，百罚深杯亦不辞。
圣朝亦知贱士丑，一物自荷皇天慈。
此身饮罢无归处，独立苍茫自咏诗。

注释：

◎森爽：森疏而爽豁。
◎银榜：宫殿或庙宇门端所悬的辉煌华丽的匾额。

醉时歌

【唐】杜甫

诸公衮衮登台省，广文先生官独冷。
甲第纷纷厌粱肉，广文先生饭不足。
先生有道出羲皇，先生有才过屈宋。
德尊一代常坎轲，名垂万古知何用。
杜陵野客人更嗤，被褐短窄鬓如丝。
日籴太仓五升米，时赴郑老同襟期。
得钱即相觅，沽酒不复疑。
忘形到尔汝，痛饮真吾师。
清夜沉沉动春酌，灯前细雨檐花落。
但觉高歌有鬼神，焉知饿死填沟壑。
相如逸才亲涤器，子云识字终投阁。
先生早赋归去来，石田茅屋荒苍苔。
儒术于我何有哉，孔丘盗跖俱尘埃。
不须闻此意惨怆，生前相遇且衔杯。

注释：

◎广文先生：指郑虔，诗人的好友。
◎甲第：指豪门贵族。
◎盗跖：相传是古时民众起义的领袖。

燕台四首·春

【唐】李商隐

风光冉冉东西陌，几日娇魂寻不得。
蜜房羽客类芳心，冶叶倡条遍相识。
暖蔼辉迟桃树西，高鬟立共桃鬟齐。
雄龙雌凤杳何许？絮乱丝繁天亦迷。
醉起微阳若初曙，映帘梦断闻残语。
愁将铁网罥珊瑚，海阔天翻迷处所。
衣带无情有宽窄，春烟自碧秋霜白。
研丹擘石天不知，愿得天牢锁冤魄。
夹罗委箧单绡起，香肌冷衬琤琤珮。
今日东风自不胜，化作幽光入西海。

注释：

◎蜜房：蜂巢。
◎冶叶倡条：形容杨柳枝叶婀娜多姿。亦借指妓女。
◎高鬟：高起的环形发髻。亦指梳高鬟的女人。
◎罥（juàn）：缠绕。

燕台四首·夏

【唐】李商隐

前阁雨帘愁不卷，后堂芳树阴阴见。
石城景物类黄泉，夜半行郎空柘弹。
绫扇唤风阊阖天，轻帏翠幕波洄旋。
蜀魂寂寞有伴未？几夜瘴花开木棉。
桂宫流影光难取，嫣薰兰破轻轻语。
直教银汉堕怀中，未遣星妃镇来去。
浊水清波何异源，济河水清黄河浑。
安得薄雾起缃裙，手接云軿呼太君？

注释：

◎蜀魂：指杜鹃鸟。
◎星妃：指织女。
◎云軿：仙人所乘的云车。

燕台四首·秋

【唐】李商隐

月浪衡天天宇湿，凉蟾落尽疏星入。
云屏不动掩孤嚬，西楼一夜风筝急。
欲织相思花寄远，终日相思却相怨。
但闻北斗声回环，不见长河水清浅。
金鱼锁断红桂春，古时尘满鸳鸯茵。
堪悲小苑作长道，玉树未怜亡国人。
瑶琴愔愔藏楚弄，越罗冷薄金泥重。
帘钩鹦鹉夜惊霜，唤起南云绕云梦。
双珰丁丁联尺素，内记湘川相识处。
歌唇一世衔雨看，可惜馨香手中故。

注释：

◎月浪：月光。
◎凉蟾：指秋月。
◎红桂：莽草的别称。
◎楚弄：楚调。

燕台四首·冬

【唐】李商隐

天东日出天西下，雌凤孤飞女龙寡。
青溪白石不相望，堂中远甚苍梧野。
冻壁霜华交隐起，芳根中断香心死。
浪乘画舸忆蟾蜍，月娥未必婵娟子。
楚管蛮弦愁一概，空城罢舞腰支在。
当时欢向掌中销，桃叶桃根双姊妹。
破鬟委堕凌朝寒，白玉燕钗黄金蝉。
风车雨马不持去，蜡烛啼红怨天曙。

注释：

◎香心：指花苞。
◎楚管蛮弦：泛指南方的管弦乐器。
◎黄金蝉：蝉形状的金首饰。

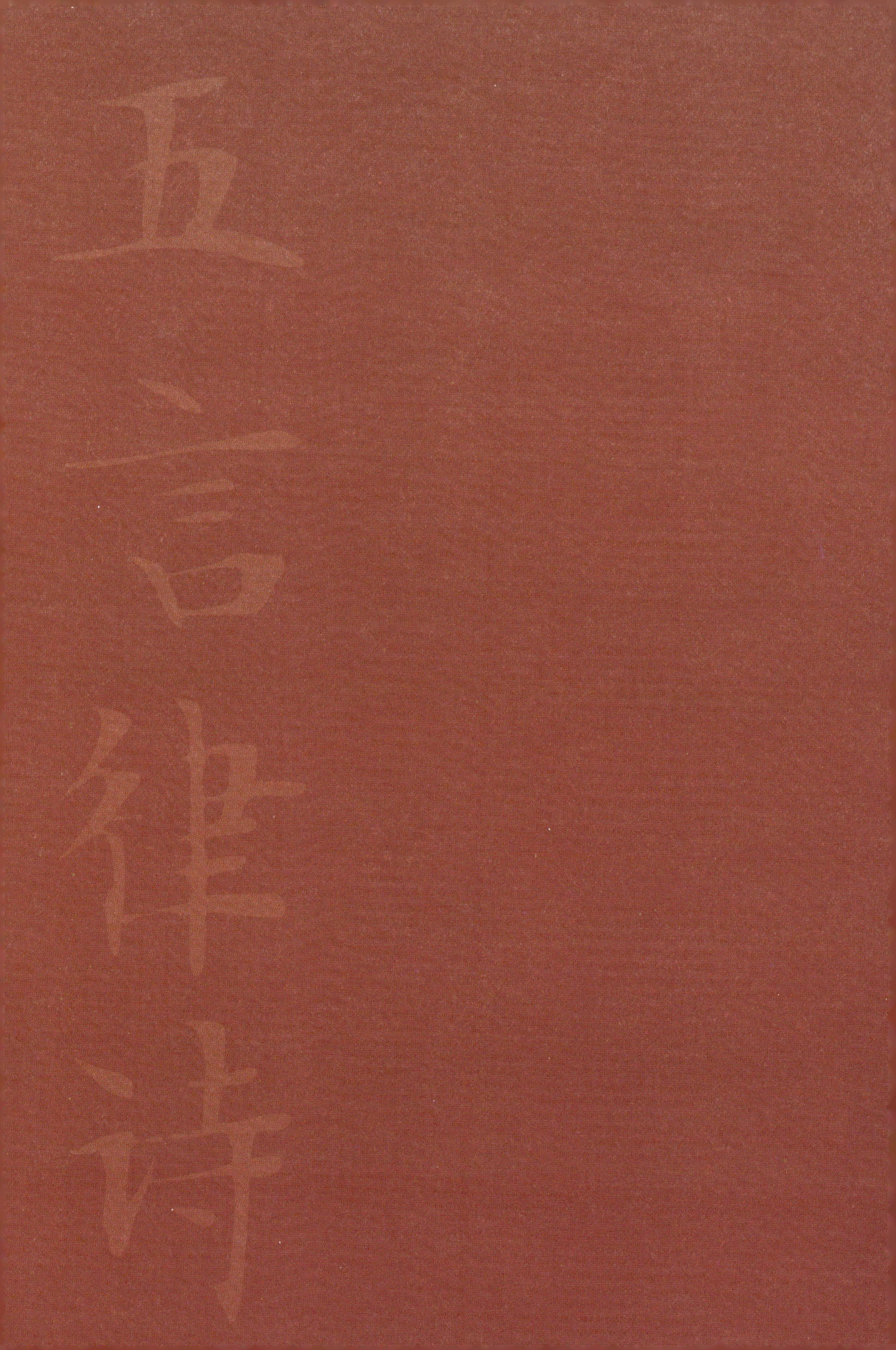
五言律诗

五言律诗

牛渚西江夜，
青天无片云。
登舟望秋月，
空忆谢将军。
余亦能高咏，
斯人不可闻。
明朝挂帆去，
枫叶落纷纷。

［明］仇英《桃源图卷》局部

过香积寺

【唐】王维

不知香积寺，数里入云峰。
古木无人径，深山何处钟。
泉声咽危石，日色冷青松。
薄暮空潭曲，安禅制毒龙。

注释：

◎过：过访。
◎薄暮：傍晚。
◎曲：水边。

广陵赠别

【唐】李白

玉瓶沽美酒，数里送君还。
系马垂杨下，衔杯大道间。
天边看渌水，海上见青山。
兴罢各分袂，何须醉别颜。

注释：

◎广陵：扬州。
◎沽：买。
◎渌水：清澈的水。
◎分袂：指分别。

夜泊牛渚怀古

【唐】李白

牛渚西江夜，青天无片云。
登舟望秋月，空忆谢将军。
余亦能高咏，斯人不可闻。
明朝挂帆去，枫叶落纷纷。

注释：

◎牛渚：山名，在今安徽省当涂县西北。
◎谢将军：指东晋谢尚。
◎挂帆：扬帆。

春望

【唐】杜甫

国破山河在，城春草木深。
感时花溅泪，恨别鸟惊心。
烽火连三月，家书抵万金。
白头搔更短，浑欲不胜簪。

注释：

◎城：指长安城，此时已被叛军占领。
◎烽火：古时边防报警的烟火。这里借指战事。
◎浑：简直。
◎胜：能够承受、禁得起。

春夜喜雨

【唐】杜甫

好雨知时节，当春乃发生。
随风潜入夜，润物细无声。
野径云俱黑，江船火独明。
晓看红湿处，花重锦官城。

注释：

◎发生：使植物萌发、生长。
◎潜：偷偷地。
◎红湿处：被雨水打湿的花丛。
◎锦官城：指成都。成都曾经住过主持织锦的官员，故名“锦官城”。

[明]陈洪绶花石图

登岳阳楼

【唐】杜甫

昔闻洞庭水，今上岳阳楼。
吴楚东南坼，乾坤日夜浮。
亲朋无一字，老病有孤舟。
戎马关山北，凭轩涕泗流。

注释：

◎坼：裂开。
◎无一字：音讯全无。字，指书信。
◎戎马：指战争。

喜达行在所三首（其一）

【唐】杜甫

西忆岐阳信，无人遂却回。
眼穿当落日，心死着寒灰。
雾树行相引，连山望忽开。
所亲惊老瘦，辛苦贼中来。

注释：

◎行在所：指朝廷临时政府所在地。
◎岐阳：指唐肃宗行在所在地凤翔。

秋晓行南谷经荒村

【唐】柳宗元

杪秋霜露重，晨起行幽谷。
黄叶覆溪桥，荒村唯古木。
寒花疏寂历，幽泉微断续。
机心久已忘，何事惊麋鹿？

注释：

◎杪秋：晚秋。
◎寒花：指秋花。
◎幽泉：从深山流出的泉水。

夏初雨后寻愚溪

【唐】柳宗元

悠悠雨初霁，独绕清溪曲。
引杖试荒泉，解带围新竹。
沉吟亦何事，寂寞固所欲。
幸此息营营，啸歌静炎燠。

注释：

◎霁：指雨后转晴。
◎营营：谋求。
◎炎燠：指天气炎热。

种柳戏题

【唐】柳宗元

柳州柳刺史，种柳柳江边。
谈笑为故事，推移成昔年。
垂阴当覆地，耸干会参天。
好作思人树，惭无惠化传。

注释：

◎柳江：西江支流，流经今广西壮族自治区柳州市。
◎故事：过去的事情。
◎耸干：高耸的枝干。

[明] 仇英《柳园人形山水图》局部

离思

【唐】李商隐

气尽前溪舞，心酸子夜歌。
峡云寻不得，沟水欲如何。
朔雁传书绝，湘篁染泪多。
无由见颜色，还自托微波。

注释：

◎前溪舞：六朝时吴地舞曲。
◎子夜歌：晋乐曲名。
◎颜色：容貌。

凉思

【唐】李商隐

客去波平槛，蝉休露满枝。
永怀当此节，倚立自移时。
北斗兼春远，南陵寓使迟。
天涯占梦数，疑误有新知。

注释：

◎槛：栏杆。
◎蝉休：蝉停止鸣叫，指深夜。
◎寓使：传信的使者。
◎新知：刚结交的知己。

落花

【唐】李商隐

高阁客竟去，小园花乱飞。
参差连曲陌，迢递送斜晖。
肠断未忍扫，眼穿仍欲归。
芳心向春尽，所得是沾衣。

注释：

◎参差：错落不齐。
◎曲陌：曲折的小路。
◎迢递：遥远的样子。

无题

【唐】李商隐

照梁初有情，出水旧知名。
裙衩芙蓉小，钗茸翡翠轻。
锦长书郑重，眉细恨分明。
莫近弹棋局，中心最不平。

注释：

◎钗茸：簪头镶饰茸花的钗子。
◎弹棋：弈棋。

西溪

【唐】李商隐

怅望西溪水，潺湲奈尔何。
不惊春物少，只觉夕阳多。
色染妖韶柳，光含窈窕萝。
人间从到海，天上莫为河。
凤女弹瑶瑟，龙孙撼玉珂。
京华他夜梦，好好寄云波。

注释：

◎妖韶：妖娆美好。
◎凤女：对女子的美称。

七言律诗

七言律诗

一片花飞减却春，
风飘万点正愁人。
且看欲尽花经眼，
莫厌伤多酒入唇。
江上小堂巢翡翠，
苑边高冢卧麒麟。
细推物理须行乐，
何用浮荣绊此身。

［明］仇英《仙山楼阁图》

登高

【唐】杜甫

风急天高猿啸哀，渚清沙白鸟飞回。
无边落木萧萧下，不尽长江滚滚来。
万里悲秋常作客，百年多病独登台。
艰难苦恨繁霜鬓，潦倒新停浊酒杯。

注释：

◎渚：水中的小块陆地。
◎万里：指远离家乡。
◎百年：指一生。
◎苦恨：极其遗憾。
◎新停：刚刚停止。

曲江二首（其一）

【唐】杜甫

一片花飞减却春，风飘万点正愁人。
且看欲尽花经眼，莫厌伤多酒入唇。
江上小堂巢翡翠，苑边高冢卧麒麟。
细推物理须行乐，何用浮荣绊此身。

注释：

◎万点：指落花之多。
◎推：推究。
◎物理：事物的道理。

曲江二首（其二）

【唐】杜甫

朝回日日典春衣，每向江头尽醉归。
酒债寻常行处有，人生七十古来稀。
穿花蛱蝶深深见，点水蜻蜓款款飞。
传语风光共流转，暂时相赏莫相违。

注释：

◎朝回：上朝回来。
◎行处：到处。
◎款款：形容缓慢的样子。

闻官军收河南河北

【唐】杜甫

剑外忽传收蓟北，初闻涕泪满衣裳。
却看妻子愁何在，漫卷诗书喜欲狂。
白日放歌须纵酒，青春作伴好还乡。
即从巴峡穿巫峡，便下襄阳向洛阳。

注释：

◎官军：指唐代的军队。

◎剑外：指四川剑阁以南地区，当时作者正在此地。

◎蓟北：泛指唐代蓟州北部地区，在今河北省东北部一带，是当时安史叛军的根据地。

秋兴八首（其一）

【唐】杜甫

玉露凋伤枫树林，巫山巫峡气萧森。
江间波浪兼天涌，塞上风云接地阴。
丛菊两开他日泪，孤舟一系故园心。
寒衣处处催刀尺，白帝城高急暮砧。

注释：

◎秋兴：借秋天的景色感物抒怀。
◎玉露：白露。
◎塞上：指夔州的山。
◎他日：往日。
◎急暮砧：黄昏时急促的捣衣声。

［明］仇英《临溪水阁图》局部

秋兴八首（其二）

【唐】杜甫

夔府孤城落日斜，每依北斗望京华。
听猿实下三声泪，奉使虚随八月槎。
画省香炉违伏枕，山楼粉堞隐悲笳。
请看石上藤萝月，已映洲前芦荻花。

注释：

◎京华：指长安。
◎画省：指尚书省。
◎山楼：白帝城楼。

秋兴八首（其三）

【唐】杜甫

千家山郭静朝晖，日日江楼坐翠微。
信宿渔人还泛泛，清秋燕子故飞飞。
匡衡抗疏功名薄，刘向传经心事违。
同学少年多不贱，五陵衣马自轻肥。

注释：

◎翠微：青山。
◎抗疏：指臣子对于君命或廷议有所抵制，上疏极谏。
◎轻肥：即轻裘肥马。

秋兴八首（其四）

【唐】杜甫

闻道长安似弈棋，百年世事不胜悲。
王侯第宅皆新主，文武衣冠异昔时。
直北关山金鼓振，征西车马羽书驰。
鱼龙寂寞秋江冷，故国平居有所思。

注释：

◎ 羽书：即羽檄，插着羽毛的军用紧急公文。
◎ 故国：指长安。

秋兴八首（其五）

【唐】杜甫

蓬莱宫阙对南山，承露金茎霄汉间。
西望瑶池降王母，东来紫气满函关。
云移雉尾开宫扇，日绕龙鳞识圣颜。
一卧沧江惊岁晚，几回青琐点朝班。

注释：

◎蓬莱宫阙：指大明宫。
◎青琐：宫门名。

秋兴八首（其六）

【唐】杜甫

瞿唐峡口曲江头，万里风烟接素秋。
花萼夹城通御气，芙蓉小苑入边愁。
珠帘绣柱围黄鹄，锦缆牙樯起白鸥。
回首可怜歌舞地，秦中自古帝王州。

注释：

◎素秋：指秋天。
◎入边愁：传来边地战乱的消息。
◎秦中：指长安。

［明］仇英《汉宫春晓图》局部

秋兴八首（其七）

【唐】杜甫

昆明池水汉时功，武帝旌旗在眼中。
织女机丝虚夜月，石鲸鳞甲动秋风。
波漂菰米沉云黑，露冷莲房坠粉红。
关塞极天唯鸟道，江湖满地一渔翁。

注释：

◎昆明池：遗址在今陕西省西安市西南斗门镇一带，汉武帝所建。

◎石鲸：指昆明池中的石刻鲸鱼。

秋兴八首（其八）

【唐】杜甫

昆吾御宿自逶迤，紫阁峰阴入渼陂。
香稻啄馀鹦鹉粒，碧梧栖老凤凰枝。
佳人拾翠春相问，仙侣同舟晚更移。
彩笔昔曾干气象，白头今望苦低垂。

注释：

◎昆吾：汉武帝上林苑地名，在今陕西省蓝田县西。
◎紫阁峰：终南山峰名，在今陕西省户县东南。

别舍弟宗一

【唐】柳宗元

零落残魂倍黯然，双垂别泪越江边。
一身去国六千里，万死投荒十二年。
桂岭瘴来云似墨，洞庭春尽水如天。
欲知此后相思梦，长在荆门郢树烟。

注释：

◎宗一：柳宗元从弟。
◎去国：离开国都长安。
◎万死：指历经无数次艰难险阻。
◎投荒：贬逐到偏僻边远的地区。

登柳州城楼寄漳汀封连四州刺史

【唐】柳宗元

城上高楼接大荒，海天愁思正茫茫。
惊风乱飐芙蓉水，密雨斜侵薜荔墙。
岭树重遮千里目，江流曲似九回肠。
共来百越文身地，犹自音书滞一乡。

注释：

◎惊风：疾风。
◎乱飐：吹动。
◎音书：音信。

柳州城西北隅种柑树

【唐】柳宗元

手种黄柑二百株，春来新叶遍城隅。
方同楚客怜皇树，不学荆州利木奴。
几岁开花闻喷雪，何人摘实见垂珠。
若教坐待成林日，滋味还堪养老夫。

注释：

◎城隅：城角。
◎楚客：指屈原。
◎皇树：橘树。

三分苦綠惟餘竹一點酸香冷到梅盡日無人且琢句百秊有限漫停桮裁詩可記餘生夢作賦徒勞楚客才吟賞終然多事甚任他春去與春來 石道人濟廣陵樹下

[清] 石涛花卉图

安定城楼

【唐】李商隐

迢递高城百尺楼，绿杨枝外尽汀洲。
贾生年少虚垂涕，王粲春来更远游。
永忆江湖归白发，欲回天地入扁舟。
不知腐鼠成滋味，猜意鹓雏竟未休。

注释：

◎汀洲：汀指水边之地，洲是水中之洲渚。
◎贾生：指西汉人贾谊。
◎王粲：东汉末年人，建安七子之一。

碧城三首（其一）

【唐】李商隐

碧城十二曲阑干，犀辟尘埃玉辟寒。
阆苑有书多附鹤，女床无树不栖鸾。
星沉海底当窗见，雨过河源隔座看。
若是晓珠明又定，一生长对水晶盘。

注释：

◎附鹤：道教传仙道以鹤传书，称鹤信。
◎晓珠：晨露。

碧城三首（其二）

【唐】李商隐

对影闻声已可怜，玉池荷叶正田田。
不逢萧史休回首，莫见洪崖又拍肩。
紫凤放娇衔楚佩，赤鳞狂舞拨湘弦。
鄂君怅望舟中夜，绣被焚香独自眠。

注释：

◎紫凤：传说中之神鸟。

碧城三首（其三）

【唐】李商隐

七夕来时先有期，洞房帘箔至今垂。
玉轮顾兔初生魄，铁网珊瑚未有枝。
检与神方教驻景，收将凤纸写相思。
武皇内传分明在，莫道人间总不知。

注释：

◎洞房：指女子居处。
◎武皇内传：指《汉武内传》。

春雨

【唐】李商隐

帐卧新春白袷衣，白门寥落意多违。
红楼隔雨相望冷，珠箔飘灯独自归。
远路应悲春晼晚，残宵犹得梦依稀。
玉珰缄札何由达？万里云罗一雁飞。

注释：

◎白门：金陵的别称，今江苏省南京市。
◎红楼：华美的楼房，多指女子的住处。
◎缄札：指书信。

［明］仇英《桃源图卷》局部

锦瑟

【唐】李商隐

锦瑟无端五十弦，一弦一柱思华年。
庄生晓梦迷蝴蝶，望帝春心托杜鹃。
沧海月明珠有泪，蓝田日暖玉生烟。
此情可待成追忆，只是当时已惘然。

注释：

◎无端：没有来由地，无缘无故地。
◎华年：青春年华。
◎春心：伤春之心，指对失去了的美好事物的怀念。
◎蓝田：山名，在今陕西省西安市蓝田县东南，是有名的玉石产地。

九日

【唐】李商隐

曾共山翁把酒时，霜天白菊绕阶墀。
十年泉下无消息，九日樽前有所思。
不学汉臣栽苜蓿，空教楚客咏江蓠。
郎君官贵施行马，东阁无由得再窥。

注释：

◎阶墀：台阶。
◎苜蓿：植物名。

流莺

【唐】李商隐

流莺漂荡复参差，渡陌临流不自持。
巧啭岂能无本意？良辰未必有佳期。
风朝露夜阴晴里，万户千门开闭时。
曾苦伤春不忍听，凤城何处有花枝？

注释：

◎流莺：飘荡无依的黄莺，暗寓作者的羁泊不遇。
◎参差：这里指鸟儿张翅高飞。
◎凤城：秦国的都城咸阳，古称丹凤城。此处指唐都城长安。

曲江

【唐】李商隐

望断平时翠辇过，空闻子夜鬼悲歌。
金舆不返倾城色，玉殿犹分下苑波。
死忆华亭闻唳鹤，老忧王室泣铜驼。
天荒地变心虽折，若比伤春意未多。

注释：

◎悲歌：悲壮地歌唱。
◎金舆：帝王乘坐的车轿。
◎玉殿：宫殿的美称。
◎天荒地变：指国家沦亡。

无题二首（其一）

【唐】李商隐

凤尾香罗薄几重？碧文圆顶夜深缝。
扇裁月魄羞难掩，车走雷声语未通。
曾是寂寥金烬暗，断无消息石榴红。
斑骓只系垂杨岸，何处西南任好风？

注释：

◎ 香罗：绫罗的美称。
◎ 斑骓：指骏马。

［清］陈洪绶《溪石图》局部

无题二首（其二）

【唐】李商隐

重帏深下莫愁堂，卧后清宵细细长。
神女生涯原是梦，小姑居处本无郎。
风波不信菱枝弱，月露谁教桂叶香。
直道相思了无益，未妨惆怅是清狂。

注释：

◎神女：指宋玉《神女赋》中的巫山神女。
◎了：完全。

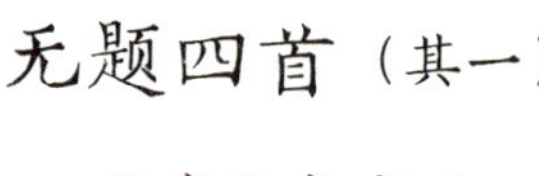

无题四首（其一）

【唐】李商隐

来是空言去绝踪，月斜楼上五更钟。
梦为远别啼难唤，书被催成墨未浓。
蜡照半笼金翡翠，麝熏微度绣芙蓉。
刘郎已恨蓬山远，更隔蓬山一万重。

注释：

◎金翡翠：以金线绣成翡翠鸟图样的帷帐或罗罩。
◎绣芙蓉：指绣芙蓉花的被褥。
◎蓬山：蓬莱山，指仙境。

无题四首（其二）

【唐】李商隐

飒飒东风细雨来，芙蓉塘外有轻雷。
金蟾啮锁烧香入，玉虎牵丝汲井回。
贾氏窥帘韩掾少，宓妃留枕魏王才。
春心莫共花争发，一寸相思一寸灰！

注释：

◎金蟾：这里指蟾形的香炉。
◎锁：这里指香炉的鼻纽，可以开启放入香料。
◎玉虎：用玉石装饰的虎状辘轳。
◎丝：井索。

无题

【唐】李商隐

万里风波一叶舟，忆归初罢更夷犹。
碧江地没元相引，黄鹤沙边亦少留。
益德冤魂终报主，阿童高义镇横秋。
人生岂得长无谓，怀古思乡共白头。

注释：

◎益德：指张飞，字益德。
◎阿童：指西晋王濬，小名阿童。

无题

【唐】李商隐

相见时难别亦难，东风无力百花残。
春蚕到死丝方尽，蜡炬成灰泪始干。
晓镜但愁云鬓改，夜吟应觉月光寒。
蓬山此去无多路，青鸟殷勤为探看。

注释：

◎泪：蜡烛燃烧留下的烛泪。
◎云鬓改：指青春年华逝去。云鬓：指年轻女子的秀发。
◎蓬山：神话中海上的仙山，这里借指所思念的女子的住处。

无题

【唐】李商隐

昨夜星辰昨夜风，画楼西畔桂堂东。
身无彩凤双飞翼，心有灵犀一点通。
隔座送钩春酒暖，分曹射覆蜡灯红。
嗟余听鼓应官去，走马兰台类转蓬。

注释：

◎送钩、射覆：指酒宴上的游戏。
◎分曹：分组。

重过圣女祠

【唐】李商隐

白石岩扉碧藓滋，上清沦谪得归迟。
一春梦雨常飘瓦，尽日灵风不满旗。
萼绿华来无定所，杜兰香去未移时。
玉郎会此通仙籍，忆向天阶问紫芝。

注释：

◎ 碧藓：青苔。
◎ 萼绿华、杜兰香：均指传说中的仙女。